過香積寺
향적사를 찾아가다

향적사 어딘지 알지 못하여
구름 봉우리 속으로 몇 리나 들어간다
고목 우거져 사람 다니는 길 없건만
깊은 산 속 어딘가의 종소리
샘물 소리 가파른 바위에서 흐느끼고
햇살은 푸른 소나무를 차갑게 비치고 있네
해질녘 고요한 연못 굽이에 앉아
편안히 참선하며 잡념을 걸어 낸다네

不知香積寺　數里入雲峰
古木無人徑　深山何處鍾
泉聲咽危石　日色冷青松
薄暮空潭曲　安禪制毒龍

不善茶樓

불선다루

불선다루 3

송진용 新무협 판타지 소설

초판 1쇄 찍은 날 § 2006년 4월 24일
초판 1쇄 펴낸 날 § 2006년 4월 30일

지은이 § 송진용
펴낸이 § 서경석

편집장 § 문혜영
편집 § 이재권 · 서지현

펴낸곳 § 도서출판 청어람
등록번호 § 제1081-1-89호
등록일자 § 1999. 5. 31
어람번호 § 제2-0892호

주소 § 경기도 부천시 원미구 심곡1동 350-1 남성B/D 3F (우) 420-011
전화 § 032-656-4452 팩스 § 032-656-4453
http://www.chungeoram.com
E-mail § eoram99@chollian.net

ⓒ 송진용, 2006

ISBN 89-251-0031-2 04810
ISBN 89-251-0028-2 (세트)

송진용 新무협 판타지 소설
Fantastic Oriental Heroes

不善茶樓

3

ㄴ대천명(待天命)ㅣ

블선다루

도서출판
청어람

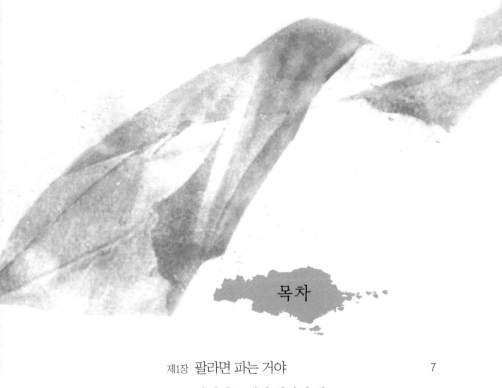

목차

【第一章】

팔라면 파는 거야

1

 장안성의 밤은 대낮 같다.

 골목 어디를 가든지 밝혀진 붉고 푸른 등불로 인해 눈이 부실 정도이고, 사람들이 어깨를 부딪치며 오간다.

 온갖 사람들, 온갖 종류의 물건과 술과 음식이 넘쳐 나는 수백 개나 되는 골목들. 그래서 언제나 갖가지 사연들이 흘러넘치는 곳이기도 하다.

 그중에서도 가장 번화하고 통행인의 왕래가 빈번한 곳은 성 복판에서 남쪽으로 뻗어 있는 장안남로(長安南路)였다.

 옛적, 황제가 거하던 내성 정문으로 곧게 뻗어 있는 길인데, 마차 열 대가 나란히 지나갈 만큼 크고 잘 다져져 있다.

 그 장안남로는 장안성에서 가장 큰 사거리를 가지고 있기도 했다.

 사람들이 사통부귀가(四通富貴街)라고 부르는 곳인데, 서쪽으로 대광선사(大光善寺)라는 오래된 사찰과 고관대작들이 사는 고급 저택가가 있고, 동쪽은 장안성에서도 가장 유명한 상권(商圈)을 형성하고 있기 때문이었다.

북쪽은 관청가이며 남쪽은 주택가다.

그러니 그곳은 장안성의 중심부에 자리잡고 사통팔달하는 요지였다.

그 사통부귀가의 동쪽 거리에는 장안성에서도 가장 크고 훌륭하다는 객잔이며 주가(酒家), 점포들이 즐비했다.

장안성의 부가 집중된 곳이라고 해야 하리라.

화려함이 천국 같고, 현란함이 요지(瑤池)와도 같은 그 길을 어슬렁거리는 한 떼의 사람들이 있었다.

"우와, 우와!"

연신 감탄성을 발하며 입을 다물지 못하는 꾀죄죄한 소년.

소걸이었다.

놓칠세라 할머니의 손을 꼭 잡고 있지만 눈은 한시도 가만히 있지를 못하고 사방을 두리번거렸다.

오가는 사람들을 보고 상점에 진열된 온갖 귀물(貴物)들을 보며 연신 감탄성을 흘린다.

당 노인을 에워싸듯 하며 천천히 걷고 있는 사람들은 음양쌍존과 갈평, 설중교, 도굉 등이었다.

음존 왕무동이 돌아보고 빙긋 웃었다.

평소 말이 없고 음침하기만 한 자인데, 어느덧 소걸과는 곧잘 농담도 하고 소걸의 짓궂은 장난도 슬그머니 받아주고 있었던 것이다.

그럴 때마다 양존은 놀란 얼굴로 그를 바라보다가 고개를 갸웃거리곤 했다.

"그렇게 한눈팔다 길 잃어버리면 고생한다."

"쳇, 내가 어린애인 줄 아세요?"

"흐흐, 어른도 아니지. 그러니 자만하지 않는 게 좋을걸?"

"흥!"

코웃음을 친 소걸이 다시 할머니의 손을 흔들며 졸라댔다.

"우와, 할머니 우리 저것 좀 구경하고 가요."

"여자들 패물은 봐서 뭐 하게?"

"예쁘고 깜찍한 것들이 많잖아요."

"흘흘, 이 녀석, 솔직히 말해. 누구 생각이 나서 갑자기 떼를 쓰는 거지?"

"쳇, 생각은 무슨. 그냥 가요!"

붉어지는 얼굴을 감추기 위해 할머니의 손을 놓고 쪼르르 앞으로 달려가 할아버지의 손을 잡았지만 소걸은 볼이 화끈거리는 걸 감추지 못했다.

그는 사실 청운관에 있던 소녀 도사 도향을 떠올렸던 것이다.

그녀의 수줍어하는 얼굴과 흰 목덜미가 자꾸만 눈에 어른거렸다.

그녀의 목에 저 예쁜 목걸이를 걸어주고, 허리띠에 패옥을 달아준다면 정말 어울릴 거라는 생각이 불쑥 들었다.

낯간지러운 그런 생각이 드는 건 처음이었는데, 눈치 빠른 할머니가 알아채고 놀리려 하니 쑥스럽고 화가 났다.

볼을 붉힌 채 입을 삐죽거리는 소걸을 물끄러미 내려다보던 당 노인이 혀를 찼다.

"쯧쯧, 이놈아, 네 할미도 여자야. 패물을 보면 할미에게 사줄 생각을 해야지 엉뚱한 계집애를 떠올렸단 말이냐?"

"아니라니까 자꾸 그러네!"

소걸이 발칵 화를 내자 음존 왕무동이 음흉한 웃음을 흘리고 말했다.

"흐흐, 부끄러워할 것 없어. 그게 다 네가 어느새 커서 장가갈 나이가 되었다는 증거 아니겠느냐? 미리 축하해야겠구만."

"아, 시끄러!"

할아버지의 손마저 놓아버린 소걸이 큰 걸음으로 성큼성큼 앞서 걸었다.

"제기랄, 내가 미쳤지. 그 앙칼지고 멋대가리없는 계집애는 왜 갑자기 생각해 가지고 이 망신을 당한담."

수줍음 많고 조신하던 도향이 한순간에 앙칼진 고양이로 바뀌었다.

하지만 역시 의문이었다. 패물을 본 순간 왜 그녀의 고개 숙인 얼굴이 제일 먼저 커다랗게 떠오른 것인지.

왜 그녀를 생각하면 가슴이 아릿하면서 화도 나고 슬퍼지기도 하는 것인지…….

거리 양쪽이 온통 화려하고 기품있게 치장한 건물들로 가득 차 있어서 울긋불긋 단풍이 든 깊은 골짜기 속을 걷는 것 같았다.

모두가 객잔이고 주가들이었다. 술과 음식 냄새가 진동을 했다.

취객들의 흥청거리는 걸음, 호탕한 웃음소리에 뒤섞여 간간이 간드러진 비파 소리와 교성들이 들려오기도 했다.

뒷골목으로 조금만 들어가면 홍루와 청루가 즐비한 것이다.

천천히 거리를 구경하며 걷던 그들은 크고 화려한 주루에 들었다.

'만화대반점(萬華大飯店)' 이라는 곳인데, 장안성에서도 가장 크고 장사가 잘 되는 곳이었다.

일층과 이층은 말할 것도 없고, 삼층의 주청까지 사람들로 가득 차 빈자리가 보이지 않았다.

"음, 정말 돈을 쓸어 담겠군."

당 노인이 부럽다는 듯 중얼거렸다. 황망령 꼭대기에 쓸쓸하게 서 있는 불선다루를 떠올린 것이다.

손님이라고는 가뭄에 콩 나듯 드나드는 그곳과 이곳의 요란뻑적지 근함이 비교되지 않을 수 없다.

염 파파가 눈을 흘기고 말했다.

"왜? 갑자기 돈을 벌고 싶어졌어?"

"있으면 좋지. 당신은 안 그래?"

"별로야."

"쳇, 돈이 있으면 할 수 있는 일도 훨씬 많아질 거야. 그러면 재미있고 보람있게 살 수 있지."

"흥, 천년만년 살려나 보지?"

당 노인이 곧 시무룩한 얼굴이 되어 입맛을 다셨다.

젊었을 때 그는 한껏 멋을 내고 풍류를 찾던 귀공자였다.

그때의 화려하고 멋진 삶이 그리워졌던 건데, 염 파파가 찬물을 끼얹어 버린 것이다.

"주청에는 빈자리도 없고 해서 특실을 빌렸습니다."

갈평이 웃는 얼굴의 화려한 중년인과 함께 다가와 그렇게 고했다.

뽀얗게 생긴 중년인은 만화대반점의 총관이었다. 특실을 빌리는 고객을 영접하기 위해 특별히 나온 것이다.

그는 한눈에 당 노인 일행이 범상치 않다는 걸 알아보았다. 갈평을 보고 무림의 호한이라는 걸 알아챘는데, 일행을 대하고 나니 더욱 가슴이 조마조마해졌다.

음양쌍존의 위엄이 그렇고, 설중교와 도굉 또한 남달라 보였기 때문이다.

이처럼 큰 반점의 총관 자리를 지키려면 언제나 남보다 눈치가 빨라야 한다.

이 손님들이 강호에서도 명성이 쟁쟁한 고수들임에 틀림없다는 판단을 한 총관이 즉각 허리를 최대한 굽히고 공손하게 말했다.

"아주 조용하고 아늑한 방을 특별히 비워두었습지요. 오늘 귀하신 분들을 모시게 될 거라는 예감이 있었기 때문이랍니다. 그러니 손님들과 저희 반점은 좋은 인연이 있는 모양입니다."

수다를 늘어놓으며 이층 구석에 있는 방으로 인도했다. 그의 말처럼 바깥의 소음이 거의 들리지 않는 아늑한 곳이었다.

술과 음식, 종업원들의 친절함 등 모두가 과연 최상급이었다.

한 번 찾아온 손님에게 최대한의 만족을 주어서 돌려보내니 다시 찾아오지 않을 리 없다.

당 노인과 염 파파는 이 반점의 주인이 장사를 할 줄 아는 자라는 생각에 절로 머리가 끄덕여졌다.

장안성 안에 있는 수많은 객잔이며 주루 중에서도 가장 영업이 잘되는 반점이라는 게 이해되었던 것이다.

길목 또한 나무랄 데 없이 좋다.

장안성의 상권을 형성하고 있는 사통부귀가의 입구에 있으니 늘 수많은 사람들이 지나다니는 길목을 차지하고 있는 셈이다.

게다가 사거리를 어슬렁거리는 통행인들의 반 이상이 낯선 외지인들이었다.

토박이의 주머니는 언제나 짜지만 외지인들은 그렇지 않다. 기분이 풀어지면 덩달아 주머니도 풀어지기 마련 아니던가.

"이봐, 당 노괴."

"응?"

"이곳이 좋을 것 같은데?"

"뭐가?"

창밖으로 보이는 후원의 아늑한 뜰을 내다보던 염 파파가 불쑥 말했으므로 당 노인이 어리둥절해서 바라보았다.

"당신이 말했잖아. 장안성에 불선다루를 하나 세우자고."

"그랬지."

무심코 대답했다가 깜짝 놀라 술잔을 든 채 눈을 크게 뜨고 염 파파를 바라보았다.

"아니, 당신 미친 게요?"

"홍, 말을 꺼낸 건 당 노괴 당신이었잖아."

"그래도 그렇지. 염 매, 당신은 지금 이 반점을 탐내는 거잖아."

"이왕 영업점을 열 바에야 이런 곳이 좋지 뭘."

"허!"

염 파파의 막무가내인 고집에 당 노인이 상체를 물리고 어이없다는 탄식을 했다.

2

염 파파가 상의할 게 있다며 총관을 시켜 불렀을 때 주인인 왕가경은 버럭 화를 냈다.

"나더러 일일이 손님을 상대하란 말인가? 대신 그런 일을 하라고 자네를 고용한 거잖아!"

"왕 대인, 그게 간단치가 않습니다."

"간단치 않으면?"

"강호의 영웅들이 틀림없습니다."

"응?"

그 말에 왕가경이 눈살을 찌푸렸다.

"꼭 그것들이 문제를 일으킨단 말이야."

강호의 고수들이라면 조심해야 한다. 그들이 무서워서라기보다는 소란을 피우는 게 귀찮기 때문이었다.

자칫 싸움이라도 해대면 난장판이 되어버려 한동안 장사를 할 수 없게 된다.

그는 이전에도 다른 곳에서 객잔을 운영한 적이 있었기에 잘 알았다.

여러 차례 강호의 고수라는 것들이 싸움질을 해대는 통에 피해를 보았지만 어느 한 놈 보상을 해주고 떠난 적이 없지 않았던가.

하지만 이곳은 장안성이다.

주둔하고 있는 정예한 병사만 삼십만이고 포쾌와 나졸들이 거리마다 즐비한 데다가 동창도 있다.

그래도 마음이 놓이지 않아 왕가경은 다달이 서안부의 추관(推官)에게 상납을 했다.

달리 검찰관(檢察官)이라고 불리는 추관은 장안성의 치안을 책임지는 고위 관료였다. 막강한 권력을 행사하는 자인 것이다.

뇌물로 그를 손에 넣었으니 겁날 게 없는 왕가경이었다.

어디 그뿐인가. 병영의 참장이며 부장들에 이르기까지 고루 뇌물을 뿌렸고, 동창의 우두머리들과도 친분을 돈독히 했다.

그런 터라 장궤라고 불리는, 이 사통부귀가의 수많은 점주(店主)들 중에서도 만화대반점의 왕가경만큼 뒷심이 든든한 자가 없었다.

어디에서든지 큰 장사를 하려면 그런 배경을 만들어두지 않고서는 곤란한 게 이치이기도 하다.

그런 까닭에 겁이 없는 왕가경이지만 사신을 찾는 자들이 강호의 고수급 인물들이라니 무시할 수만은 없었다.

"독안귀를 불러."

잠시 생각하던 왕가경이 시종에게 그렇게 명령했다.

급히 달려간 시종이 곧 외눈박이에 날렵한 몸매를 한 중년의 사내, 독안귀(獨眼鬼) 이청(李淸)을 데리고 왔다.

그는 장안성 일대에 널리 알려진 고수인데, 왕가경이 많은 돈을 주고 호위무사로 삼은 자였다.

만화대반점에 고용되어 있는 십여 명의 고수를 부리는 우두머리이기도 하다.

대충 사정을 눈치챈 독안귀가 빙긋 웃었다.

"걱정하실 것 없습니다."

"그래도 혹시 모르니까 수하들을 배치하는 게 좋지 않을까?"

"그렇게 하지요. 특실 주변에 다섯 명을 심어두겠습니다."

왕가경은 비로소 마음이 놓였다.

독안귀에 대한 그의 믿음은 절대적이다.

그가 만화대반점에 있다는 것만으로도 강호의 무리들은 감히 소란을 떨 엄두조차 내지 못했던 것이다.

왕가경이 거만한 걸음으로 총관의 안내를 받아 특실에 들어선 건 그런 준비가 모두 끝난 뒤였다.

그의 뒤를 독안귀가 무심한 얼굴로 따랐음은 물론이다.

"엇?"

특실에 들어선 순간 독안귀가 하나뿐인 눈을 찢어질 듯 부릅뜨고 외마디 소리를 냈다.

"왜 그래?"

"이, 이, 이건······."

독안귀가 의아해하는 왕가경의 옷자락을 잡아당겨 급히 밖으로 끌고 나갔다.

"안 되겠습니다."

"뭐라는 거야?"

"제가 감당할 수 있는 사람들이 아닙니다."

"······!"

왕가경은 독안귀의 얼굴 가득 떠올라 있는 두려움을 보았다. 처음 보는 일이라 믿을 수 없기도 하고, 어이없기도 했다.

"대체 저 사람들이 누군데 그래?"

"음양쌍존입니다."

"그게 뭐야?"

"하─"

독안귀 이청이 답답하다는 듯 탄식했다.

하긴, 왕가경은 장사꾼이지 무림인이 아니다. 음양쌍존이 누구인지 어찌 알겠는가.

"설명하려면 깁니다. 아무튼 그들은 저 같은 놈 열 명이 달려들어도 상대할 수 없는 고수이지요. 게다가 악명 높은 대마두들입니다."

"허억!"

왕가경이 비로소 겁을 먹고 헛숨을 들이켰다.

"그들의 비위를 맞춰주는 수밖에 없겠군."

"그럼 지부에 사람을 보내서 포쾌들을 불러올까? 아니, 북영(北營)의 오 참장에게 연락해서 병사들을 보내달라고 하는 게 나을까?"

"저들은 아무 짓도 하지 않았습니다."

"음—"

"긁어 부스럼을 만들지 말고 지금으로서는 음양쌍존이 얌전히 떠나 주기를 바랄 수밖에요."

독안귀 이청이 머리마저 설레설레 흔들며 물러섰다. 그것을 보는 왕가경은 죽을 맛이 되었다.

특실에 들어가기가 호랑이 굴에 들어가는 것 같아 걸음이 내키지 않지만 어쩔 수 없다.

이청은 따라 들어올 생각도 하지 않았다. 멀찍이 물러서서 하나뿐인 눈알을 뒤룩거릴 뿐이다.

"쳇, 쓸모없는 놈 같으니, 이번 일만 무사히 넘기면 갈아치워 버려야겠어."

중얼거린 왕가경이 상인 특유의 함박웃음을 지으며 다시 특실 안으로 들어와 포권한 손을 절레절레 흔들며 너스레를 떨었다.

"영광입니다, 영광. 이처럼 고명하신 분들께서 저희 반점을 찾아주셨으니 오늘은 제가 최고로 모십지요. 무엇이든 필요한 게 있으면 말

쏨만 하십시오."

"이리 와봐."

"예?"

이청이 그렇게 무서워하는 음양쌍존이라는 자들은 가만히 있는데, 웬 늙어 꼬부라진 노파가 손가락을 까닥거리는 것 아닌가.

'혹시 음양쌍존이라는 자들의 노모라도 되는 건가?'

불쑥 그런 의혹이 들었다.

"하교하실 말씀이라도……."

왕가경이 진땀을 흘리며 머뭇머뭇 다가갔다.

"얼마면 되겠어?"

"예?"

뜬금없는 말이다.

왕가경이 두꺼비 같은 눈을 끔벅거리며 염 파파를 물끄러미 바라보았다.

"파파께서 무엇을 말씀하시는 건지 잘……."

"이 반점을 얼마면 팔겠느냐는 말이야."

"아니, 이걸 사시겠다고요?"

"늙지도 않은 놈이 벌써 가는귀가 먹은 게야?"

"이런, 이런 일이 있나……."

펄쩍 뛰었던 왕가경이 노련한 거물답게 곧 마음을 가라앉히고 온화한 얼굴로 웃었다.

"할머니, 장사가 잘 되고 있는데 어찌 팔겠습니까? 저한테는 조금도 그럴 마음이 없답니다."

웃으며 말하고 있었지만 그의 속은 노여움과 분함으로 부글부글 끓어오르고 있는 중이었다.

'망할 놈의 할망구 같으니. 제가 처먹은 오늘 저녁 밥값이며 술값도 제대로 내지 못하게 생긴 주제에 내 반점을 사겠다고? 개소리 말거라.'

속으로는 한껏 흘겨보며 그렇게 중얼거렸다.

'우리를 모두 때려죽이고 강탈해 가겠다고 털어놓는 게 솔직하지 않겠어? 죽일 놈들 같으니.'

음양쌍존도 흘겨보며 중얼거렸지만 속말이니 아무 상관 없다.

"할머니, 그러지 마시고 오늘 저녁 식사나 마음껏 드시지요. 돈은 받지 않겠습니다."

어디까지나 공손하기 짝이 없는 응대였다. 그러나 염 파파는 못마땅한 듯 잔뜩 눈살을 찌푸린 채 외면했다.

그 심기를 즉각 눈치챈 양존 조백령이 점잖게 꾸짖었다.

"장사하는 사람이 말귀가 그렇게 어둡다니? 파파께서는 방금 얼마면 팔겠느냐고 물었다. 거기에 대한 대답이나 해야 할 것 아니냐?"

"손님. 벌써 말씀드렸습니다. 절대 팔지 않겠다고요."

"틀렸어. 그건 제대로 된 대답이 아니지."

"하오면……."

"파파께서는 제대로 된 대답을 기다리시는 거다."

"이, 이런 일이……."

"값을 불러봐."

염 파파는 느긋하게 차를 마시고 이제는 양존이 흥정에 나섰다.

왕가경은 자기가 참을 만큼 참았다고 생각했다. 막무가내인 이런 손님들의 떼를 언제까지 받아줄 것인가.

"팔지 않습니다."

"그래?"

"아무리 협박을 하고 위협해도 내 뜻은 변함없으니 헛물켜지 말고 일찍 포기하시는 게 현명한 일입니다."

"흐흐흐, 말을 아주 시원시원하게 잘하는군."

양존 조백령이 마음에 든다는 듯 웃으며 앞에 놓여 있는 차 주전자를 슬슬 쓰다듬었다.

왕가경은 그가 차를 따라 마시려나 보다 하고 생각했다. 그러다가 점점 눈이 커졌다.

뜨거운 물을 가득 담고 있는 주전자가 위에서부터 천천히 가루가 되어 무너지고 있었던 것이다.

점토를 빚어 쇠처럼 단단하게 구워낸 주전자였다.

그것이 슬금슬금 쓰다듬었을 뿐인데 깨지는 것도 아니고 저렇게 가루가 되어 부서지고 있다는 걸 어찌 믿을 수 있을 것인가.

마치 지우개로 슬쩍슬쩍 지워가는 것 같았다. 미술을 보고 있는 것 같다고 해야 하리라.

주전자의 윗부분이 그렇게 사라지고, 볼록한 몸통이 사라지고 있었다.

당연히 물이 흘러내려야 한다. 그런데……

"커, 커어억—"

왕가경이 꺽꺽대는 신음을 흘렸다. 물이 주전자에 담겨 있던 형태를 그대로 간직한 채 남아 있었기 때문이다.

마치 잘 익은 과일의 껍질을 벗겨내듯, 물을 담아두고 있던 주전자만 먼지가 되어 서서히 사라져 가고 있는 것이다.

도대체 꿈이 아니고서는 이런 일이 있을 수 있겠는가.

'내가 지금 악몽을 꾸고 있는 거야. 내가 지금 헛것을 보고 있는 게 맞아.'

왕가경은 부지런히 제 눈을 비비고 또 비볐다.

하지만 달라지는 건 아무것도 없다.

이제 주전자는 완전히 사라져 소복한 흙가루만 탁자에 남았고, 물은 제 형태를 유지한 채 더운 김을 모락모락 피워 올리고 있었다.

그 물을 양존이 두 손으로 감싸듯하며 다시 쓰다듬었다.

그리고는 마치 잘 반죽된 진흙을 조물락거리듯 하는 것 아닌가.

"이, 이건 속임수야. 사기라고!"

넋이 나간 왕가경이 바락 악을 썼다.

그 순간 치익! 하는 소리와 함께 한 주전자의 물이 한꺼번에 증발하더니 허공에 희미한 수증기가 남았다가 그것도 서서히 흩어져 사라져 버렸다.

3

"도대체 그런 일은 있을 수 없어."

"내공의 위력이라는 겁니다."

"그럼 자네도 그렇게 할 수 있다는 건가?"

"삼매진화를 일으켜 한 주전자의 물을 증발시킬 수는 있습니다. 하지만 양존이 해 보인 그런 경지는 흉내 낼 수도 없지요."

"도대체 그자는 그럼 신이란 말인가?"

여전히 왕가경은 넋이 나간 얼굴이고, 그의 말을 들은 독안귀 이청은 두려운 얼굴을 하고 있었다.

그는 양존이 그렇게 했다는 말을 처음에는 믿지 못했다. 그러다가 직접 텅 빈 특실에 들어가 소복이 쌓여 있는 가루를 보고서야 사실이라는 걸 알았다.

'세상에, 그런 경지에 올라 있었다니⋯⋯.'

독안귀는 음양쌍존의 내공에 새삼 살 떨리는 두려움을 느끼고 물러났다.

"안 되겠어. 이대로 내 반점을 빼앗길 수는 없다."

왕가경이 벌떡 일어섰다.

"이봐, 염 매. 그건 너무 지독하고 못된 짓이야."

"뭐가?"

"만화대반점을 욕심내는 것 말이야."

"내가 언제 거저 갖겠다고 했어? 돈을 주고 사겠다는 거잖아."

"그래도 그렇지. 그건 나쁜 짓이라니까."

"돈 주고 사겠다는 데 뭐가 나빠!"

염 파파가 뺙, 소리쳤으므로 당 노인은 입을 다물고 말았다. 하지만 마음에 불만은 여전했다.

그들은 만화대반점을 나와 골목 안에 있는 허름한 객잔에 투숙하고 있는 중이었다.

입을 씰룩거리는 당 노인을 매섭게 흘겨본 염 파파가 코웃음을 쳤다.

"당 노괴, 누가 우리 다루에 와서 돈을 내고 차를 달라고 하는데 당신이 너한테는 안 팔아! 이러고 뻗댄다면 그 사람이 나쁜 거야, 아니면 당 노괴 당신이 나쁜 거야?"

"글쎄 그런 것과는 경우가 다르다니까."

"돈 내고 사고파는 건데 다르긴 뭐가 달라! 앙!"

"에휴, 그만둡시다."

그녀의 말이 억지라는 걸 이해시킬 수가 없었다.

평생을 제멋대로, 제가 하고 싶은 대로 하며 살아온 염 파파였다. 오직 장풍한 한 사람에게만 마음으로 굴복했을 뿐, 한 번도 제 고집을 굽혀본 적이 없다.

"쯧쯧, 내가 괜한 말을 꺼내가지고……."

장안성에 불선다루 분점을 내자고 말했던 걸 후회했지만 이제는 소용없다.

염 파파가 머리를 설레설레 흔들었다.

"괜한 말이 아니야. 당 노괴 당신의 생각이 아주 좋았다니까 그러네."

"그럼 팔겠다고 내놓은 가게를 하나 삽시다. 찾아보면 많을 거야."

"필요없어. 거기가 제일 좋아."

"꼭 만화대반점을 고집하는 이유가 뭐요?"

"세상에 널리 알리려면 사람들이 쉽게 찾을 수 있어야 하지 않겠어? 그러기에는 그곳만큼 좋은 자리가 없어."

"세상의 이목을 끌겠다고?"

"당신이 강호에 나왔다는 걸 이제 알 만한 놈들은 다 알 거야. 물론 나까지 함께 나왔다고는 상상도 못하겠지만."

"그렇겠지."

"그런데 군이 숨어 있을 필요가 있나? 이왕 이렇게 된 거 다 까발리고 떳떳하게 활동하라는 거야. 당 노괴 당신이 말이야."

"이제 보니 염 매 당신은 꿍꿍이속이 있군?"

"맞았어. 당신이 그렇게 세상의 이목을 붙들어놓는 동안 나는 나대로 자유롭게 볼일을 보겠다는 거지. 왜, 불만있어?"

"그러니까 당신 말은 지금부터 나더러 바람막이가 되라는 거잖아? 허, 기가 막혀서……."

염 파파의 엉뚱한 말에 당 노인이 입을 딱 벌렸다.

"나를 위해서 그 정도 수고도 못해주겠다면 여기서 딱 갈라져. 제 갈 길로 가는 거야."

"염 매, 설마 진심은 아니겠지?"

그 말에 당 노인이 울상을 지었다. 하지만 속으로는,

'에휴, 그저 여자라는 것들은 어려서나 늙어 꼬부라져서나 죄다 철없기는 마찬가지야. 남자를 귀찮게 해.'

라고 구시렁거리고 있었다.

그를 흘겨본 염 파파가 달래듯 말했다.

"당신이나 나나 앞으로 살면 얼마나 살겠어? 그러니 뒷일을 예비해두지 않으면 죽어서도 후회하게 될 거야."

"뒷일이라니?"

"어찌 된 게 당신은 정말 늙어가면서 점점 바보가 되는 것 같아."

"……."

"장차 강호가 시끄러워질 텐데 당신이나 나나 늙은 몸으로 나서서 북 치고 장구 치고 할 수는 없겠지?"

"에휴, 이젠 기력이 달려서 그럴 수도 없어."

"나도 그래. 젊은것들을 상대로 오래 싸울 수가 없지. 그러니 이제 큰일을 하기에는 너무 늦은 거야."

염 파파나 당 노인의 내공은 가히 무적지경에 이르렀다고 해야 하리라.

하지만 몸이 젊었을 때와 같지 않으니 근력이 달리고 유연성이 떨어졌다.

내공의 힘에 의해서 신공절초를 발휘해 싸울 수는 있으나 오래 끌수가 없는 것이다.

기예와 안목은 이미 신의 경지에 들어서 통달하지 않은 것이 없다. 그러나 몸이 받쳐 주시 못하니 어쩌랴.

"젠장, 분하지만 염 매의 말에 동의하지 않을 수 없군."

"지금 소걸이를 위해서 무언가 해놓지 않으면 안 돼. 우리가 이대로 덜컥 죽어봐. 누가 그 녀석을 돌봐주겠어?"

"옳거니!"

당 노인이 무릎을 쳤다.

"그러니까 여기서 사람들을 끌어 모아 한 세력을 만들자는 거로군?"

"미련퉁이 같으니. 이제야 말귀를 알아듣는구만."

"알았어. 내가 장안성에 둥지를 틀고 쓸 만한 것들을 끌어 모아서 번듯한 문파를 하나 세우지 뭐. 불선다루파라고 할까? 그런데 어째 이름이 좀……."

"망할 늙은이 같으니라구."

염 파파가 매섭게 눈을 흘겼지만 입가에는 미소가 떠올라 있었다.

그 무렵, 만화대반점의 주인 왕가경은 동창 장안 지부 안에 있었다.

음양쌍존 등이 강호의 절정고수라니 부(府)의 추관이나 참장의 도움을 받는 것보다 동창의 입김이 더 잘 먹혀들어 갈 거라는 판단을 했던 것이다.

초초하고 분한 마음을 애써 삭이며 접견실에서 기다리기를 얼마쯤 했을까.

조금씩 지루해져 갈 무렵 한 사람이 불쑥 들어섰다.

그를 본 왕가경이 반색을 하고 일어서 맞았다.

평소 정기적인 상납을 통해 우의를 돈독히 하고 있는 갑위(甲衛)의 위령(衛領) 능학빈(陵鶴彬)이었다.

채 지부와 감찰관, 총령 다음으로 높은 자리에 있는 자이니 장안성에서는 아무도 그를 무시하지 못한다.

다섯 명의 당두(檔頭:조장)와 오십 명의 창위를 거느리는 첩형(貼刑)의 신분에 지나지 않으나 평소 아문의 부윤과 놀았고, 상장군도 그가 오면 군막 밖으로 나와 맞이했다.

참장과 맞먹고, 교위니 교령이니 하는 군관들은 턱짓으로 부리는 막강한 세력자인 것이다.

그 능학빈이 번쩍이는 눈을 데구루루 굴리더니 대뜸 인상을 찌푸렸다.

"이 밤중에 갑자기 보자고 하다니, 그럴 만큼 급한 일이라는 게 뭐요?"

"능 대인, 소인이 평소 대인을 흠모해서 정성을 다해 모셨는데 이제는 그럴 수 없게 되었군요."

대뜸 능학빈의 옷자락을 쥔 왕가경이 처량한 얼굴을 하고 울먹이며 말했다.

능학빈이 놀라 왕가경을 부축해 앉혔다.

그는 매달 스무 냥의 은자를 찔러 넣어주는 든든한 물주 중 한 명이었다. 무시할 수 없는 것이다.

"아니, 당신 그게 무슨 말이오? 갑자기 죽기라도 할 사람처럼 말하는군?"

"흑, 능 대인을 오래오래 모시며 살고 싶었는데 이제는 정말 목이라도 매달아야 할 처지가 되었으니 어찌 슬프지 않겠습니까."

"이런, 이런, 누가 당신을 곤란하게 하는 모양이군. 자, 자, 마음을 가라앉히고 찬찬히 말해보시오. 이 장안성에서 감히 당신을 못살게 구는 자가 있단 말인가?"

"성안 저잣거리를 어슬렁거리는 것들은 말 못하는 강아지라 할지라도 대인과 저와의 돈독한 관계를 잘 알고 있는데 감히 야료를 부릴 엄두인들 내겠습니까?"

"오라, 그러니까 아무것도 모르는 외지인이 그렇게 하는 게로군?"

"날강도도 그런 날강도들이 없답니다. 오죽하면 제가 이렇게 버선발로 달려와 능 대인의 보살핌을 청하겠습니까?"

"흐음."

"부디 매맞고 들어온 자식을 바라보는 어버이의 심정으로 소인의 억울함을 풀어줍시오."

그는 능학빈보다 다섯 살이나 위다. 그럼에도 불구하고 스스로를 자식이라 칭했으니 웃음이 터져 나올 일이었다.

하지만 능학빈은 웃을 수 없었다.

이때까지 받아먹기만 했으니 이제 그를 위해 무언가 해줄 때가 되었다는 걸 안 것이다.

안 해줄 거면 모르되, 이왕 해줘야 할 일이라면 화끈하게 해주는 게 뒷날을 위해서도 좋다.

능학빈이 결연한 얼굴로 말했다.

"자, 말해보시오. 내가 어떻게 해드리리까? 당신을 괴롭히는 놈이라니 분해서 내 피가 다 끓어오르는군. 죽여달라면 죽여줄 것이고, 사지를 분질러서 평생 뇌옥에 가둬달라면 그리 해드리리다."

【第二章】

나머지는 네가 알아서 해

1

요란한 말발굽 소리가 장안성의 깊은 밤을 깨웠다.

청석이 깔린 대로를 거침없이 질주하는 오십 필의 말 위에는 검은 옷에 검은 죽립을 눌러쓰고, 검은 피풍을 펄럭이는 날렵한 무사들이 타고 있었다.

그들이 동창의 창위들이라는 걸 아는 사람들은 누구도 눈살조차 찌푸리지 못했다. 게다가 오십 명이나 되는 자들이라니.

기웃거리던 머리통을 재빨리 집어넣을 뿐이다.

사통부귀가 뒤편, 깊은 골목길이 요란한 말발굽 소리로 흔들렸다.

술에 취해서, 아니면 계집에 홀려서 흥청거리고 소란스럽던 청루며 홍루의 소음들이 씻은 듯 사라졌다.

"동창이다!"

그 낮은 외침 한마디에 사람들은 술이 깨고 흥이 사라져서 모두 두려운 눈을 데굴데굴 굴리며 골목 안을 달려가는 말발굽 소리에 귀를 기울일 뿐이다.

어디 조 태감에게 반항하는 역적의 무리라도 나타난 건지 모른다.

그렇다면 오늘밤 사통부귀가 전체가 무사하지 못하리라.

애꿎은 자들마저 모조리 끌려가 지독한 취조와 고문을 당하게 될 것이다.

"제기랄."

술이 확 깬 누군가가 낮게 투덜거렸다.

이제는 달아날 수도 없으니 꼼짝없이 공포의 아침을 맞을 수밖에 없다는 생각이 모두를 떨게 했다.

그처럼 순식간에 장안성을 싸늘하게 얼리며 달려온 말발굽 소리가 허름한 객잔 앞에 멎었다.

사통부귀가의 골목에서도 다시 골목으로 몇 번을 들어온 음침하고 지저분한 곳이다.

십여 명이 남고, 나머지는 말에서 뛰어내린 즉시 사방으로 몸을 날려 흩어졌다.

쾅!

굳게 닫혔던 객잔의 문짝이 네 조각이 되어 부서져 버리고, 저승사자 같은 창위들이 와르르 쏟아져 들어와 텅 빈 주청 가득 늘어섰다.

그리고 능학빈이 옷에 묻은 먼지를 털며 천천히 걸어 들어왔다.

사색이 된 점소이들과 주인이 신도 신지 못하고 달려와 납작 꿇어 엎드렸다.

능학빈은 거만하다.

이런 일에 이골이 났을 만큼 관록이 붙어서 제가 어떻게 처신하고,

어떻게 행동해야 하는지 잘 안다.

피풍을 멋지게 펄럭이며 탁자에 앉자 창위 한 놈이 벌벌 떨고 있는 주인의 등짝에 대고 소리쳤다.

"술!"

"예, 예."

미친 듯 주방으로 달려들어 간 주인이 한 단지의 술을 안고 허둥거리며 달려왔다.

덜덜 떨리는 손으로 반은 쏟아가며 잔을 채워주는 주인을 차갑게 바라보던 능학빈이 입을 떼었다.

"늙은이 둘과 강호의 무리 다섯 명이 여기 묵고 있지?"

"예, 예, 초저녁에 들어와 방 세 개를 차지하고 들어앉아 꼼짝하지 않고 있습니다. 이층 상방인뎁쇼?"

능학빈의 눈짓을 받은 창위 세 명이 후르륵 몸을 날리더니 새처럼 가볍게 이층으로 뛰어올랐다.

그들이 상방이 있다는 복도 끝으로 사라지고 얼마쯤 지났을까.

꽈당거리고 무엇이 부서지는 소리와 고함 소리, 낮은 비명 소리가 시끄럽게 들렸다.

그러더니 곧 기세등등하게 달려갔던 세 놈의 창위가 비틀거리며 복도로 쫓겨 나왔다.

"응?"

능학빈이 눈을 크게 떴다.

감히 동창의 창위라는 걸 알면서도 반항을 하는 대담한 자가 있다는 게 사뭇 의외였던 것이다.

비틀거리며 물러서는 창위들을 향해 천천히 다가오고 있는 자는 갈평이었다.

"추혼랑 갈평?"

그를 알아본 능학빈이 잔뜩 눈살을 찌푸렸다.

동창은 손대봐야 건질 게 적은 강호의 일에는 좀체 나서지 않는다. 그들은 어디까지나 관부에 속해 있는 자들이고, 그런 만큼 황제 주변의 정치적인 일들에 대한 관심이 클 뿐이다.

강호가 어떻게 돌아가든 그것이 자신들의 일과 부딪치지 않는 이상 별 상관이 없는 존재들인 것이다.

강호의 무리들 또한 동창과의 조우는 되도록 피하려고 애썼다. 득보다 실이 많기 때문이다.

그래서 그들은 서로 소 닭 보듯 하기가 일쑤였는데, 오늘은 그렇지 않았다.

갈평은 강호의 일에는 좀체 나서지 않는 동창에서도 잘 알 만큼 유명한 인물이었다.

'빌어먹을, 일이 쉽지 않겠군.'

추혼랑 갈평이 끼어 있다면 한바탕 소란을 피할 수 없을 것이다.

귀찮은 일이지만 이왕 왕가경의 부탁을 들어주기 위해 나왔으니 확실하게 해주지 않을 수 없다.

능학빈이 남은 술을 한숨에 들이켜고 천천히 일어났다.

갈평 정도 되는 고수라면 몇 명의 창위들이 상대할 자가 아니라는 걸 잘 아는 것이다.

"내려와라!"

주청 복판에 버티고 선 능학빈이 차갑게 말했다.

그 즉시 갈평에게 밀리고 있던 세 놈의 창위가 훌쩍 몸을 날려 능학빈 곁에 내려섰고, 그들을 따라 내려온 갈평이 칼을 움켜쥔 채 히죽 웃었다.

"우리는 역모를 꾀한 적도 없고, 조 태감의 목을 칠 궁리를 한 적도 없다. 그런데 동창이라니? 무얼 잘못 안 것 아니냐?"

"저, 저런 죽일 놈!"

능학빈이 부드득 이를 갈았다. 감히 조 태감을 들먹이며 비웃다니 그것만으로도 놈은 죽을죄를 지은 것이다.

검을 뽑아 든 그가 수하들에게 소리쳤다.

"이곳에 있는 자들은 한 놈도 남김없이 쓸고 간다! 쥐새끼 한 마리라도 놓치는 자는 문책하겠다!"

"합!"

우렁차게 대답한 창위들이 그 즉시 사방으로 흩어졌고, 일부는 밖으로 뛰어나갔다.

어느새 낡은 객잔은 물론 주변 건물의 지붕에는 또 다른 창위들이 우뚝우뚝 서서 천라지망을 펴고 있었다.

능학빈이 이끄는 갑위 오십 명이 모두 이 지저분한 골목 안에 모여들었으니 이처럼 두렵고 무서운 밤은 없을 것이다.

"꿇어라!"

능학빈의 냉엄한 호통 앞에서 갈평이 싸늘하게 웃었다.

사실 그는 동창의 창위들과 싸운다는 게 그다지 내키지 않았다. 두려울 건 없지만 귀찮기 때문이다.

이자들은 벌 떼와 같아서 잘못 건들이면 감당하기 힘들었다.

강호를 떠나지 않는 한 끝까지 따라붙을 텐데, 좀 귀찮겠는가.

관부까지 동원해서 추격을 해온다면 숨을 곳도 없게 된다.

그게 싫기 때문에 누구든 동창의 무리와는 원한을 맺으려 하지 않았다.

하지만 지금은 어쩔 수 없다.

갈평이 점점 더 차갑게 가라앉는 눈으로 능학빈을 마주 노려보며 음침하게 말했다.

"대체 무엇 때문에 이러는 건지 이유나 알자."

"너희들은 장안성의 평화를 깨뜨렸어."

"그런 일이라면 포청에서 나왔어야지 왜 동창이냐?"

"말이 많다! 어쨌거나 너는 방금 조 태감을 모욕했다. 더욱 묵과할 수 없지. 목숨이 아깝거든 순순히 포박을 받아라!"

"동창의 나리에게 과연 그럴 만한 재주가 있을까?"

"그래? 그렇다면 보여주지."

능학빈이 작심하고 검끝을 흔들며 나섰다.

갈평이 비록 강호에 이름이 높은 고수라지만 그에게 지고 싶은 마음은 없었다. 동창 장안 지부 내에서도 둘째가라면 서러워할 능학빈인 것이다.

강호의 절정고수가 두렵지 않다.

갈평이 그를 노려보며 스산하게 말했다.

"내 칼은 용서가 없다. 싸움이 시작되면 너희들은 오늘 여기서 모두 죽어야 할 거야."

"흥! 미친놈."

능학빈이 코웃음을 친 즉시 검을 뻗어 치고 들어갔다.

쉬잇! 하는 짧은 파공성이 들린 순간 검은 이미 갈평의 목전에 쇄도

해 들고 있었다.

쉽게 볼 수 없는 쾌검이다.

"헛!"

능학빈에 대해서 제대로 알지 못하고 있던 갈평이 크게 놀랐다.

급히 몸을 움직이며 한숨에 일곱 번이나 방향을 바꾸었지만 능학빈의 검끝은 한 치의 간격을 놓치지 않은 채 집요하게 따라붙었다.

어디로 피하든 그의 검봉에서 벗어날 수 없을 거라는 두려움이 왈칵 밀려들었다.

농창의 무사들이 모두 고수들이라는 건 익히 들어 알고 있었으나 우두머리인 능학빈의 검술이 이처럼 고명할 줄은 미처 예상치 못했다.

등줄기에 식은땀이 흐른다.

그렇다고는 해도 불시의 급습에 맥없이 당하고만 있을 갈평이 아니었다.

"우얍!"

그가 우렁찬 기합성을 터뜨렸다. 그리고 발끝에 온 힘을 쏟아 바닥을 걷어차고 물러서며 맹렬하게 칼을 휘둘렀다.

구명절초인 첨파풍도법(尖破風刀法)이다.

쾌타십면(快打十面)이라는 이름에 걸맞게 한순간에 폭발적인 위력으로 십 방을 찍듯이 쳐대는 절묘한 초식이 쏟아졌다.

그 빠르고 맹렬하기가 능학빈의 쾌검을 오히려 압도할 만했다.

따다다당―!

요란한 쇳소리가 귀 따갑게 터져 나왔다. 시퍼런 불똥이 어지럽게 날고 쉿쉿거리는 바람 소리가 높은 피리 소리처럼 끊이지 않았다.

따앙―!

커다란 소리와 함께 검기 도광이 씻은 듯 사라졌다.

아직도 허공에는 윙윙거리는 검의 웅얼거림과 칼바람 소리가 남아 떠도는데, 두 사람은 다섯 걸음의 거리를 격하고 마주 서서 부릅뜬 눈으로 서로를 노려보고 있었다.

숨소리 하나 거칠어지지 않아서 조용하기 짝이 없다.

"과연."

능학빈이 입술을 씰룩이며 낮게 말했다.

'이자에 대한 소문은 거짓이었군. 과소평가되고 있었어.'

그런 생각이 들지 않을 수 없었다.

자기가 생각하고 있던 것보다 갈평의 솜씨가 훨씬 높았던 것이다.

갈평도 감탄한 기색을 감추지 못하고 중얼거렸다.

"이건 정말 놀랍군."

그의 입가에는 이제 여유롭던 미소가 사라졌다.

얼마 전 당 노인으로부터 무상광명신공의 구결 한 줄을 전해 받아 수련한 그였다.

그 덕에 무공 조예가 한층 깊어지고 무학에 대한 깨달음이 높아졌다.

이전보다 적어도 두어 단계는 올라섰으리라.

그렇지 않았더라면 능학빈의 그 쾌검 일식에 크게 당하고 말았을지도 모른다는 생각이 들어 등줄기가 서늘해졌다.

갈평이 진심으로 감복해서 말했다.

"동창의 무사들 중에 그대와 같은 고수가 숨어 있었을 줄은 몰랐소."

"흐흥, 아직 시작하지도 않았어."

능학빈이 싸늘한 비웃음을 흘리고 이글거리는 눈으로 쏘아보았다.

갈평의 솜씨가 들었던 것보다 훨씬 뛰어나다는 걸 알자 투지가 솟구쳤던 것이다.

2

"아, 시끄러. 도대체 잠을 잘 수가 없잖아요!"

이층에서 들려온 뜻밖의 소리에 막 검초를 풀어내리던 능학빈이 흠칫 놀라 물러섰다.

"어? 어? 너, 너는……?"

그의 눈이 찢어질 듯 커졌다.

부서져 버린 이층 난간을 짚고 서서 졸린 눈을 비비고 있는 소년을 본 것이다.

눈에 익다. 아니, 잊을 수 없는 얼굴이다.

"소걸이 아니냐? 네가 어찌 이곳에?"

"어라? 이제 보니 능 아저씨였군요?"

소걸도 놀라긴 마찬가지였다.

바깥이 시끄러워 잠에서 깨자 짜증이 났다.

지금 저쪽 방에는 할머니가 있고, 제 곁에는 코를 골고 있는 할아버지가 있다.

두 노인이 여기 이렇게 있는데 대체 어떤 겁없는 것들이 호랑이 굴에 기어들어 와 소란을 떠나 싶어서 어슬렁거리며 나왔던 것이다.

갈평과 싸우는 자가 능학빈이라는 걸 안 소걸이 의아해져서 고개를 갸웃거렸다.

그가 감히 할아버지가 있는 곳에서 저렇게 소란을 떨다니, 죽고 싶어진 건가? 하는 의문이 들어서다.

갈평도 의아해서 소걸을 바라보았다.

"아는 사람이냐?"

"그럼요, 한솥밥을 먹은 적도 있는걸요?"

불선다루에서의 일을 얘기하는 것이지만 갈평이 알 리가 없다. 그가 더욱 알 수 없다는 얼굴로 능학빈과 소걸을 번갈아 바라보았다.

난데없는 훼방꾼이 소걸이라는 걸 확인한 능학빈이 천천히 두려움으로 질려갔다.

그가 주위를 두리번거리며 낮게 물었다.

"네가 이곳에 와 있다니, 그럼 혹시, 혹시…… 그분께서도……."

"히—"

소걸이 누런 이를 드러내고 히죽 웃었다. 능학빈의 얼굴은 이제 백지장처럼 창백해졌다.

그때 이층 구석의 방에서 기침 소리가 들려왔다.

"커흠, 커흠."

"흐억!"

능학빈은 헛기침 소리만 들어도 그게 누구인지 알 수 있었다.

그가 식은땀마저 흘리며 쩔쩔매는 걸 본 갈평이 빙긋 웃고 칼을 거두었다.

"으으음……."

능학빈의 입에서 강아지 않는 듯한 신음이 낮게 흘러나왔다.

'죽일 놈의 왕가경 같으니. 내 그놈의 다리몽둥이를 작신 분질러 놓

고 말 테다.'

그런 원망이 절로 나왔다.

상대해야 하는 사람들이 누구인지 제대로 알려주지 않았다는 원망 때문이지만, 그가 더 말하기도 전에 뛰쳐나온 건 능학빈 자신이었다.

도와달라는 말이 떨어지기 무섭게 탁자를 두드리며 일어나 소리치지 않았던가.

"비상이다. 갑위의 창위들 모두 출동한다!"

그리고 기세등등하게 달려왔다.

지부대인이 자리를 비운 틈을 타서 오랜만에 장안 성중에 저의 위세를 한껏 과시해 보이고 싶은 마음이 컸던 것이다. 왕가경 앞에서 생색도 내고 싶었다.

장안성 내에서 감히 난동을 부릴 무림인은 없다고 해도 과언이 아니다.

그러니 왕가경의 말대로라면 아무것도 모르는 촌것들이 얄팍한 무공을 믿고 으스대는 건지도 모른다고 여겼다.

아니면 산속에 처박혀 있던 녹림도의 무리 몇 놈이 간덩이가 부어서 장안성에 숨어들어 와 만화대반점을 통째로 집어삼킬 허황된 꿈을 꾸었을 것이다.

그런 놈들을 잡아서 주리를 틀면 그 아니 통쾌할 것인가.

왕가경은 물론 크게 감격해서 바리바리 돈궤짝을 실어 보낼 것이고, 사통부귀가의 다른 장궤들도 '역시!' 하고 소리치며 잘 보이기 위해

줄을 댈 것이다.

밤 산책 삼아 부하들을 거느리고 위세를 떨며 한 번 다녀오면 되는 일인 줄 알았는데……

추혼랑 갈평이 나타났을 때만 하더라도 긴장하긴 했으나 크게 놀라지는 않았다.

갈평 같은 고수가 이 일에 끼어 있다는 게 의문이었을 뿐, 오히려 심심치 않게 되었으니 잘된 일이라고까지 생각했던 것이다.

그런데 지금은 음양쌍존이 떡 버티고 있다.

백의남학 설중교가 있고, 그 유명한 종남광도 도굉이 부리부리한 눈을 굴리고 있지 않은가.

강호의 소문대로라면 그들은 모두 갈평보다 상수들이었다. 특히 음양쌍존의 존재감은 비교할 수 없이 무겁다.

그러나 그들보다도 더 무서운 두 사람.

염 파파가 졸린 눈을 비비다가 힐끔 바라보았다. 그 즉시 능학빈이 바닥에 이마를 찧었음은 물론이다.

"흘흘, 몇 달 보지 못했더니 많이 컸구나."

당 노인이 히죽 웃으며 말했고, 능학빈의 이마는 방바닥을 뚫고 들어갈 듯 달라붙어 버렸다.

"용서하십시오. 제가 아둔해서 두 분 신선께옵서 왕림해 계신 걸 모르고 있었습니다."

"그거야 너를 탓할 게 못 되지. 걱정할 것 없느니라."

"예, 옙! 감사합니다!"

"그런데……"

"하명하소서!"

능학빈은 충직해도 그처럼 충직할 수 없는 종이 되어 있었다. 그걸 바라보는 음양쌍존 등의 얼굴에 감탄지색이 가득해졌다.

'과연 두 분 노신선께서는 동창까지도 손에 넣고 주무르시는구나.'

존경의 염이 더 더욱 우러날 뿐이다.

"할멈이 뭘 원하는지 알겠어?"

"불선다루 분점을 이곳에 내시겠다는 것 아니겠습니까?"

"그렇지. 그런데 그곳이 만화대반점이야."

"문제없습니다. 파파께옵서 하시겠다면 하시는 거지 누가 아니라고 할 수 있겠습니까?"

"허, 너도 그렇게 생각하는 게냐?"

"예?"

능학빈이 어리둥절해서 고개를 들었다가 당 노인과 시선이 마주치자 깜짝 놀라 다시 이마를 땅에 붙였다.

'내가 뭘 잘못 짚었나?'

그런 의문이 들어서 등짝에 식은땀이 다 났다.

당 노인도 당연히 염 파파와 같은 생각일 줄 알고 장단을 맞추었는데, 그게 아닌 것 같다는 의심이 불쑥 들었던 것이다.

"당 노괴, 자꾸 그렇게 딴지를 걸 거야?"

"내가 뭘……."

"말을 꺼낸 건 당신이잖아. 그럼 책임을 져야지."

"그래도 이건……."

"시끄러!"

당 노인이 머쓱해진 얼굴을 하고 외면했다.

염 파파가 동의를 구하듯 부드러운 음성으로 능학빈에게 말했다.

"내가 그냥 빼앗겠다는 것도 아니야. 돈을 주고 사겠다는 데 그게 잘못이냐?"

"그, 그럴 리가 있습니까요."

지금 능학빈의 입장에서는 염 파파가 생으로 뺏는다고 해도 발 벗고 나서서 도와주지 않을 수 없다. 자신의 목숨이 바로 염 파파와 당 노인의 손에 저당 잡혀 있는 까닭이다.

"그럼 네가 가서 잘 흥정해 봐. 그 망할 놈의 장궤가 웬 고집은 그리 센지 내 말도 통하질 않는구만 그래."

"알겠습니다. 파파께옵서는 그런 사소한 일에 신경 쓰지 마옵소서."

씩씩하게 말한 능학빈이 꾸벅 절하고 즉시 달려나갔다.

"예? 아니, 능 대인, 그게 무슨 말씀……."

"얼마면 팔겠는지 그것만 말해."

"하지만 제가 능 대인께 부탁드린 건 그게 아닌데……."

"시끄러! 너는 돈 받고 반점을 넘기면 그만이다. 장안성이 코딱지만 한 데도 아니고, 사통부귀가에 만화대반점 하나만 있는 것도 아니잖아! 네 마음에 드는 다른 가게 한 개를 사서 이사하면 그뿐, 좀 귀찮기는 하겠지만 망하는 것도 아니다! 그러니 시키는 대로 해!"

"……."

"내 말을 듣지 않으면 어떻게 되는지 잘 알지? 장안성에 아예 발을 붙이지 못하게 되는 수가 있다. 커흠."

왕가경은 울상이 되었지만 더 말할 수 없었다.

무소불위의 권력을 행사하는 동창 아니던가.

조 태감의 치하에 있으면서 그 위세가 더욱 높아지고 살벌해져서 그들의 눈 밖에 나면 어디서든 발붙이고 살 수가 없게 된다.

더구나 자신처럼 장사를 해서 먹고사는 사람들에게는 더욱 그렇다.

분한 마음을 애써 삭이느라 한동안 끙끙거리던 왕가경이 독하게 마음먹고 말했다.

"좋습니다. 능 대인까지 그렇게 말씀하시니 팔지요. 하지만 그동안 닦아놓은 제 수고에 대한 대가까지 쳐서 받아야겠습니다."

"그래서 얼마면 되겠다는 거야?"

"이만 냥을 주십시오. 그러면 팔겠습니다."

"이만 냥?"

능학빈이 눈을 부릅떴다. 한 냥이면 쌀 두 가마를 살 수 있다. 그러니 이만 냥이라면 어마어마한 돈이다. 장안을 다스리는 부윤의 삼 년치 녹봉에 해당될 것이다.

염 파파에게 그런 돈이 있을 리 없지 않은가.

한동안 눈살을 찌푸리고 고민하던 능학빈이 잘라 말했다.

"그건 너무 많아. 일만 냥으로 해."

"대인!"

"일만 냥도 사실 엄청난 돈이야. 이까짓 삼층짜리 다 낡아빠진 건물 값으로는 과하지."

"하지만 대인."

"알아, 안다고. 자릿값이라는 게 있고, 그동안 다져 놓은 평판이 있으니 더 받아야겠지. 그래도 일만 냥이면 충분해."

충분하지는 않다. 조금 부족한 감이 있었으나 이쯤에서 흥정을 끝내는 게 이롭다는 걸 왕가경은 잘 알았다.

그가 처음부터 이만 냥을 부른 건 흥정을 하기 위해서지 사실 그 돈을 다 받겠다는 뜻은 아니었던 것이다.

흥정이라는 게 다 그런 것 아니던가.

거기서 반을 후려친 건 좀 과했지만 서로 물러설 줄 알아야 흥정이 성사되기 마련이다.

"좋습니다. 사흘 안으로 그 돈을 마련해 온다면 기꺼이 반점을 넘겨 드립지요. 이게 다 능 대인의 낯을 봐서 힘들게 내린 결정이라는 것만 알아줍시요."

"흥."

3

"뭐시라? 일만 냥?"

당 노인이 놀라 소리쳤지만 염 파파는 못 들은 것처럼 지그시 감은 눈을 뜰 생각도 하지 않았다.

"그걸 받지 못하면 팔지 않겠다고 뻗대는데 소인으로서도 어쩔 수가 없었답니다."

마치 제 잘못이라는 듯 능학빈이 얼굴을 들지 못하고 쩔쩔맸다.

당 노인이 주섬주섬 주머니에 든 것을 꺼내놓았다. 반짝이는 열 냥짜리 은괴 덩어리 세 개가 나왔을 뿐이다.

그걸 본 자들이 품을 뒤져 돈이 될 만한 것들을 죄다 꺼내놓았다.

일천 냥은 나감직한 보석 두 개와 금붙이며 은자들이 나왔는데, 모두 합쳐 봐야 삼천 냥을 넘지 못한다.

그제야 눈을 뜬 염 파파가 그것들을 보자기에 싸더니 능학빈 앞에 밀어놓았다.

"나머지는 네가 알아서 할 수 있겠지?"

"예?"

"할 수 있잖아."

눈을 가늘게 뜨고 째려보는 염 파파 앞에서 어쩔 수 있을 것인가.

"예, 예."

능학빈이 땀을 뚝뚝 떨어뜨리며 보자기를 안고 일어섰다.

*   *   *

소집령이 떨어졌다.

사통부귀가는 물론, 그 밖의 거리에서 제법 장사를 크게 한다는 장 궤들이 속속 동창 장안 지부 안에 있는 화평각으로 모여들었다.

동창에 귀빈이 찾아왔을 때 숙소로 제공되는 곳인데, 오늘은 갑위의 위령인 능학빈의 명령에 따라 개방되어 특별한 손님들을 맞은 것이다.

지부대인인 채경이 보름 전 조 태감을 만나기 위해 감찰관과 함께 북경으로 올라가고 없기에 가능한 일이었다.

화평각을 잠시 쓰도록 해달라는 능학빈의 부탁을 받은 총령 강위가 빙긋 웃으며 말했다.

"그렇다면 쓰도록 하게. 뒤탈이 나지 않도록 적당한 선에서 해."

"여부가 있겠습니까?"

그렇게 해서 갑위와 을위를 총괄하는 총령으로부터 허락을 받은 능 학빈은 그 즉시 상인들을 불러들인 것이다.

"…그래서, 이번 가을에 있을 삼문협의 대홍수에 대비해 미리 난민 구제를 위한 성금을 걷어놓겠다는 것이오."

"……."

"여러분들이 장안성의 확고한 치안과 우리의 노력으로 안전한 환경에서 장사에 임하고 있으니 나로서도 가슴 뿌듯한 일이오."

"……."

"많은 돈을 벌고 부자들이 되었으면 이제는 불쌍한 우리 이웃에게도 조금은 나누어주어야 하지 않겠소?"

"……."

도대체 반응들이 없다.

앞에 놓인 차가 싸늘하게 식어갔지만 누구 하나 입에 대려고도 하지 않았다.

매섭게 그들을 훑어본 능학빈이 헛기침으로 주위를 환기시키고 다시 말했다. 카랑카랑한 음성에 힘이 들어갔다.

"강요하는 건 아니지만 매년 홍수로 곤란을 겪는 불쌍한 사람들을 생각해 보기 바라오."

"능 대인."

장안성에서 가장 큰 포목상을 운영하고 있는 곽가가 손을 번쩍 들었다.

"삼문협이라면 이곳과는 천 리나 떨어진 곳 아닙니까? 그곳은 우리 관내도 아닌데요?"

"이보시오, 당신의 부모님은 여기서 수천 리 떨어진 개봉부에 살지요? 거기는 우리 관할이 아니니 당신은 노부모가 병들어도 모른 척하겠군. 왜? 관할인 개봉부에서 알아서 해줄 테니까 말이야. 그렇소?"

말도 안 되는 억지다.

막 그에 대해 반박하려던 곽가는 옆구리를 찌르는 염가의 눈짓을 받고 입을 다물었다.

노려보는 능학빈의 눈매가 매서워져 있었던 것이다.

"강요는 하지 않겠소. 자선을 베풀면 하늘의 복을 받아 가게가 더욱 번창하고, 귀찮게 하는 놈들도 얼씬거리지 않겠지만……."

"……."

"수전노는 부처님도 미워하시는 터라 화를 내리실 게 틀림없지. 커흠."

작년에도 이와 비슷한 일이 있었나.

그때는 을위의 위령인 사중걸(史仲傑)이 소집해서 돈을 뜯어냈었는데, 끝까지 버티던 보석상 왕가가 어떻게 되었는지 모두가 잘 알고 있었다.

하루가 멀다 하고 몰려와 생떼를 쓰는 왈짜패들로 인해 왕가의 가게는 난장판이 되었다.

포졸 한 놈 얼씬거리지 않았고, 부윤에게 탄원해도 소용없었다.

한 달 동안 그 난리를 겪자 단골들도 모두 끊겨 버렸다. 아예 찾아오는 손님의 그림자도 없었던 것이다.

결국 왕가는 헐값에 점포를 넘기고 울면서 장안성을 떠나야 했다.

몇백 냥을 아끼려다가 수만 냥의 손해를 보았던 것이다.

그게 작년의 일인데 금년에는 갑위의 능학빈이니 한숨만 나올 뿐이었다.

작년에 사중걸은 화통하게 말했었다.

"내가 돈이 좀 필요해. 주면 고맙고, 안 주면 뭐 할 수 없는 일이지."

그래서 각자 오백 냥씩을 추렴해서 상납하고 무사했다. 속이야 쓰렸지만 까짓 도둑 한 번 맞았다고 여기면 그만이었다.

솔직하게 말하고 뜯어간 사중걸에게는 그나마 미움이 덜했는데, 엄한 홍수를 들먹이며 난민 구제금 운운하는 능학빈은 얄밉기 짝이 없었다.

가을이 되려면 아직 멀었고, 금년에 홍수가 날지 어쩔지는 하늘만 아는 일이다.

그러려니 하고 눌러 참았던 작년의 일에 대한 화까지 치밀어 올라 능학빈이 더욱 밉고 짜증나지만 어쩔 것인가.

"얼마면 되겠습니까?"

애써 분을 삭이며 모두를 대표해 불쑥 물은 자는 사통부귀가에서 가장 큰 잡화점을 운영하는 진달수였다.

능학빈이 웃으며 그에게 포권하고 부드럽게 말했다.

"역시 진 대인은 화통하구려. 나는 그런 사람이 좋다오. 뭐, 많으면 많을수록 좋겠지만 생계에 피해를 입어가면서까지 그럴 필요는 없고……."

진달수의 볼이 부어터졌지만 능학빈은 아랑곳하지 않았다.

"천 냥씩이면 그런대로 되지 않을 듯하오만?"

"처, 천 냥?"

모두의 입이 딱 벌어졌다. 작년보다 배가 뛰었지 않은가.

서로 돌아보는 자들의 얼굴에 어이없고 분하다는 기색이 가득했다.

"좋소. 그렇게 하고 끝냅시다!"

역시 화끈하게 말한 진달수가 품에서 전표 몇 장을 꺼내 탁! 소리가 나도록 탁자에 내려놓고 벌떡 일어섰다.

눈치를 보던 나머지 장궤들도 던지듯 전표를 내려놓았다.

열세 명이 그렇게 했으니 일만 삼천 냥이 손쉽게 걷혔다.

씩씩거리며 나가는 상인들의 뒤에 대고 능학빈이 껄껄 웃으며 포권한 손을 절레절레 흔들었다.

"고맙소, 다들 복을 많이 받아서 금년 한 해 영업이 번창할 것이오."

부족한 돈 칠천 냥을 채우고도 오천 냥이나 남았다. 그중 사천 냥은 총령 강위에게 상납하고 이천 냥은······.

"돈이 좀 더 있어야겠어."

"예?"

"이것저것 내부 수리를 하자면 일꾼이 필요한데······."

"알겠습니다."

품속에 들어갔던 이천 냥은 물론, 제 돈 천 냥까지 보태서 고스란히 염 파파 앞에 밀어놓았지만 속 쓰린 내색을 할 수 없다.

그렇게 해서 사통부귀가에서도 가장 길목 좋은 곳에 있고, 가장 번창한다는 만화대반점이 두 노인의 손에 떨어졌다.

"다루를 만든다는데?"

"뭐야? 미쳤군."

"기루나 객잔, 주루도 아니고 하필 다루래? 허, 자리가 아깝다, 자리가 아까워!"

"다루가 아니라 측간을 만든다고 해도 주인 맘이지 뭐. 안 그래?"

"그나저나 왕 장궤만 속 터지게 되었군. 기껏 공들여 닦아놓은 터를 떡하니 꿰차고 들어앉더니 뜬금없이 다루라니?"

"흐흐흐, 몇 달 버티지 못하고 망할 거다. 내가 장담하지. 누가 여기에 와서 차를 마시겠어?"

장안성 최대의 유흥가이면서 상권을 형성하고 있는 사통부귀가였다. 널린 게 술과 음식이고 여자며 온갖 귀물들이다.

차쯤은 어느 가게에 들어가던지 무한정으로 준다. 공짜다.

그런데 어떤 미친놈이 삼층짜리 다루에 올라가서 비싼 돈을 내고 차를 마시겠는가.

대게 차를 파는 곳은 골목 귀퉁이에 붙어 있었다. 작은 가게에, 허름한 걸상을 내놓고 꾀죄죄한 다모가 끓여주는 것이다.

돈 없고, 구경할 건 많아서 다리품만 팔던 자들이 차 한 잔 홀짝거리며 쉬어가는 그런 곳인 것이다.

그런데 사통부귀가에서도 가장 좋은 곳에, 가장 좋은 건물을 통째로 찻집으로 쓴다니 기가 찰 일이었다.

"그 차에는 온갖 영물들이 들어가고 금잔에 금가루를 풀어서 주는 모양이지?"

"하하하하―"

사통부귀가의 모든 사람들이 마음껏 비웃었지만 오늘도 인부들은 바쁘게 들락거리며 만화대반점의 내부 수리 공사에 여념이 없었다.

【第三章】

불선다루 장안 분점

1

네 필의 말이 끄는 마차 한 대가 바람처럼 장안성 중의 가로를 내달렸다. 마차를 에워싸고 있는 자들은 이십여 명의 동창 무사들이었다.

그들이 성 경계에 들어섰을 때부터 이백여 명의 성군들이 깃발을 펄럭이며 호위를 했으니 어마어마한 행렬인 셈이다.

북경으로 갔던 채 지부가 무엇 때문인지 발등에 불이라도 떨어진 듯 서둘러 돌아온 것이다.

마차는 곧장 동창으로 향했다. 그리고 그것이 멎기 무섭게 뛰어내린 지부대인 채경의 호령이 떨어졌다.

"능학빈을 데려와!"

"네가 사통부귀가의 상인들을 협박해서 돈을 걷었다고?"

"그, 그건……."

머리를 조아리고 서 있는 능학빈의 이마에 진땀이 배었다.

어느 놈이 채 지부에게 일러바친 게 틀림없었다.

반드시 찾아내서 주리를 틀어버리겠다고 속으로 이를 갈았지만 당장 눈앞에 떨어질 화를 걱정하지 않을 수 없다.

쩔쩔매고 있는 능학빈을 지그시 노려보던 채 지부가 환관 특유의 가늘고 높은 웃음을 터뜨렸다.

"오호호호— 잘했어."

"예?"

"잘했단 말이다."

"……?"

영문을 알 수 없는 일이라 능학빈은 오직 어리둥절해서 채 지부의 눈치를 볼 뿐이었다.

그는 북경에서 무소불위의 권력을 행사하고 있는 조 태감의 심복이었다.

제독태감이라는 최상의 자리에 올라 있는 조 태감은 각지의 동창 지부로 수하 태감들을 내려보냈는데, 그중에 석 달에 한 번씩 꼬박꼬박 불러들여서 독대하는 건 채경이 유일했다.

그만큼 신임하고 있다는 증거이고, 그래서 조 태감이 죽고 나면 그 뒤를 채경이 이을 것이라는 관측이 북경 정가에 널리 퍼져 있기도 했다.

그런 채경인만큼 두렵고 조심스럽지 않을 수 없다. 한 번 잘못 찍히면 부귀공명을 꿈꾸던 인생이 내던져진 사기그릇처럼 박살나기 때문이다.

능학빈은 채 지부의 심중을 알 수가 없어서 마음이 더욱 조마조마

했다.

눈알만 부지런히 굴리고 있는 능학빈을 바라보던 채 지부가 다시 웃음을 지었다.

"북경성에서 네 이야기를 들었다."

"예, 예……."

동창의 정보망은 천하에 거미줄처럼 깔려 있다. 그들이 마음만 먹는다면 누구도 그것에서 빠져나갈 수가 없다.

"다루를 세운다는 분이 과거 강호에 위명을 드날렸던 노영웅이라면서?"

어느새 그것까지 꿰차고 있는 채 지부였다.

능학빈의 얼굴이 파랗게 질렸다. 그렇다면 제가 당 노인에게 꽉 잡혀서 때로는 그의 명령을 들을 수밖에 없다는 것도 알지 않을까? 하는 불안함 때문이다.

동창에 속한 자가, 그것도 요직에 올라 있는 자가 동창 이외의 곳이나 사람에게서 명령을 받아 움직인다면 반역이나 다름없다.

열 번 목이 잘려도 부족한 중죄인 것이다.

진땀을 닦아낼 생각도 잊은 채 쩔쩔매는 능학빈을 지그시 내려다보던 채 지부가 수염도 없는 턱을 쓰다듬으며 눈웃음을 쳤다.

"괜찮아, 괜찮아. 그렇게 떨 거 없어."

"예?"

여전히 영문을 알 수 없다.

능학빈이 눈을 비비고 혀를 깨물어 보았다. 내가 지금 꿈을 꾸고 있는 건 아닌가, 하는 의심이 들어서다.

"그놈들한테서 좀 더 뜯어내도 좋았을 걸 그랬다."

이젠 놀라는 일도 지쳤다. 될 대로 되라는 심정으로 그저 듣고 있을 뿐이다.

"적극적으로 도와드려."

"하오면…… 꾸짖으시는 게 아닙니까?"

"당 노영웅의 곁에서 수족이 되어 도와드려라. 조 태감 각하의 특명이기도 하다."

"……."

"너를 아예 그곳으로 파견시켜 줄까?"

"도대체 무슨 일이 있는 건지 소인은 통 영문을 모르겠습니다."

"오호호호, 네가 자세한 사정을 알 필요는 없어. 그저 너는 당 노영웅의 신임을 받으면 된다. 그 일만 잘하면 조 태감 각하께옵서도 너를 매우 귀여워하실 거야."

불길하다. 그래서 능학빈은 야단을 맞을 때보다 더 가슴이 조마조마해지고 두려워졌다.

"마무리 공사가 진행 중이라고?"

"그렇습니다. 사흘 뒤면 끝날 것입니다."

"호호, 잘됐군. 그 일 때문에 부랴부랴 돌아오면서도 혹시 늦게 될까봐 많이 걱정했단다."

"……?"

"당 노영웅께서 장안성에 가게를 연다는데, 개업하는 날 내가 참석해서 축하하지 않을 수 있겠어?"

"하오나 그건 강호의 일입니다. 동창과는 아무 상관 없는 일입니다만……."

"상관없는 일이라니? 그런 영웅께서 이웃에 살게 되었으니 당연히 찾아가 인사라도 드려야 하는 게 예의 아니겠느냐?"

무언가 엉뚱하고 지독한 꿍꿍이가 있는 게 틀림없었다.

'혹시 조 태감께서 당 노인을 끌어들이려고 하는 건 아닐까?'

그런 의심이 불쑥 들었다.

그렇다면 하늘처럼 모시고 있는 조 태감 각하가 강호의 일에도 관심을 갖게 되었다는 의미가 되니 심각했다.

동창을 적극적으로 나서게 하지는 않겠지만 누군가를 내세워 강호에 영향력을 행사하기로 마음먹었다면 당 노인만큼 적격자가 없을 것이다.

위에서 하라면 하는 거다. 토를 단다는 건 생각할 수도 없는 게 칼날 같은 동창의 위계질서 아닌가.

능학빈이 깊이 절했다.

"잘 알았습니다. 명대로 수행하겠습니다."

"그래, 그래. 너에게 기대가 크다."

흐뭇하게 웃으며 고개를 끄덕인 채 지부가 손을 들었다. 그러자 휘장 뒤에서 두 명의 수신호위가 구슬과 자개로 화려하게 장식된 상자를 들고 나와 조심히 내려놓고 돌아갔다.

"조 태감 각하의 예물이다. 성의를 표시하는 거니 네가 직접 갖다 드리고 말씀 잘 드려라. 태감 각하께옵서는 워낙 공무에 바빠 찾아올 수가 없단다. 그래서 무척 아쉬워하신다는 말씀도 꼭 전해 드려."

상자를 안고 물러 나오는 능학빈의 얼굴은 어두웠다. 문책을 당하기는커녕 뜻밖에 공을 세운 거나 마찬가지였지만 나중에라도 그것이 칼이 되어 자신에게 돌아올지 모른다는 불안감 때문이었다.

"하하, 능 형. 축하하오."

저쪽에서 을위의 위령인 사중걸이 부지런히 다가오며 손을 흔들었다.

동창에 영입되어 들어오기 전 강호에서는 무정쌍도(無情雙刀)로 불리던 절정의 고수였다.

두 자루의 짧은 칼로 펼치는 풍우음양도법(風雨陰陽刀法)은 강호의 절기로 지금도 이름 높다.

동료이자 경쟁자인 그가 다가와 손을 잡고 치하하지만 능학빈은 기쁘지도 반갑지도 않았다.

"능 형, 과연 형의 능력은 대단하오. 언제 그와 같이 큰일을 해냈는지…… 이번에 조 태감 각하의 신임까지 받게 되었으니 정말 부럽기 짝이 없구려."

"사 형, 괜한 말로 나를 놀리지 마오."

"괜한 말이라니? 나중에 잘되면 이 아우를 잊지나 말아주오."

그의 얼굴에 부러움과 질투가 하나 가득이었다. 그것을 보며 능학빈은 비로소 제가 지금 처해 있는 상황이 그리 나쁘지만은 않다는 걸 알았다.

잘만 처신하면 승승장구, 출세의 길이 훤히 뚫리는 것이기 때문이다.

황궁으로 영전되어 가 동창 본영의 총감 자리쯤 꿰차게 될 수도 있다.

그러면 늘 곁에서 조 태감을 보필하며 수천 명의 창위들을, 그것도 지부가 아니라 북경성에 있는 본영의 창위들을 눈짓 하나로 부릴 수 있으니 그 권세가 대장군 부럽지 않게 된다.

또 그쯤 되면 조 태감의 은전을 입어 황궁 비전의 무학들을 접할 수 있게 되고, 그러면 무위가 날이 갈수록 높아져 지금보다 몇 배는 강해질 수 있을 것이다.

더욱 노력하면 강호에 나와서도 가히 천하제일의 고수라는 영예를 넘볼 수 있게 되리라.

세상천지에 두려울 게 없는 실력과 권세를 한꺼번에 쥐는 것이니 상상만 해도 겨드랑이가 간질거렸다.

'드디어 날개가 돋아나려는가?'

이런 생각에 절로 입이 헤벌쭉 벌어진다.

2

"조 태감이 이런 걸 보내왔어?"

당 노인은 물론, 그것을 바라보는 모두의 눈이 휘둥그레졌다.

능학빈이 내놓은 상자를 열자 귀한 보석이 스무 알, 금괴가 서른 개나 들어 있었던 것이다.

당장 내다 팔아도 일만 냥은 거뜬히 받을 수 있다.

일면식도 없는 조 태감이 이런 보물을 보내왔다는 게 믿어지지 않았다.

"쥐약이로군."

염 파파가 가늘게 뜬 눈으로 노려보며 중얼거렸다. 능학빈이 사색이 되어서 납작 엎드렸음은 물론이다.

"그저 당 노신선께서 장안에 다루를 개업하신다니 그것을 축하한다는 말씀이셨습니다. 황궁의 일이 바빠서 몸소 찾아오지 못하는 게 미안하다는 말씀도 전하셨습지요."

"어떻게 할까?"

당 노인이 슬금슬금 보석 상자를 곁눈질하며 물었다.

염 파파가 외면하고 콧방귀를 뀌었다.

"흥, 노괴 당신이 알아서 해. 여기는 당신 다루니까."

"이런, 나한테 모든 걸 미루고 슬그머니 빠질 생각이로군?"

"처음 말 꺼냈던 게 당신이니까 끝까지 책임져."

당 노인이 문득 쓸쓸한 얼굴이 되어서 염 파파를 물끄러미 바라보다가 어눌하게 말했다.

"당신, 당신은…… 날 이곳에 떼어놓을 셈이구려."

"육십 년이나 붙어 살았는데 지겹지도 않아?"

"나는 육백 년도 안 지겹소."

"난 지겨워."

"염 매……."

"스스로 자립할 생각을 해. 언제까지 내 치마폭이나 쥐고 있을 거야?"

당 노인이 시무룩해져서 고개를 떨구었다.

모든 공사가 끝났다.

만화대반점의 간판이 걸렸던 자리에 새로운 간판이 올라간다.

어지간한 문짝만큼 큰 것인데, 검은 바탕에 붉은 테두리를 둘렀고, 금색 글자로 커다랗게 '불선다루(不善茶樓)'라고 써놓았으니 멀리서도 잘 보였다.

새 단장을 한 다루 앞에 화환의 행렬이 끊이지 않고 늘어섰고, 아침 일찍부터 많은 구경꾼들이 모여들었다.

"부윤의 행차다!"

"굉장하군."

웅성거리던 사람들이 물결 갈라지듯 쫙 갈라졌다.

금빛 갑주를 입고 검은 말에 올라탄 병사들의 위풍이 당당하고, 기치창검이 떠오르는 아침 햇빛을 받아 번쩍이니 그 위용이 과연 대단했다.

그 한가운데 장안성을 다스리는 부윤 엄 대인이 백마에 의젓하게 올라앉아 있었다.

부윤이 올 줄은 뜻밖이었던지라 사람들이 모두 놀란 얼굴로 서로를 돌아보았다.

문 앞에서 부윤을 맞이하는 건 백의남학 설중교다.

그가 만면에 부드러운 웃음을 띠고 부윤을 인도해 안으로 들어갔고, 다시 화려하게 치장한 옷을 입은 한 무리의 사람들이 몰려왔다.

모두가 부중의 고관들이고 아전들이었다.

조금 뒤에 장안성의 병권을 쥐고 있는 총병 이의명이 병사들의 호위를 받으며 왔다.

부윤의 행차 못지않게 위세가 등등한 행렬이어서 구경하던 사람들이 절로 감탄성을 터뜨렸다.

화려한 화복으로 갈아입은 갈평이 그를 맞이해 들어갔다.

총병이 납시었으니 그 휘하의 참장이며 장령들은 저절로 따라올 수밖에 없다.

그리고 또 한 떼의 시커먼 무리들이 무거운 침묵을 두르고 찾아왔다.

"동창이다."

"채 지부가 직접 왔어."

"그래서 부윤이 납시었던 게로군."

"채 지부가 온다니 부윤이 가만히 있을 수가 없지."

"도대체 저 다루가 뭐기에 동창의 채 지부까지 몸소 납신단 말인가?"

"장안성이 건축된 이래 이런 일은 처음일 거야."

능학빈이 채 지부를 호위해 온 것이다.

사람들의 소곤거림이 바람에 흔들리는 댓잎 소리처럼 와사사사 하고 들려왔지만 머리를 꼿꼿이 세운 채 지부대인은 눈길 한 번 주지 않았다.

오늘 하루 성중의 모든 공무가 마비될 것이다.

중요한 자리에 있는 대소 관원들이 좌다 아문 대신 불선다루의 개업식에 출근했기 때문이다.

구름처럼 모여들어 구경하는 사람들 속에는 강호의 무리들도 적지 않았다.

그들은 감히 앞으로 나설 생각도 하지 못하고 사람들 틈에 끼어서 번쩍이는 눈으로 탐색하듯 불선다루 장안 분점을 노려볼 뿐이었다.

"저것 봐, 당문이다!"

누군가가 속삭였다. 그 소리가 즉시 군중들의 귀에서 귀로 옮겨졌고, 그들의 시선이 일제히 사거리에 고정되었다.

세 명의 풍채 좋은 노인들이 말 머리를 나란히 해서 다가오고 있었는데, 사천당문에서 문주보다 한 배분이 높은 삼공들이었다.

대공인 당문파가 이공과 삼공을 대동하고 찾아온 것이다.

그들을 음양쌍존이 나와 맞이했다.

"저기! 화산노선이다!"

"허어, 정말 화산파의 노선이라니……."

사람들 속에 섞여 있던 강호의 무리들이 모두 입을 딱 벌렸다.

시동 둘을 거느린 신선 같은 노인이 노새 등에 걸터앉아 천천히 다가오고 있었는데, 화산파의 수석 장로인 화산노선 양중악이 틀림없었다.

화산파는 장안성에서 가까운 곳에 있으니 장로가 몸소 온 것이다.

"과연 당백아의 위명은 몇 세대를 뛰어넘는군."

누군가가 탄식하며 중얼거렸다.

당백아가 이곳에 불선다루를 세운다는 건 강호에 이미 널리 알려진 소식이었다. 강호의 모든 이목이 집중되지 않을 수 없다.

"종남파다."

사람들이 다시 눈길을 돌린 곳에 세 명의 풍채 좋은 도사가 불진을 떨며 점잖은 걸음으로 다가오고 있었다.

화산파와 마찬가지로 수석 장로인 태을 진인 엄편우가 두 명의 문도를 거느리고 찾아온 것이다.

종남파 또한 장안성과 가까운 곳에 있으니 빠질 리가 없었다. 게다가 그들은 무상광명신공을 숨겨놓은 도경을 아직 회수하지 못했으니 더 그렇다.

종남신선으로 불리는 태을 진인을 수행해 온 중년의 두 도사 중 한 명은 바로 도굉의 사형이자 장차 종남파의 장문 직을 계승할 도홍이었다.

그들을 도굉이 나와 맞이했다.

소림과 무당은 멀리 떨어진 곳에 있는지라 사람을 파견하지 못하고 가까운 곳에 있는 제자들을 축하 사절로 대신 보내왔다.

갑자기 풍악 소리가 요란하게 들려왔다.

돌아본 사람들의 눈이 휘둥그레졌다.

야들야들한 옷을 입은 묘령의 소녀들이 엉덩이를 살랑살랑 흔들며 춤을 추고, 울긋불긋 요란한 치장을 한 사내들이 피리를 불고 북을 치며 다가오고 있었던 것이다.

그 중간에 웃통을 벗은 금강역사 같은 장한 네 명이 교자를 떠메고 있었는데, 그 위에는 항아리처럼 비대한 중이 팔걸이에 몸을 의지하고 비스듬히 앉아 있었다.

늘어진 볼이 가슴을 덮을 듯하고, 뱃살이 바닥에 끌릴 듯하다.

좌우에 두 명의 꽃보다 아름답고 요염한 아가씨가 커다란 부채를 들고 연신 부쳐 대며 따르고 있었다.

"암흑천교다!"

강호의 무리들이 일제히 소리쳤다.

"마미륵(魔彌勒)이 직접 오다니!"

"큰일났다!"

그 비대한 괴승을 알아본 자들이 새파랗게 질려서 호들갑을 떨어댔다.

암흑천교가 백주 대낮에 장안 성중을 활보한다는 것도 놀라운 일인데, 그곳의 구름처럼 많은 마두들 중에서도 열 손가락 안에 꼽한다는 마미륵이 직접 나타난 것이다.

섬서 교당의 당주로 있었지만 좀체 밖으로 나오지 않아 볼 수 없던 마두다. 사람들은 도저히 그가 불선다루의 개점식을 축하해 주러 왔다는 걸 믿을 수 없었다.

금방이라도 피가 내를 이루며 흐르고, 주검이 산처럼 쌓이는 참화가 일어날 것만 같아 다리가 후들거렸다.

마미륵이 나타난 곳에서는 언제나 그랬던 것이다.

그런데 그 악명 높은 마미륵이 얼굴 가득 온화한 미소를 띠고 있다.

다루 앞에 행렬이 멎자 스스로 교자에서 내려오더니 두 손을 공손히 합장하고 제 발로 천천히 걷는 것이 아닌가.

교주 앞에 나갈 때도 교자를 타고 간다고 알려진 마두였다. 그런데 불선다루에 와서는 십 장 밖에서 교자를 멈추고 수행 종사들마저 뿌리친 채 그 큰 몸을 뒤뚱거리며 걷고 있는 것이다.

그렇게 마미륵이 진짜 미륵불이라도 된 것처럼 부드러운 미소를 띠고 한 걸음 한 걸음 걸어갈 때, 다시 군중들 속에서 놀람의 외침이 터져 나왔다.

"광명천이다!"

이십 명의 영준한 청년들이 앞뒤로 호위하고 있는 마차에 꽂혀 펄럭이는 것은 과연 광명천을 상징하는 깃발이었다.

지붕이 덮이지 않은 그 마차에는 한 명의 신선 같은 노인이 의젓하게 앉아 있었다.

"천산검노다!"

그를 알아본 자들이 놀라서 소리쳤다.

백도연합인 광명천의 다섯 봉공 중 한 명인 천산검노 양귀령이 몸소 찾아온 것이다.

그는 때마침 섬서 무림을 돌아보기 위해 연안(延安)의 광명천 섬서 분타에 와 있던 중이었다. 때문에 광명천주가 급히 그에게 전갈해서 특사가 되어 장안으로 가도록 했던 것이다.

"제기랄, 대체 어찌 된 거냐? 갑자기 사통부귀가가 강호의 중심이라도 된 듯하잖아."

이제 호시탐탐 불선다루를 엿보던 강호의 무리들은 모두 허탈해지고 말았다.

화산과 종남파의 장로가 찾아왔을 때에야 가까운 데 있는 자들이니 그럴 수 있다고 치부했다.

당문의 삼공이 온 것도 당백아가 저희들의 웃어른이니 당연한 일이다.

그런데 암흑천교에서 축하 사절을 보내왔고, 이제 다시 광명천에서도 축하 사절이 도착했다. 이쯤 되면 정말 불선다루가 무림의 중심이라고 해도 과언이 아닐 성싶었다.

장안성 한복판에 다루가 아니라 무림의 문파가 들어서서 화려한 개파대전을 하는 것처럼 보일 정도였다.

그리고 공교롭게도 양립할 수 없는 두 거대 세력의 특사들이 거의 비슷하게 도착하여 서로 마주치게 되었다.

사람들은 모두 긴장으로 마른침을 삼키며 사태를 주시했다.

악명이 진동하는 암흑천교의 마미륵이 과연 천산검노를 그대로 둘 것인가.

암흑천교에 대항하기 위해 저 먼 천산에서 내려와 기꺼이 광명천에 몸을 둔 천산검노가 일대의 대마두를 만났으니 어떻게 할 것인가.

그것이 군중들 속에 섞여 있는 강호의 무리들 모두를 숨 막히도록 긴장시켰다.

불선다루 앞에는 음양쌍존이 우뚝 서서 가늘게 뜬 눈으로 역시 그 두 거물의 동태를 지켜보고 있는 중이었다.

마미륵과 천산검노의 위명이 지금 천하에 진동하듯, 십여 년 전에는 음양쌍존의 명성이 그러했다.

만약 그들이 불선다루 앞에서 싸우려 든다면 음양쌍존이 그것을 허락할 리가 없으니 일파만파로 일이 복잡하고 커질 것이다.

천천히 걷던 마미륵이 우뚝 걸음을 멈추고 돌아섰다.

그를 본 천산검노 양귀령도 어깨를 움찔 떨고 멈추어 선 채 마미륵을 뚫어지게 노려보았다.

3

"아미타불."

마미륵의 입에서 불호성이 튀어나왔다.

두 손마저 합장한 채 웃고 있지 않은가.

양귀령의 얼굴에도 한줄기 웃음이 배었다.

"좋아 보이는구려."

빙긋 웃고 포권까지 한다.

마치 오래간만에 만난 지인을 대하듯 은근한 정까지 내비치는 것이어서 지켜보던 사람들이 모두 제 눈을 비볐다.

"좋은 날이니 좋게 좋게 넘어갑시다."

그래도 마음에 꺼림칙함이 남아 있었던지 천산검노 양귀령이 마미륵을 스쳐 지나가며 들릴 듯 말 듯 던진 말이다.

"바라는 바였느니라. 아미타불."

재빨리 속삭인 마미륵도 태연한 걸음으로 천산검노와 어깨를 나란히 하고 걸었다.

"두 분을 오랜만에 보는군요."

천산검노가 문 앞에서 음침한 눈빛을 번쩍이며 감시하고 있던 음양쌍존에게 인사를 건넸다.

음양쌍존은 도도하기 짝이 없었다. 단지 턱을 한 번 끄덕이고는 길을 비켜주었을 뿐이다.

"두 분 선배님이 이처럼 쌩쌩하신 걸 보니 마음이 흡족하군요. 아미타불."

마미륵도 아는 체를 했다. 음존 왕무동의 검은 수염이 꿈틀했다.

"조금이라도 허튼짓을 했다가는 뼈를 하나하나 발라줄 테니 명심해."

이 사이로 스산하게 중얼거린다.

마미륵의 미간이 살짝 좁혀졌다. 다른 사람이 그런 말을 했다면 발작을 했어도 벌써 여러 번 했을 테지만 음양쌍존의 위명 앞에서는 한 수 접어줄 수밖에 없다.

그가 빙긋 웃고 눈인사를 한 다음에 태연하게 다루 안으로 들어갔다.

비로소 여기저기에서 긴장으로 억누르고 있던 숨을 길게 내쉬는 소리들이 어지럽게 들려왔다.

일층은 수행 종사들이 차지하고 끼리끼리 탁자에 둘러앉았다. 그 많은 사람들이 들어차 있는 데도 깊은 물속처럼 고요하기만 했다.

서로 눈치를 보느라 숨 쉬는 것마저 조심하고 있는 탓이다.

겉으로 보기에는 조용하고 평화롭기 짝이 없었지만 실은 터질 듯 팽팽한 긴장으로 모두 숨이 막힐 지경이었다.

이층에는 장안성의 고관들과 병영의 장수들이 들어찼고, 삼층에는 귀빈이라고 할 수 있는 사람들이 가득했다.

부윤과 총병 이의명, 동창의 지부대인 채경, 당문과 화산, 종남파의 장로며 암흑천교와 광명천의 두 특사가 자리했으니 평소 물과 기름처럼 겉돌던 관과 무림이 한자리에 모인 특이한 광경이었다.

소림과 무당에서 급히 보내온 사절은 한참 격이 떨어지는 후배들이었지만 두 거대 문파를 대표한 셈이라 동석했다.

그들 사이를 추혼랑 갈평과 백의남학 설중교, 종남광도 도굉이 왔다 갔다 하며 시중을 들었고, 음양쌍존마저 체면을 아랑곳하지 않고 차를 나른다.

그들이 누구인지 아는 강호의 명숙들은 감히 찍소리도 할 수 없었다. 차가 떨어졌어도 더 달라는 말을 하지 못하고 눈치만 볼 뿐이다.

상석에는 당 노인이 신선 같은 풍모를 뽐내며 앉아 있고, 좌우에 부윤과 채 지부가 자리했다. 어찌 보면 당 노인이 그들을 거느리고 있는 것 같아서 묘한 느낌을 주었다.

"할머니는 안 나가보세요?"

소결이 하품을 애써 참고 말했다.

그는 할머니와 함께 지붕 아래에 숨겨져 있어서 밀실이나 다름없는 작은 방 안에 있는 중이었다.

아래층의 떠들썩한 소리가 은은히 들려와 엉덩이가 들썩거렸지만 할머니가 묵묵히 앉아만 있으니 혼자 나갈 수도 없다.

내내 말없이 지그시 눈마저 감은 채 앉아 있던 염 파파가 웅얼거리 듯 말했다.

"여기는 이제 네 할아비에게 맡겨둬. 신경 쓰지 마라."

"그럼 제가 차 심부름을 하지 않아도 되는 거예요?"

"너는 나와 함께 먼 길을 가야 해."

"할아버지는요?"

소걸이 어리둥절해서 물었다. 염 파파가 비로소 눈을 뜨고 그를 바라보았다. 번쩍이는 눈에 엄숙하고 장중한 기운이 실려 있어서 소걸은 저도 모르게 머리를 숙이고 말았다.

"헤어질 때가 된 거야. 하지만 너는 할아버지와 다시 만나게 될 것이다."

"할머니는요?"

"돌아오지 못하겠지."

"예?"

"하늘의 뜻이란다."

"에, 사람이 그걸 어떻게 알아요?"

소걸은 할머니가 저를 놀리는 거라고 생각했다. 아니, 그렇게 믿고 싶었다.

할머니의 이처럼 엄숙하고 장중한 모습은 처음 대하는 터라 당황하기도 했지만, 무언가 불길한 느낌으로 가슴이 답답해졌던 것이다.

염 파파가 한숨을 쉬었다.

"에휴, 너도 내 나이가 되어 보면 알게 될 거다."

"절로 도통하게 되나 보지요?"

"사람은 나이 사십을 넘기면 비로소 저를 돌아볼 수 있게 된다. 오십을 넘기면 반은 관상쟁이가 되고, 육십을 넘기면 반은 의원이 되는 거란다. 배우고 배우지 못하고의 차이가 그때는 별 의미가 없게 되지. 칠십을 넘기면 점쟁이가 따로 없게 되고, 팔십을 넘기면 도에 가까워지는 법이다."

"그래서 나이 든 분들을 공경하라는 거로군요."

"그렇지. 비록 정신이 흐려서 셈에 밝지 못하고, 거동이 어린아이와 같아서 우스워 보이지만 하늘의 이치에 저절로 가까워져 있으니 젊은 것들로서는 감히 넘보지 못할 지혜를 품게 되느니라."

"그냥 아무 쓸데없이 나이만 먹는 사람도 있지 않나요?"

"그렇게 보일 뿐이지. 그 흉중을 남이 어찌 들여다볼 수 있겠느냐."

세상을 그만큼 살았다는 건 젊은이들이 상상하는 것보다 많은 경험을 했다는 것이다.

그것이 노인의 지혜가 되어서 때로는 그 어떤 학문이나 지식보다 가치있는 빛을 발한다.

염 파파는 이제 그러한 경지마저 뛰어넘어 있었다. 도를 추구하지 않았지만 스스로도 알지 못하는 사이에 이미 도의 경계에 한 발을 들여놓고 있었던 것이다.

"나는 지닌 업보가 많아서 비참하게 죽을 것이나 네 할아비는 협심을 잃지 않고 선한 일을 많이 했으니 좋은 보답을 받게 되겠지."

"에, 할아버지가 무슨 선한 일을 해요? 걸핏하면 사람을 독살했는데."

불선다루에서의 일을 떠올린 것이다.

염 파파는 스스로 마성을 봉인하고 살인하지 않았지만 당 노인은 그렇지 않았다. 눈에 거슬리는 자가 있으면 조금의 연민도 없이 죽여 버리지 않았던가.

소걸의 반박에 염 파파가 빙긋 웃었다.

"마귀도 살인을 하고, 옥황전의 신장(神將)도 그렇게 한다. 그러니 마귀와 신장이 똑같으냐?"

"다르지요. 마귀는 가리지 않고 죽이지만 신장이야 마귀들을 잡아 죽이는 것 아니겠어요?"

"옳다. 그러니 살인을 했다고 해서 모두 똑같이 볼 수가 없는 것이지."

"할머니……."

"이 할미는 과거 옳고 그름을 따지지 않고, 착한 사람과 나쁜 사람을 가리지 않았다. 그저 죽이고 또 죽였을 뿐이지."

"……."

"그러니 할미는 마귀였던 게야. 달리 사람들이 지금도 혈염마녀라고 부르겠어? 하지만 네 할아비는 결코 착한 사람을 죽인 적이 없다. 그가 죽인 자들은 죄다 죽어 마땅한 것들뿐이었지."

소걸에게 문득 깨달아지는 바가 있었다.

가만히 돌이켜 생각해 보니 과연 할아버지는 의와 협을 아는 백도의 영웅들을 한 번도 죽인 적이 없었다.

그런 자들은 불선다루에 와서도 말썽을 일으키지 않았으니 당연하기도 했으리라.

할아버지의 손에 죽은 자들은 죄다 마두들이었고, 그중에서도 뉘우치지 못하는 악질들이었다.

서천금편 추괴성이나 음양쌍존 같은 대마인도 있지만 멀쩡히 살아 있지 않은가. 그들은 곧 항복했고, 할아버지와 할머니에게 마음으로부터 승복했으니 개과천선할 여지가 있었다. 그래서 살려준 것이다.

할머니의 말을 듣는 동안 소걸은 비로소 무엇이 옳은 것이고 무엇이 그른 것인지 분별할 수 있게 되었다.

그는 그동안 할아버지가 눈 하나 깜짝하지 않고 사람을 죽이는 걸 보며 살인에 대해서 아무런 감정도 갖지 않은 괴물이 되어가고 있었다.

그런 소걸이 이제는 같아 보이는 그 행위에 명백히 선악이 있다는 걸 깊이 깨닫게 되었다.

그렇기 때문에 더욱 슬퍼졌다.

할머니가 악행을 저질러서 비참하게 죽는다는 걸 받아들일 수 없었던 것이다. 할머니의 그 말이 비수가 되어서 소걸을 고통스럽게 찔러 댔다.

"안 돼! 할머니는 죽지 않아! 내가 허락하지 않을 거야!"

소걸이 크게 울음을 터뜨리며 와락 염 파파의 품속으로 달려들었다.

염 파파가 소걸의 머리를 부드럽게 쓰다듬으며 쓸쓸히 말했다.

"한 사람을 죽이면 내 안의 생명 하나도 같이 죽는 거란다. 나는 이제야 그걸 알았으니 후회스럽기 한이 없다. 마성에 사로잡혀 죽이고 또 죽였으니 이제 할미의 영혼 속에는 생기가 남아 있지 않구나. 남을 죽이면서 내 스스로를 함께 죽이고 있었던 것이지."

염 파파의 쓸쓸한 말이 소걸의 통곡하는 소리에 섞여서 조금씩 흐느낌으로 바뀌어갔다.

【第四章】

소결, 신공을 얻다

1

이제 소걸과 염 파파 두 사람의 귀에는 바깥에서의 떠들썩한 소음이 조금도 들려오지 않았다.

무겁고 어두운 적막이 장막처럼 드리웠다.

소걸은 할머니의 가슴에 얼굴을 묻은 채 슬픈 감정에 사로잡혀 흐느꼈고, 염 파파는 소걸의 머리를 쓰다듬으며 지난날의 회한 때문에 고통스러워하고 있었다.

한참 만에야 염 파파가 마음을 가라앉히고 소걸을 불렀다.

"얘야."

"할머니가 죽는 건 싫어요."

소걸이 여전히 울음을 가득 물고 있는 소리로 그렇게 중얼거렸다.

"에휴, 철없는 것. 사람은 누구나 죽는 거란다. 할미는 남들보다 지겹도록 오래 살았으니 아까울 것도 없어."

"그래도 안 돼요. 할머니는 제가 죽을 때까지 살아 계셔야 해요."

"흘흘, 그럼 넌 언제 죽을 건데?"

"음……. 뭐, 지금의 할머니보다 조금만 더 살고 죽으면 후회는 없겠네요."

"예끼, 이 녀석. 그럼 나더러 지금까지 살아온 것만큼 더 살라는 소리냐? 차라리 악담을 해라."

소걸의 머리통을 쥐어박은 염 파파가 타이르듯 말했다.

"어미 새는 새끼를 품고 부지런히 먹이를 먹여주며 사랑하지만 새끼가 크면 둥지 밖으로 내쫓는단다. 제 갈 길을 가도록 하는 거지. 그렇게 헤어지면 평생 다시는 만나지 못한다. 하지만 어떤 새도 죽을 때까지 제 새끼를 품고 사는 새는 없어. 그게 자연의 도이기도 하단다. 사람이라고 크게 다르지 않은 게야."

"할머니는 기어이 저를 떼어놓으실 셈이군요?"

"그럼 내가 저승까지 너를 데리고 가야 하겠어? 나는 살 만큼 충분히 살고도 남았으니 아까울 게 없지만 너야 이제부터 네 삶을 살아가야 하는데 그건 안 되는 일이지."

떼를 써서 될 일이 아니라는 걸 소걸도 잘 알고 있었다. 다만 그 사실을 받아들이기가 싫고, 무서웠던 것이다.

"언제까지나 할미가 너를 돌봐줄 수가 없단다. 그러니 이제부터는 네 스스로 너의 인생을 살아가야 해. 명심하여라."

"알았어요. 하지만 할머니가 곁에 계시는 동안에는 여전히 할머니에게 매달려서 살 거예요."

"요런 괘씸한 녀석. 끝까지 늙은 할미를 괴롭히려고 하는구나?"

매섭게 눈을 흘기지만 입가에는 웃음이 가득했다. 소걸이 그처럼 따르고 의지하는 게 기뻤기 때문이다.

아직 내 품 안의 새끼라는 생각에 더욱 사랑스러워져서 그의 얼굴을 가슴에 꼭 품고 등을 토닥거려 주었다.

한동안 그렇게 지극한 마음의 기쁨을 느끼며 행복감에 젖어 있던 염 파파가 소걸을 밀어냈다. 그리고 다른 사람이 된 것처럼 차갑게 굳은 얼굴로 물었다.

"너는 종산 서쪽 청운관(靑雲觀) 아래 금량협(金凉峽)에서의 일을 기억하느냐?"

그때의 일을 떠올린 소걸이 부르르 몸서리를 쳤다.

그 좁은 협곡에서 서청 싱노(西靑城老) 왕상귀(王祥龜)와 일백여 명의 고수가 한 명도 살아나지 못하고 몰살을 당하지 않았던가.

그처럼 무섭고 끔찍한 일은 본 적이 없었다.

그때 할머니는 잔혹무정하기 짝이 없는 마두의 본래 모습을 남김없이 보여주었다. 미친 듯한 웃음을 터뜨리더니 빙백검을 휘둘러 사람의 목을 치는 것을 잡초 베는 것처럼 태연하게 했던 것이다.

겁에 질린 소걸이 정신없이 머리를 끄덕이는 걸 바라본 염 파파가 여전히 냉기 서린 얼굴로 물었다.

"그 당시 네 느낌이 어땠는지 솔직하게 말해보아라."

"저는, 저는……."

"할미의 눈치 볼 것 없다. 사실대로 말해."

"할머니의 그런 모습이 너무 무섭고 끔찍했어요. 내가 알고 있는 할머니는 그런 할머니가 아니었거든요."

"그럼?"

"할머니는 쌀쌀맞지만 그래도 다정하고 누구보다 저를 아끼는 좋은 분이잖아요. 하지만 그때의 할머니는 지옥의 악귀 같았어요. 생각하기도 싫어요."

겁에 질려서 머리마저 설레설레 흔들었다.

"그래?"

그런 소걸을 바라보는 염 파파의 얼굴에 안도하는 기색이 떠올랐다가 곧 사라졌다.

"다행이다. 만약 네가 통쾌했다거나, 흥분되어서 나도 저렇게 하고 싶다는 생각이 들었다고 말했다면……."

"그랬으면요?"

"에휴, 그만두자. 이 할미의 쓸데없는 걱정이고 생각이었으니 더 말할 것 없다."

손을 내두른 염 파파가 한동안 소걸을 쏘아보다가 천천히 말했다.

"너는 할미의 무공을 배우고 싶어했지? 지금도 그러하냐?"

"그럼요. 그렇고말고요."

"그로 인해 많은 고난을 받고 고통스러워질지 모르는 데도?"

"헤헤, 할머니의 무공을 고스란히 물려받으면 천하제일의 고수가 될 텐데 두려울 게 뭐가 있겠어요?"

"이 녀석, 엉뚱한 생각을 하는구나. 가장 큰 적은 언제나 네 자신이고, 가장 큰 고통은 언제나 사람들의 말에서 비롯되는 것이다."

"상관없어요. 누가 뭐라고 욕을 하든지 무시해 버리면 상관없으니까요."

"세상 사람 모두가 할미를 떠올리면서 너를 욕하고 미워한다면 당장 후회하게 될걸?"

"그들이 나를 욕하면 나도 그들을 욕해주고, 그들이 나를 미워하면 나도 그들을 미워해 주지요 뭐."

"에이그, 철없는 너를 데리고 내가 무슨 말을 하겠느냐. 아무튼 한 가지만 약속해 다오."

"말씀만 하세요. 백 가지라도 약속해 드릴게요."

"너는 절대로 할미의 전철을 밟지 않겠다고 약속해라."

"마귀가 되지 말라는 거로군요?"

"그 약속을 하지 않는다면 할미는 무덤 속에 가져갈망정 너에게 일 초 반식의 무공도 가르쳐 주지 않겠다."

염 파파의 얼굴에서 찬란한 빛이 비치는 것 같아 소걸은 감히 똑바로 바라보지 못했다.

근엄하고 엄숙한 할머니 앞에서 잔뜩 긴장한 그가 장난스러운 마음을 버리고 즉시 무릎을 꿇은 다음 머리를 콩콩 찧었다.

"약속하겠습니다. 절대로 마귀가 되지 않겠노라고 맹세합니다."

"흘흘, 기특하구나. 좋다. 그렇다면 할미가 너에게 우선 혈마구유마공(血魔九幽魔功)의 심법 구결을 전해주마."

"그런데, 저기……."

"왜?"

"그 심법을 배우면 주화입마에 들어서 반드시 마귀가 될 수밖에 없다고 하지 않으셨어요?"

"흘흘, 할미가 그 불완전함을 극복하기 위해서 노력하고 있다고 하지 않았더냐?"

"그랬지요. 그리고 앞으로 십 년은 걸려야 할 거라고…… 그래서 제가 싫으니 죽겠다고 했잖아요."

"그랬었지. 하지만 할미는 이제 불완전했던 그것을 완전한 것으로 만들어냈다. 그러니 마공이 신공으로 탈바꿈한 거지."

"예? 어떻게요?"

"잊었느냐? 할미의 손에 이것이 있다는 걸."

염 파파가 품에서 무상광명신공 비급을 꺼내 보였다.

원래 혈마구유마공은 무상광명신공 중의 하나였다. 위력이 가장 극대한 신공이었는데, 그것만 떨어져 나와 세상에 떠도는 중에 완전했던 처음의 형태에서 조금씩 변질되어 마공 중의 마공으로 변해 버렸던 것이다.

염 파파는 제 힘으로 그것을 극복할 방법을 찾고 있었고, 많은 진전을 보았지만 아직도 완전하지는 않았다.

그러던 것이 원전이라고 할 수 있는 무상광명신공 비급을 손에 넣음으로써 비로소 오류를 바로잡고 원래의 신공절학으로 되돌릴 수 있게 된 것이다.

그러므로 혈마구유마공은 더 이상 마공이 아니라 천하제일의 신공이라고 해야 마땅했다.

"일반 신공절학과 달리 이것은 속성의 효능이 있어서 독특한 것이다. 오성의 단계에 이르면 신공이 스스로 증폭을 거듭하니 빠른 시간에 십성에 도달할 수 있다."

"좋아요, 좋습니다!"

소걸이 신이 나서 손뼉을 치며 소리쳤다.

"그전에는 십성의 단계에서 주화입마가 찾아왔으나 이제는 그런 걱정을 할 필요가 없지. 하지만 십이성 대성하기 위해서는 그때부터 다시 뼈를 깎는 노력을 하고 인내력으로 스스로와 싸워야 한다. 속성의 효능을 더 이상 기대할 수 없기 때문이다."

"반드시 제 자신을 극복하고 할머니처럼 십이성 대성하여 천하제일의 소걸이 되겠어요!"

자신만만한 대답에 빙긋 웃은 염 파파가 가볍게 머리를 흔들었다.

"네 말은 틀렸다. 천하제일이란 없는 거란다."

"예?"

의외의 대답이라 소걸이 어리둥절해서 할머니를 바라보았다.

염 파파가 엄숙한 얼굴로 그 이치를 설명해 주었다.

"사람들은 할미를 천하제일이라고 말하지. 하지만 무공이란 상대적인 거란다. 어떤 사람은 검법에 있어서 최고의 경지에 올랐고, 어떤 사람은 권장이, 또 어떤 사람은 경신법이, 그리고 또 누구는 도법이나 창법으로 최고의 경지에 오를 수도 있다."

"그렇겠지요."

"각기 장점이 있고 단점이 있으니 제 분야에서는 최고라고 할 수 있을지 몰라도 누가 더 낫고 못하다는 걸 단정할 수는 없느니라."

"……."

"뛰어난 신공이라는 것도 그렇게 따지고 보면 허황된 것이지."

소걸은 이제 심각한 얼굴이 되었다. 빙긋 웃은 염 파파가 말을 계속했다.

"소림사에는 소림사의 신공이 있고, 무당파에도 그러하며 마교라고 불리는 암흑천교에도 그들만의 신공절학이 있다. 어느 것이 더 낫다고 단정해 말할 수 없을 만큼 모두가 훌륭한 무학이지."

"하지만 할아버지가 말씀하셨는걸요? 그 무당파의 월보강이라는 신공을 대성한 도사도 할머니의 일검에 찔려 죽었다고. 그러니 할머니의 신공절학이 더 뛰어난 것 아니겠어요?"

"쳇, 결론만 말씀하시면 될 걸 괜히 머리 아프게 빙빙 돌려서 말하고 그러세요?"

"생각으로 알기보다 느끼는 게 더 중요하다는 건 모르는구나."

"이제 충분히 알았고 느꼈으니까 어서 할머니의 신공 구결이나 가르쳐 주세요."

2

좁은 방 안에 싸늘한 검광이 가득 찼다.

구석의 음침한 어둠 속에 앉아 있는 염 파파의 두 눈이 먹이를 노리는 맹수의 그것처럼 이글거렸다. 눈앞에서 펼쳐지고 있는 검법을 뚫어지게 바라보는 것이다.

소걸의 모습은 창백한 검광에 파묻혀 보이지 않았다.

번쩍이는 빛과 냉랭한 한기, 그리고 사방으로 파도처럼 끊임없이 밀려 나가는 웅장한 기파의 요동이 있을 뿐이다.

한줄기 빛이 열 가닥, 스무 가닥으로 쪼개지는 것 같더니 이내 유성우(流星雨)가 된 것처럼 쏟아져 나가 온 방 안을 삼엄한 검광으로 가득 채워 버렸다.

그리고 어느 한순간, 낭랑한 기합 소리와 함께 그 빛이 꺼지듯 사라지고 가닥가닥 쪼개져 흩어졌던 어둠이 왈칵 밀려들어 모든 것을 덮어 버렸다.

"잘했다."

구석에서 염 파파가 조용히 말했다.

소걸은 검을 늘어뜨리고 서 있었는데, 어깨를 들썩이며 할딱이는 숨을 쉬었다.

그가 이마에 흐르는 땀을 닦고 말했다.

"이게 다예요?"

"다른 건 필요없어."

"왜요?"

"네 스스로 이미 많은 것들을 배워 가졌으니 그렇다."

"죄다 허접한 것들뿐인데요? 절기라고 할 수 있는 건 하나도 없어요."

"여태까지 할미의 말을 허투루 들은 게냐?"

절기라는 건 따로 없노라고 누누이 말했건만 소걸이 다시 그걸 찾으니 짜증이 났던 것일까? 염 파파가 눈살을 찌푸렸다.

소걸이 뒤통수를 긁었다. 어린 마음에 아직도 최고의 절기가 최고로 강한 것이라는 생각을 완전히 내버릴 수가 없었던 것이다.

"그래도 흔해빠진 초식들보다는 절기가 뭔가 달라도 다를 것 아니겠어요?"

"그것보다 중요한 건 무엇을 어떤 상황에서 어떻게 사용하느냐이고, 그것보다 더 중요한 건 초식과 내가 하나가 되는 것이다. 하지만 가장 중요한 건 역시 자질이다."

"자질이라고요?"

"번갯불이 번쩍이는 것보다 짧은 시간에 상대의 초식을 파악하고 그것에 대응할 나의 방법을 찾아내야 한다. 그건 머리 속의 생각이 따라가지 못할 만큼 순식간의 일이지. 그러니 생각하고 반응하기 전에 본능적으로 최적의 상황을 찾아내고 거기에 딱 맞는 최상의 초식을 뽑아낼 수 있어야 하지 않겠느냐?"

"그렇겠군요."

"그걸 누가 더 잘할 수 있느냐는 노력의 여하에 의해 차이가 나지만 그것만으로는 절정의 고수 반열에 들기에 부족함이 있느니라."

"그럼요?"

"그걸 뛰어넘어야 하는데, 관건이 바로 타고난 본인의 자질이다."

"그러니까 자질이 둔한 놈은 아무리 노력해도 어떤 수준에 도달하면 그 이상 발전할 수가 없는 거로군요."

"그렇지. 판단력 이전에 있어야 하는 임기응변의 능력과 순발력, 그리고 본능적인 감각. 그러한 것들은 티고난나고 해야 할 게다. 그게 바로 자실이지."

"흠—"

"다행히 너는 그 누구보다 뛰어난 자질을 타고났다. 남들이 열 번 노력해야 할 것을 너는 한두 번으로 그보다 더 좋은 결과를 얻을 수 있지. 남들이 십 년 공들여야 할 것을 너는 일 년이면 해낼 수 있다. 그러니 하늘의 축복을 타고난 게야."

"헤, 그럼 저도 머지않아 할머니처럼 절정고수가 될 수 있겠군요?"

"자만하지 말거라. 너와 같은 자질을 타고난 자를 찾아보기 어렵겠지만 이 하늘 아래 너 하나뿐이라고는 말할 수 없는 거다."

"쳇."

"어딘가에 너보다 더 뛰어난 자질을 타고난 자가 있을 수 있지. 어쩌면 벌써 강호에 나와 절정고수의 반열에 들었을 수도 있다. 그렇다면 너는 그를 뛰어넘기 위해서 열 배는 더 노력을 해야 하는 거야."

"알았어요. 그러니 다른 것도 더 가르쳐 주세요."

"이놈이! 귓구멍은 닫아두고 있는 거냐!"

기어이 화가 난 염 파파가 빽 소리쳤다.

"아, 아, 됐어요. 이 혈마파천검 십이식으로 만족할 테니까 화내지 마세요."

손을 내두르면서도 여전히 불만이라는 듯 눈을 흘긴다.

"에휴, 이 철없는 녀석아, 그 검법은 할미가 알고 있는 최고 최상의 검법이다. 한때 세상을 온통 공포로 떨게 했던 것이야. 네가 그렇게 원하는 절세적인 절기인 거지."

"그러니까 할머니의 다른 여러 가지 무공들 중에서도 이 혈마파천검 십이식이 최고의 절기라는 말이군요?"

"그렇다. 그러니 다른 것들은 배워서 뭐 하겠어? 네가 이미 알고 있는 잡다한 것들도 너무 많아서 헷갈릴 텐데 말이다."

"헤헤—"

비로소 만족한 듯 히죽거리고 웃던 소걸이 머리를 갸웃거렸다.

"그런데 한 가지 알 수 없는 게 있네요."

"또 뭐가?"

"청운관에서는 그 절정검이라나 하는 걸 가르쳐 주시면서 그게 천하 제일의 검법 절기라고 그랬잖아요? 그런데 지금은 혈마파천검이 최고의 절기라니……."

"그래서?"

"당연히 어떤 게 더 최고인지 궁금하지 않겠어요?"

"각기 개성이 다르니 명확하게 말하기가 어렵지."

"그럼 할머니도 모르시는군요?"

"최고라고 할 수 있는 검법이 어디 그 두 가지뿐이겠느냐? 암흑천교에도 있을 것이고 소림이나 무당, 화산파에도 있을 것이며, 광명천의

천주라는 아이도 하나쯤은 익히고 있을 것이다."

"쳇, 그러면 그게 무슨 최고야?"

"에휴, 모르겠다. 이제 네가 알아서 해라. 어쨌든 할미는 그 검법으로 천하에서 적수를 찾아보지 못했으니까."

"좋아요. 그렇다면 제가 열심히 익혀서 할머니의 이 검법이 천하제일이라는 걸 모두에게 증명해 보여줄게요."

"제발 그래라."

염 파파가 이제는 귀찮다는 얼굴로 쌀쌀 손을 내둘렀다.

*　　　　*　　　　*

불선다루 장안 분점은 잔치 분위기에 흠뻑 빠져 있었다.

그치고 싶어도 계속해서 밀려드는 사람들 때문에 그럴 수 없었던 것이다.

그렇게 장안성의 관원들과 동창의 무사들, 강호의 이름난 고수들로 문전성시를 이루는 불선다루를 경이의 눈으로 바라보는 또 다른 자들이 있었다.

사통부귀가의 상인들 중 가장 잘 나간다는 장궤들이고, 그래서 능학빈에게 거금을 강탈당했던 바로 그들 열세 명의 거상이다.

"저게 뭐야? 대체 어떻게 된 일이지?"

"이제 보니 새로 온 저 장궤 노인이 대단한 사람이었나 봐."

"지현이 쩔쩔매고, 동창의 채 지부대인까지 어제에 이어 오늘도 찾아왔잖아. 혹시 황실의 사람이 아닐까?"

"그럴지도 몰라. 생긴 풍채부터가 벌써 남다르잖아."

"강호의 노기인이라던데? 그래서 내로라하는 고수들이 저렇게 끊이지 않고 찾아와 아양을 떠는 거라고 하는 소리를 들었어."

"그럼 황실의 혈족이면서 동시에 강호의 기인인가 보다."

그래서 졸지에 그들에게 당 노인은 황제의 피를 나누어 받은 고귀한 혈통이 되어버렸다.

"제기랄, 어떻게 하든지 저 불선다루라는 괴상한 이름의 다루를 따돌려서 스스로 문 닫고 물러가게 하려던 우리 계획은 물 건너갔다."

그게 그들의 공통된 생각이었다.

그리고 공통된 마음은,

'이놈들 중 누구보다 내가 먼저 저 노인장과 친해져야 할 필요가 있겠는걸?'

이것이었다.

일손이 턱없이 부족한 터라 이틀째 되는 날에는 기별을 받은 당문의 장정들이 말을 바꿔 타며 천 리 길을 밤새 달려와 거들었다.

사천왕의 둘째인 소면비표(素面飛豹) 당경(唐庚)이 그들을 이끌고 왔는데, 당 노인으로부터 전해 받은 당가 절정의 암기술인 은하비(銀河飛)를 이미 칠, 팔성에 이르도록 익힌 터라 눈빛과 태도부터가 달라져 있었다.

자신감이 넘쳐 나고 기운이 활달해져서 누가 봐도 과거의 그가 아니라는 걸 한눈에 알아볼 수 있을 정도였던 것이다.

"소걸아, 소걸아!"

오자마자 소리쳐 소걸부터 찾았다.

"저런 고약한 놈이 있나? 여기 사조가 이렇게 두 눈을 시퍼렇게 뜨고 살아 있는데 소걸부터 찾아!"

당 노인이 이층의 난간에 버티고 서서 버럭 소리쳤다.

그제야 무릎을 꿇고 인사를 올린 당경이 히죽 웃고는 다시 소걸을 불렀다.

온통 축하하기 위해 몰려든 사람들로 북새통을 이루는 이층의 다청을 구경하던 소걸이 느긋하게 걸어나오며 말했다.

"이사형, 사형은 정말 주책이란 말이야? 이 많은 사람들 중에서 그래, 사형과 놀아줄 사람이 나 하나뿐이란 거요?"

그를 본 당경이 활짝 웃으며 마구 손을 내둘렀다.

"이 괘씸한 녀석! 사형을 봤으면 맨발로 달려와서 반갑게 맞을 일이지 뭐라고 씨부렁거리는 거야? 어서 내려오지 못해!"

소걸을 본 당가의 청년 고수들이 일제히 '소사숙!' 하고 부르며 머리를 숙였으므로 다청 가득하던 사람들이 깜짝 놀라 멍하니 그들과 소걸을 번갈아 바라보았다.

사람들의 그런 시선에 어깨가 우쭐해지련만 소걸은 귀찮기만 했다.

할머니와 둘이서만 지냈던 지난 하루 동안 그는 어느덧 저도 모르게 훌쩍 성숙해져 있었던 것이다.

3

"이 무심한 녀석아."

당경이 책망하는 투로 말하며 눈을 부라렸다.

다짜고짜 소걸을 계단 아래의 후미진 곳으로 끌고 가더니 벽에 몰아 세워놓고 다그치는 것이다.

"그래, 여기서 이 많은 사람들 속에 에워싸여 있으니 즐겁고 유쾌하냐?"

"왜 그래요?"

"당가보에서의 일은 까맣게 잊었지?"

"아, 답답하네. 대체 무슨 말인지 모르겠어요."

"흥!"

소걸을 째려보는 당경의 눈매가 매서워졌다.

소걸은 제가 뭘 잘못한 게 있는가 싶어 곰곰이 그때의 일들을 떠올려 보았지만 당경에게 책잡힐 만한 일을 한 적이 없었다.

"이사형, 다른 사형들도 잘들 있죠? 다들 뇌옥에서 나왔어요?"

"이 녀석, 다른 데로 말 돌리지 마!"

"대체 무엇 때문에 성난 거위처럼 떽떽거리는 건지 모르겠네."

"예향이를 그렇게 울려놓고서 그래, 넌 벌써 까맣게 잊었단 말이지?"

"응?"

소걸이 눈을 둥그렇게 떴다. 전혀 생각해 보지도 않았던 말이라 엉뚱하게만 들렸던 것이다.

"내가 고 앙큼한 계집애의 볼기를 때려서 울린 거 말이에요? 어허, 이것 참……."

"가주께서는 물론 당가보의 모든 사람이 다 안다. 넌 이제 큰일났어."

"으음……."

난감한 일이다.

금지옥엽에게 손찌검을 했으니 가주가 노발대발해서 펄펄 뛴 모양이라고 생각했다.

잡아서 끌고 오라고 했다면 야단이다.

쩔쩔매는 소걸을 매섭게 노려보던 당경이 다시 꾸짖었다.

"어떻게 할 거야?"

"뭘요?"

"예향이를 울렸으니 책임져야 할 거 아냐?"

"예? 아니, 이게 무슨……."

"흥! 이제 와서 시치미 떼려고 한다면 내가 가만두지 않겠다."

"아니, 잠깐만. 그러니까 이사형의 말에는 좀 야릇한 뜻이 있는 것 같아요."

"너는 다 큰 처녀의 엉덩이를 주물럭거렸잖아! 사내자식이라면 떳떳이 인정하고 책임지는 게 마땅하지."

"엥? 아니, 무슨 그런 무시무시한 말을……? 주물럭거리다니! 내가 언제!"

"시치미를 떼는군. 좋아, 그렇다면 당문의 율법대로 해줄 수밖에."

당경이 소매를 둥둥 걷어붙였다.

"우선 예향의 엉덩이를 주무른 네 손모가지를 작신 꺾은 다음에 당가보로 끌고 가서 벌을 받게 할 테다. 아무리 사제라지만 이건 봐줄 수 없는 일이야."

"잠깐, 잠깐만!"

소걸이 당황해서 손을 내둘렀다.

"아닌 밤중에 홍두깨라더니, 어이없어도 이처럼 어이없는 일은 내 평생에 처음일세그려."

"아직 대가리에 피도 안 벗어진 놈이 무슨 평생이야?"

"우리 말은 확실히 합시다."

소걸도 정색을 하고 나섰다. 잘못했다가는 치한으로 몰릴 상황이기 때문이다.

"내가 예향이 그 고약한 계집애의 볼기를 때렸다고 했지 언제 거기를 주물럭…… 커흠!"

말을 계속하기가 민망스럽다. 소걸의 볼이 붉어졌다. 야릇한 상상을 하게 되기 때문이다.

"그게 그거지! 어쨌든 네 손이 예향이의 투실투실한 엉덩이에 닿았잖아!"

"그거야 사숙으로서 못된 사질녀의 버릇을 고쳐 주기 위해서 사랑의 매를 댄 거지요."

"그래서 다 큰 처녀의 엉덩이를 두들겨?"

"아, 이거 정말 죽겠네. 걔가 무슨 다 큰 처녀예요? 아직 솜털도 안 벗겨진 어린애구만!"

"여자 나이 열셋이면 시집을 가도 탈 없을 나이다."

"어이구, 내가 미쳐, 정말."

"아무튼 책임을 지든지, 아니면 당문으로 가서 벌을 받아라. 참고로 말해주는데, 당문의 아녀자를 희롱한 치한은 팔다리를 꺾고 눈알을 뽑고 혀를 잘라 버린 다음에 평생 뇌옥에 처박아두는 게 우리 가법이다."

겁을 주기 위해 아무렇게나 해대는 말이지만 그걸 알 리 없는 소걸에게는 상상만 해도 끔찍하고 무섭기 짝이 없는 일이었다.

소걸이 뒤도 한 번 돌아보지 않고 떠나던 날, 예향이는 종일 울었다.

아버지로부터 오 년 뒤에나 강호에 나갈 수 있다는 말을 듣고 나서는 더욱 상심해서 먹는 일도, 자는 일도 멀리한 채 나날이 야위어가기만 했다.

처음에는 다들 왜 그러는지 이유를 알지 못해 당황했다.

문주의 금지옥엽이라 모두가 애지중지한 탓에 예향이는 언제나 기세등등했었다. 장난이 심한 골칫덩이였던 것이다.

그러던 개구쟁이가 갑자기 우울해져서 잔뜩 시름에 잠긴 채 먼 하늘만 바라보고, 한숨을 폭폭 쉬어낼 뿐 활달하던 생기를 잃어가니 걱정이 아닐 수 없었다.

그녀의 사숙이자 대부인 사천왕들의 걱정도 태산 같아졌다.

평소 예향이와 가장 친했던 당경이 이리저리 구슬리며 물어보기를 며칠, 그녀가 마지못해 입을 열어 자신의 마음을 토로했다.

"막내 사숙이 보고 싶어요."

"응?"

너무나 뜻밖의 말인지라 당경은 제 귀를 의심했다.

"나는 소사숙을 좋아하나 봐요."

"허, 소걸이 말이냐? 아니, 언제부터?"

"볼기를…… 맞았을…… 때부터요."

예향이 젖은 눈으로 당경을 멍하니 바라보다가 기어이 울음을 터뜨렸다.

그녀 앞에서 심각한 얼굴을 하고 있었지만 당경은 속으로 웃음을 참느라고 무진 애를 써야 했다.

무안해진 예향이 당경의 품으로 와락 뛰어들어 엉엉 울음을 터뜨렸다.

"이 사숙, 사숙이 어떻게 좀 해줘요."

"그래, 그래, 내가 알아서 해결해 주마. 걱정 마라."

"정말요?"

"그 녀석의 코를 꿰어서 끌고 올까?"

그러자 예향이 언제 울었느냐는 듯 배시시 웃으며 눈을 흘겼다.

당경은 그 모습에서 개구쟁이로만 여겼던 그녀가 이제 더 이상 어린 꼬마 계집애가 아니라는 걸 알았다.

마음이 흐뭇해지고 더욱 사랑스러워졌다.

예향이를 달래서 떼어놓고 그 얘기를 문주에게 슬쩍 들려주었다.

"그래? 허! 아니, 그 아이가 벌써 그럴 나이가 되었나?"

문주가 눈을 크게 뜨고 놀랐다가 벙긋벙긋 웃었다.

"막내 사제라면 사윗감으로 충분하지."

소걸은 문주인 촉귀자(蜀貴子) 당시천(唐翅天)에게도 사제뻘이 된다. 막내 사제인 셈이다.

소걸이 당문의 최고 어른인 당백아, 당 노인의 사랑을 듬뿍 받고 있으니 더욱 마음에 들었다.

사천왕의 말을 들어보니 그 엉큼한 녀석의 자질이 천하에 둘도 없을 거라지 않던가. 그 점도 당시천을 흐뭇하게 했다.

잘하면 당문에서 당백아 이후 또 한 명의 절세적인 인물이 나올 수 있을 거라는 생각에서였다.

그런 소걸을 예향이가 벌써 마음에 깊이 담아두고 있는 모양이니 어린 딸이 기특하기도 했다.

"가게, 가서 막내 사제를 어떻게 하든 데리고 와."

"사조님께서 안 내주실 텐데요?"

"그러니까 제 발로 걸어오게 만들어야지."

"어떻게……."

"그 녀석도 예향이를 좋아하고 있는 게 틀림없어. 그러니 잘 설득하면 즉시 달려올걸?"

당경은 그와 같온 비밀스런 임무를 띠고 이곳에 온 것이다.

【第五章】

염 파파의 선물

1

"갈 거야, 말 거야?"

당경이 눈을 부라렸지만 소걸은 콧방귀를 뀔 뿐이다.

"흥! 못 가요!"

"어째서?"

"책임질 일을 한 적 없으니까."

"이 녀석이 그래도?"

"그렇게 으르렁거려 봐야 하나도 무섭지 않으니까 어서 일이나 하세
요. 할아버지에게 혼나지 말고."

그 말에 당경이 재빨리 사방을 두리번거렸다.

그들은 이층으로 올라가는 계단 아래의 비좁은 공간에 숨듯이 마주
서 있는 중이다. 잔뜩 쌓여 있는 물건들로 인해서 다청 안의 사람들에
게는 잘 보이지 않았다.

자신의 협박이 먹혀들지 않는다고 여긴 당경이 방법을 달리했다.

시간을 끌다가 정말 당 노인의 눈에라도 띈다면 감당할 수 없기 때문이다.

"좋아, 네 녀석이 정 말을 듣지 않는다면 붙잡아서라도 끌고 갈 테다."

"내가 없어지면 할아버지가 찾으실 텐데요?"

"그게 좀 걱정스럽긴 해. 하지만 좋은 일을 위해서 당문으로 갔다는 걸 아시면 크게 야단치지 않으실 거야. 그러니 안심해."

당 노인에게 예향은 증손녀가 아닌가. 나중에 사실을 안다고 해도 유야무야 넘어갈 수 있다는 계산이 선 것이다.

"그래도 난 여기서 꼼짝하지 않을 테니까 마음대로 해봐요."

"흥, 후회하지 마라."

옷소매를 둥둥 걷어붙인 당경이 즉시 손을 뻗어 소걸의 어깨를 낚아챘다.

다루 밖에는 두 명의 당가보 청년 고수가 대기 중이었다.

소걸을 잡아서 그들에게 넘겨주기만 하면 그 즉시 포대에 집어넣고 꽁꽁 동인 다음에 뒤도 돌아보지 않고 당문으로 말을 달려갈 것이다.

당경은 소걸을 잡는 일쯤이야 손바닥을 뒤집는 것처럼 쉬우리라고 여겼다.

회심의 미소를 지으며 뻗어낸 손이 소걸의 옷깃에 닿았을 때였다.

"쳇, 겨우 춘지교영이에요?"

그 급박한 상황에서도 소걸이 투덜거렸다.

수십, 수백 개로 늘어난 손 그림자가 허공을 가득 덮어서 눈이 핑핑 돌아갈 지경인 그 교묘한 수법은 당경이 절기로 삼고 있는 조화철조

중의 춘지교영(春枝交影)이라는 초식이었다.

하지만 소걸은 이미 그에게서 그 수법을 배우지 않았던가.

변화가 훤히 보이고, 다음에 따라올 초식이 무엇인지 제 머리 속에 다 들어 있으니 두려울 리가 없다.

당경의 손이 막 어깨에 닿았을 때 소걸이 발을 꼬고 몸을 비틀었다.

그러자 그 좁은 공간에서 그의 몸이 마치 손아귀에 쥐었던 미꾸라지가 빠져나가듯 매끄럽게 당경의 손끝에서 벗어났다.

당도담의 절정 경신수법인 낙일비응(落日飛鷹) 중 산음낙화(山陰落花)라는 수법이다.

"오호? 넷째의 경신법이란 말이지?"

호기가 크게 솟구친 당경이 더욱 손을 빠르게 하고 수법을 어지럽게 하여 잡고 할퀴려 들었다.

그의 조화철조는 강호에서도 조법의 절기로 꼽히는 것이다. 대적을 만나면 열 손가락에 반 자 길이의 쇠 손톱[鐵爪]을 끼우고 펼친다.

당문의 사람답게 그 철조 끝에 극독이 발라져 있어서 피부를 긁기만 해도 심각한 부상을 입게 되는 무서운 것인데, 소걸을 상대로 어찌 그 것을 쓸 수 있겠는가.

그래서 당경은 맨손으로 상대하면서도 혹시라도 소걸이 다칠까 봐 조심에 조심을 하고 있는 중이었다.

그러나 소걸에게는 그런 염려가 없다. 오히려 이 기회에 할머니로부터 받은 가르침을 시험해 볼 생각이 컸다.

무학에 대한 할머니의 강의를 듣고 나름대로 깨달음을 얻었는데, 그 이치를 시험해 보기에 당경만한 상대가 또 없었던 것이다.

"조심하세요!"

경고를 준 그가 겁도 없이 당경에게 몸을 붙여갔다.

조법과 금나수는 박투의 수법 중에서도 가장 치열하고 잔인한 것이다. 그 손에 걸리기만 하면 관절이 꺾이고 뼈가 부러지며 살과 힘줄이 찢겨 나간다.

때문에 상대를 할퀴거나 잡기 위해서 가까이 접근하는 걸 비결로 삼는 수법이기도 하다. 그러니 몸을 붙이면 당경의 손은 더욱 무섭고 위력적이 될 텐데 소걸은 그걸 알지 못하는 건지도 몰랐다.

당경이 회심의 미소를 지었다.

그가 저에게 조화철조를 배운 것은 물론, 당문의 사천왕들로부터 각자의 절기를 얻어 배웠지만 어찌 상대가 될 것인가.

단번에 요 괘씸한 녀석을 잡아서 꼼짝하지 못하게 혼내줄 작정을 하고 손가락과 손목의 조화를 더욱 무섭게 했다.

십지투혼(十指偸魂)이라는 초식인데, 한 번 걸리면 귀신이라도 온몸에 손톱자국이 나고 팔다리가 꺾이는 신세를 면치 못한다는 것이다.

다섯 손가락이 소걸의 갈빗대를 노리고, 다섯 손가락은 어깨의 빗장뼈를 두드린다. 그러면서 한 무릎을 올려 차 낭심을 노리니 악독하기 짝이 없는 수법이었다.

"흥!"

소걸이 코앞에 닥친 위험을 모르는 듯 코웃음을 쳤다. 그리고 바람처럼 몸을 흔들며 불쑥 주먹을 내뻗었다.

"엇?"

당경이 그 수법에 깜짝 놀랐다.

소걸이 때려온 주먹은 고명한 절기가 아니다. 강호의 흑도 방회 중하나인 흑호문(黑虎門)의 수법인데, 흑호천심(黑虎穿心)이라는 것이었다.

그것이 교묘하게도 당경의 십지투혼 초식의 연결고리를 끊으며 인중을 위협해 온 것이다. 그러면서 재빨리 옆으로 맴돌아 무릎의 공세에서 빠져나가는 건 화산파의 오행장 중 목절풍영(木絕風影)이라는 수법이었다.

하나같이 강호에 널리 알려져 있어서 삼류무사들도 눈여겨보지 않는 흔해빠진 초식인데, 그게 지금은 그 어떤 고절한 수법보다 더 위협적인 것이 되어서 당경을 놀라게 했다.

그가 재늑 手을 뻗어 소걸의 어깨를 두드린다면 소걸의 주먹에 인중을 된통 얻어맞고 말 형편이었다. 그러면 중상을 입거나 즉사를 면치 못한다.

"요놈이?"

할 수 없이 손을 거두어들여 제 몸을 지킨 당경이 버럭 소리치고 반걸음 내딛어 쳐들어가며 정신없이 몰아치기 시작했다.

허공 가득 열 손가락이 펼치는 조화가 뿌려져 눈앞이 캄캄해진다.

그 앞에서라면 누가 되었던 정신이 어질어질하고 간담이 서늘해져 식은땀을 흘리며 주저앉아야 정상인데 소걸은 그렇지 않았다.

"좋구나!"

흥이 잔뜩 인 듯 추임새까지 주면서 왼손, 오른손을 번갈아 벼락처럼 뻗고 후려치며 오히려 당경을 핍박했다.

섬서 동가장의 사방추(四方椎) 중 동타서회(東打西廻)라는 것이고, 아미파의 복호권(伏虎拳) 중 백호출림(白虎出林)이라는 것이다. 그런가 했더니 하북 동선보의 팔선장(八扇掌)이며 소림의 항마권, 종남파의 천붕장에다가 화산의 오행권까지 와르르 쏟아져 나왔다.

한순간에 수십 가지의 서로 다른 수법들이 마치 경연이라도 하듯 앞다투어 쏟아져 나오니 오히려 당경의 정신이 혼란해졌다.

몸을 움직이고 걸음을 옮기며 후려치고 밀어대는 수법들이 모두 시의적절하게 조화철조의 맥을 탁탁 끊었다.

어떻게 초식을 바꾸려 해도 그전에 한 호흡 앞서서 맥을 끊어버리니 당경으로서는 기가 막힐 뿐이었다.

게다가 하나같이 평소 거들떠보지도 않던 흔해빠진 초식들 아닌가.

백도 명문정파의 수법도 있고, 흑도 방회의 초식도 있다.

빠른 게 있는가 하면 느리고 무거운 게 있고, 사악한 것과 광명정대한 것이 함께 녹아 있어서 전혀 다른 무엇이 된 듯했다.

당경은 저의 조화철조가 그처럼 간단히 깨질 수 있다는 걸 생각해 본 적도 없다.

놀라고, 단단히 화가 난 그가 어금니를 꽉 깨문 채 두 손을 더욱 빠르고 맹렬하게 휘둘렀다.

소걸의 두 손과 당경의 두 손이 한 자의 거리를 격하고 눈 깜짝할 새에 수십 번이나 부딪쳤다.

서로 기선을 잡기 위해서 한 치의 양보도 없이 모든 재간을 다 쏟아내어 부딪치고 밀쳐 내는 것이다.

당경이 두 손가락을 좍 펴서 소걸의 눈을 찌를 듯하다가 팔을 꺾어서 팔꿈치로 가슴을 찍었다. 동시에 무릎으로는 다시 낭심을 올려 차고, 한 손은 장으로 바꾸어 갈비뼈를 훑는다.

모든 수단을 빠르고 신랄한 공격에 퍼부은지라 제 가슴이 활짝 열렸지만 개의치 않았다.

소걸이 가슴을 치기 전에 제가 먼저 소걸을 때려눕히거나 붙잡아 꺾어 누르겠다는 지독한 마음인 것이다.

소걸이 비로소 위기를 느꼈던지 오행보를 버리고 다시 넷째 당도담의 낙일비응이라는 경신법으로 돌아갔다.

버드나무가 낭창거리듯 부드럽게 몸을 흔들며 화양금나(華陽擒拿)의 수법으로 맞섰다. 사천왕의 첫째인 웅풍비협(雄風飛俠) 당운문(唐雲門)의 절기다.

소걸이 대형의 절기로 상대해 오자 당경은 더욱 마음을 단단히 하고 주의를 기울여 조화철조의 수법을 펼쳤다.

한쪽은 조법이고 한쪽은 금나의 수법이니 위험하기가 짝이 없다. 두 가지 모두 서로 몸을 붙이고 잡거나 찢으려 하는 것이기 때문이다.

번개처럼 서로의 손이 오가고 엇갈리던 어느 한순간 불쑥, 소걸의 손끝이 창처럼 빳빳하게 펴져서 옥당을 찔러왔다.

갑자기 바뀐 그 수법에 당경이 크게 놀라 저도 모르게 '억!' 하고 경악성을 터뜨렸다.

석가장의 화룡점창(火龍點槍)이라는 수법이었던 것이다.

역시 삼류로 치부되는 무공에 불과한데 그것이 이처럼 절묘하게 빈틈을 뚫고 들어오니 그 어떤 절세의 무공보다 무섭다.

놀란 당경이 본능적으로 내력을 부쩍 끌어올려 일장을 후려쳤다.

펑—!

그의 장력이 소걸의 손을 밀어내고 뻗어나가 가슴에 작렬하자 요란한 소리가 났다.

"우욱!"

소걸이 불시에 밀려든 당경의 장력을 감당하지 못하고 답답한 신음을 흘리며 뒤로 날려가 벽에 세차게 부딪쳤다.

"사제!"

그제야 제가 무슨 짓을 한 건지 알아챈 당경이 깜짝 놀라 소걸을 붙들었다.

2

만약 당 노인이라도 안다면 감당할 수 없는 일이 벌어진다.

'내가 미쳤지, 내가 미쳤던 게야.'

당경이 후회와 자책으로 스스로의 머리통을 꽝꽝 쥐어박으며 소걸을 품에 안았다.

운기하여 그의 명문혈에 손바닥을 대고 급히 내력을 불어넣어 주자 소걸이 한 모금의 검붉은 피를 왈칵 토해내고 의식을 차렸다.

"소 사제, 괜찮은가?"

"으, 으……."

소걸이 고통스러운 듯 잔뜩 얼굴을 찌푸린 채 도리질을 쳤다.

괜찮을 리가 없다.

당경은 자신이 위기를 느끼고 본능적으로 십성의 내력을 실어 일장을 쳤다는 걸 깨달았다. 그걸 고스란히 맞았으니 소걸이 견딜 리가 없다.

'죽는 건 아닐까?'

그런 의심이 들면서 더럭 겁이 났다. 만약 소걸이 이렇게 죽는다면 당 노인의 분노를 달랠 길이 없을 것이다.

"소 사제, 이 못난 사형 탓이네. 내가 미쳤던 게야. 너에게 이런 짓을 하다니. 제발 죽지만 말아라."

중얼거리며 소걸의 명문에 댄 손에 더욱 내력을 불어넣어 흘려보냈
다.

당경의 두터운 내력이 도도하게 몸 안으로 흘러든다.

소걸은 정신이 가물거리는 중에도 그걸 느낄 수 있었다. 그러자 그
의 몸이 반응했다.

저절로 혈마구유신공의 심법이 운용되면서 한줄기 질기고 끈끈한
기운이 단전에서 솟아오르더니 사정없이 당경의 내력을 빨아들이기 시
작한 것이다.

흡자결(吸字訣)이다.

"엇?"

그 의외의 일에 당경이 깜짝 놀라 불에 덴 듯 손을 뗐다.

마치 문어 같은 괴물이 소걸의 혈맥 안에 숨어 있다가 자신의 장심
에 빨판을 붙이고 빨아들이는 것 같았다.

'괴이하다!'

당경이 손을 떼자 소걸의 안색이 다시 창백해졌다. 가슴이 가쁘게
오르내리는 것이 심상치 않아 보인다.

더욱 겁이 난 당경은 다시 조심스럽게 소걸의 명문에 장심을 붙이고
내공을 조금씩 흘려 넣어주었다.

"으헛!"

그리고 크게 놀라 저도 모르게 비명을 터뜨렸다.

역시 알 수 없는 힘이 맹렬하게 준동해서 자신의 내공을 빨아댔기
때문이다.

하지만 이제 당경은 손을 떼지 않았다. 어떻게 하든 소걸을 살려놓
지 않으면 제 자신이 죽은 목숨이라는 걸 생각했기 때문이다.

소걸의 안색은 점점 불그스름하니 혈색이 좋아져 갔고, 그 반대로 당경의 낯빛은 창백해져 갔다.

그러기를 얼마쯤. 당경의 등 뒤에서 구수한 음성이 들려왔다.

"이제 됐다. 그만 하지 않으면 네가 위험해질걸?"

그게 당 노인의 음성이라는 걸 알았지만 당경은 손을 뗄 수가 없었다. 운기를 멈출 수도 없다.

소걸의 명문혈 속에 숨어 있는 그 괴물이 거부할 수 없는 힘으로 그의 장심을 붙잡고 있기 때문이다.

"흘흘, 이 녀석이 제 어린 사제를 아끼는 마음이 끔찍하구만 그래. 저 죽을 건 생각하지도 않다니. 이 미련한 놈아, 너의 내력을 소걸에게 몽땅 전해주고 너는 껍데기만 남아도 좋다는 게냐?"

당 노인이 손을 뻗어 가볍게 당경의 어깨를 두드렸다. 그러자 불덩이 같은 힘이 갑자기 밀려들어 와 당경의 몸 안에서 한 바퀴 휘돌더니 빨려 나가고 있는 그의 내력에 실려서 소걸의 명문으로 흘러들어 갔다.

이체전공(異體轉功)의 심오한 공부였다.

당경과 소걸의 귓속에 동시에 '꽝!' 하는 커다란 소리가 울렸다. 그리고 비로소 당경의 손이 소걸의 명문혈에서 떨어졌다.

그가 낮은 신음을 흘리며 비틀거리고 물러섰다.

"미련한 놈. 쯧쯧……."

혀를 찬 당 노인이 벽에 붙어 선 채 지그시 눈을 감고 운기삼매경에 빠져 있는 소걸을 힐끔 바라보고 못마땅한 듯 중얼거렸다.

"이놈이 이게 아주 음흉하고 못된 놈이란 말이야? 어째 갈수록 제 할미를 닮아가는 것 같으니 걱정이야."

"죄송합니다."

당경이 창백해진 안색으로 숨을 헐떡이며 고개를 숙였다.

"네가 왜?"

"제가 그만 잠시 이성을 잃고 소걸이를 다치게 했으니 그렇지요."

"흘흘, 저 엉큼한 놈이 되로 주고 말로 받아갔는데 네가 미안할 게 뭐 있어? 저놈에게 빼앗긴 내공을 원상회복시키려면 석 달은 폐관하고 운기해야 할 게야."

"사조님께서는 다 보셨군요."

"재미나게 노는 것 같기에 가만뒀지. 그런데 정말 예향이 그 쬐끄만 것이 수걸이를 신랑으로 낮잤대?"

"그게, 저기……."

"흘흘, 아직 이마빡에 솜털도 안 벗겨진 것들이 아주 맹랑하단 말이야?"

"죄송합니다."

"죄송할 거 없다니까 그러네. 나는 고것이 아주 귀엽고 깜찍하구나. 가서 한 번 깨물어주고 올까? 흘흘……."

당경의 얼굴이 비로소 활짝 펴졌다. 무섭게 혼날 줄 알았는데 무사할 것 같았기 때문이다.

하긴, 예향은 당 노인의 피를 물려받은 증손녀 아닌가. 그녀 때문에 이 난리가 벌어졌는데 그걸 나무랄 수 없으리라.

"왜 그리 심통이 난 게야?"

염 파파가 물었지만 소걸은 잔뜩 볼을 부풀린 채 묵묵부답, 벽만 바라볼 뿐이다.

"당경이라는 놈에게 얻어맞은 게 그렇게 억울해?"

"……."

"히히, 그래도 생각보다 너의 내공이 제법 됐었나 보다. 그렇지 않았으면 그놈의 일장에 벌써 명줄이 끊어졌을 텐데 말이야."

당 노인에게 당문의 내공심법을 전해 받아 꾸준히 수련한 게 벌써 오 년이나 되었고, 몇 달 전에는 할머니로부터 무당파의 비전이라는 월보강의 심법을 배워서 그 뒤로 하루도 쉬지 않고 수련했다.

소걸의 내공은 그로 인해 하루가 다르게 부쩍부쩍 쌓이고 있었던 것이다.

"할머니."

"왜?"

"초식이고 지랄이고 다 필요없어요."

"응? 그건 또 무슨 소리냐? 언제는 절기를 안 가르쳐 준다고 내내 투정 부리더니."

"천하제일의 내공만 있으면 만사형통이라는 걸 이제 알았어요."

"그래?"

"내공이 부족하니까 아무리 교묘한 초식과 수법으로 공격해도 위력이 떨어져 소용없잖아요."

"치명적인 사혈을 쳐서 쓰러뜨리는 데는 큰 내공의 힘이 필요없어."

"그래도 중요해요."

"그렇기야 하지."

"그래서 결심했어요. 이제부터는 초식을 탐내지 않고 오직 할머니가 가르쳐 주신 내공심법의 수련에만 매달릴 거예요."

"지금의 네 상태를 보니까 조금만 더 수련하면 혈마구유신공이 오성에 이를 수 있겠더구나. 그러면 수레가 비탈에서 구르듯이 걷잡을 수 없이 내공이 불어나기 시작해서 곧 십성에 이르게 된다. 신공이 제 스스로 증폭을 거듭하게 되는 거야. 그러니 꾹 참고 한 반년만 열심히 수련해라."

'초식은 이만하면 됐다. 문제는 부족한 내공이다.'

소걸은 당경과의 비무 아닌 비무에서 부상을 입고 난 후 그것을 절실히 깨달았다.

할머니의 가르침대로 아무리 하찮은 초식일지라도 그것을 어떻게 쓰느냐에 따라 어떤 절초 못지않은 위력을 발휘한다는 것도 알았다

하지만 결국 둘째 사형의 부지막지한 내력이 실린 그 일장 앞에서는 아무 소용도 없지 않았던가.

야무지게 입술을 깨문 소걸의 눈빛이 반짝거렸다.

3

사흘 뒤, 불선다루에 한 사람이 찾아왔다.

헐렁한 옷을 입고 검 한 자루를 찼으며, 낡은 피풍을 두르고 죽립을 깊이 눌러써서 얼굴을 알아볼 수 없는 자였다.

불선다루는 연일 사람들로 미어터지고 있었다. 다청 가득 발 디딜 틈이 없을 정도다.

그걸 본 죽립인이 빙긋 웃었다. 황망계에서 내려온 천수익이었다.

"당신보다 금편이 그놈의 소견이 더 나아."

서천금편 추괴성을 말하는 것이다.

당 노인이 실쭉해서 눈을 흘겼다.

"죽이려고 할 때는 언제고, 이제는 그놈이 더 낫다고?"

"육십 년을 붙어 산 당신보다 고작 육십 일 남짓 함께 있었던 그놈이 내 의중을 당신보다 더 잘 읽을 줄 알잖아."

천수익으로부터 추괴성이 불선다루 곁에 불선객잔을 새로 건축하고, 산적들을 받아들여 맹훈련시키고 있는 중이라는 보고를 받는 동안 염파파는 내내 흐뭇한 미소를 짓고 있었다.

"그놈은 벌써 세상이 어떻게 돌아갈 것인지, 제가 무엇을 해야 사랑을 받게 될 것인지 아는 거야. 그런데 당신은 기껏 이곳에 다루 하나를 내고는 매일 아첨하는 놈들에게 둘러싸여서 헛기침이나 해대고 있지."

"그래, 나는 쓸데없이 나이만 먹었소!"

"알긴 아는군 그래."

"뭐라고?"

"편잔을 듣지 않으려거든 당신도 부지런히 노력해. 금편이를 본받으란 말이야."

"알았어! 내일부터 당장 길을 막고 서서 지나가는 장정 놈들을 모조리 잡아들일 테야. 맹훈련을 시켜서 절정고수를 만들어주지. 가르쳐도 안 되는 멍청한 놈은 그냥 모가지를 비틀어 버릴 거야. 그러면 되겠지?"

"에이그, 내가 말을 말아야지."

당 노인은 화가 나서 씩씩거리고, 염 파파는 무얼 생각하는지 고개를 숙인 채 침묵을 지키고 있었다.

무거운 시간이 지날수록 천수익은 바늘방석에 앉은 것처럼 불편했다. 힐끔힐끔 곁눈질을 하던 그의 눈길이 저쪽 구석에 석상인 듯 앉아 있는 소걸에게 멎었다.

그가 방에 들어온 지 벌써 반 시진 가까이 되어간다. 그동안 소걸은 한 번도 눈을 뜨지 않았다.

가부좌를 틀고 앉아서 두 손을 포개 단전 앞에 둔 채 운기삼매에 빠져 있었던 것이다.

그는 곁에 벼락이 떨어져도 알지 못할 만큼 몰입해 있었다.

'괴이하다.'

천수익이 호기심으로 머리를 갸웃거렸다.

불과 몇 달. 그사이에 소걸이 저렇게 변했다는 걸 믿기 힘들었던 것이다.

염 파파를 훔쳐보았다.

소걸은 할머니가 저에게 무공을 가르쳐 주지 않는다고 불평했었는데, 지금의 모습을 보니 그렇지 않았다.

천수익은 소걸이 염 파파의 마공을 본격적으로 배우기 시작했다는 걸 알았다.

그의 타고난 자질이 기이하달 만큼 특출하니 머지않은 시간에 무섭게 변할 것이다.

'또 한 명의 대마인이 탄생하는 건 아닌가?'

그런 생각에 걷잡을 수 없는 두려움이 밀려들어 어깨가 부르르 떨렸다.

그때까지도 고개를 숙인 채 무엇을 곰곰이 생각하고 있던 염 파파가 불쑥 말했다.

"너희 모두에게 상을 내려야겠다."

"예?"

"처음에는 귀찮기만 했는데, 하는 짓들이 귀엽고 기특하다. 그래서 상을 내리려는 거야."

"감사합니다."

무언지도 모른 채 천수익이 머리부터 숙였다.

다시 잠시 허공을 응시하며 생각에 잠겼던 염 파파가 지필묵을 당기더니 무언가를 바삐 적었다.

한 장을 빼곡한 글자로 채우자 봉인하고 겉에 '서천금편 추괴성'이라고 썼다.

다시 다음 장을 채워서 이번에는 '왜타자 강명명'이라고 적더니 거푸 몇 장을 더 썼다.

팔비충 천종과 흑불, 하란삼패에게까지 골고루 봉인된 봉서가 한 통씩 만들어졌다.

마지막으로 만들어진 봉서에는 천수익이라는 이름을 적었다.

쓰기를 마친 파파가 붓을 당 노인에게 건네주었다.

"당신도 적어."

"뭘?"

당 노인이 어리둥절해서 염 파파 앞에 수북이 쌓인 봉서들을 바라보았다.

"그놈, 남만에서 왔다는 막세충이는 독공을 좋아한다잖아. 그러니 당신이 그놈에게 절기 하나를 적어줘."

"내가 왜?"

"상을 주란 말이야."

"그놈이 뭘 했다고 상을 줘?"

"금편이와 합심해서 불선다루를 잘 지켰고, 더욱 확장하는 데 앞장

서고 있다잖아. 시키기도 전에 그처럼 알아서 척척 해주니 기특하지 않아?"

"……."

"당신은 음양쌍존 등에게 이미 상을 줬지. 그러니 황망령에 있는 놈들에게도 줘야 하지 않겠어?"

그래서 당 노인은 아무 소리 하지 못하고 염 파파처럼 용독술에 대한 비결 한 가지를 적고 그것에 대한 해설로 백지 한 장을 빼곡하게 채워야 했다.

염 파파가 그것들을 모아 천수익에 선해주었다.

"이것은 무상광명신공 속에 들어 있는 비결들이다. 각자 제 이름이 써 있는 것을 읽고 수련하면 빠른 시간 안에 큰 성취가 있을 것이야."

"오오, 무상광명신공이란 말씀입니까?"

천수익이 크게 놀라고 감격해서 떨리는 음성으로 되물었다.

"그놈들 개개인의 특성에 맞는 걸 골라서 준 것이니 다른 사람 것을 탐내봐야 소용없다. 구결을 왼다고 해서 되는 것도 아니거든. 내가 적어준 해설을 잘 연구하라고 해."

"파파의 커다란 은혜에 감사합니다!"

천수익이 두 손을 머리 위로 높이 들어서 신공 구결을 받아 들며 소리쳤다.

그가 감격의 눈물을 흘리며 돌아가고 나자 다시 서먹서먹한 적막이 밀려들었다.

"커흠."

헛기침을 하고 난 당 노인이 조심스럽게 말을 꺼냈다.

"그런데 정말 여기에 나를 버려두고 혼자 갈 거야?"

"소걸이를 데려가는데 왜 혼자야?"

"쳇, 있으나마나한 놈인 걸 뭐. 귀찮기만 할걸?"

"홍, 당 노괴 당신이 더 귀찮아."

"너무하는군그려."

당 노인은 염 파파가 자신을 떼어놓고 혼자 여행한다는 게 못마땅하기만 했다. 불안한 것이다.

그걸 잘 아는 염 파파가 한숨을 쉬고 달래듯 다시 말했다.

"이봐, 당 노괴. 내가 지금 어디로 가려고 하는지 잘 알잖아. 당신이 나를 따라서 장가보에 갈 수 있겠어?"

"그래서 더 걱정이 되는 거야. 장가보에서 당신을 그냥 놔둘 리가 없잖아."

염 파파의 얼굴에 그늘이 드리웠다.

"그들이 뭐라고 해도 할 수 없지."

"새파랗게 어린것들이 욕을 할지도 모르는데 참을 수 있겠어?"

"그보다 더한 일이 있더라도 참아야지."

"쳇, 당신이 참을 수 있다면 나도 그럴 수 있어. 그러니 데려가 주오."

"당 노괴, 당신까지 나를 이렇게 괴롭혀야 하겠어? 철없는 애처럼 굴지 말고 제발 말 좀 들어."

"당신의 정체도 곧 만천하에 드러나게 될 거야. 그러면 내가 나타난 것과는 비교도 되지 않을 만큼 시끄러워질걸? 온갖 것들이 나타나 길을 막고 귀찮게 할 텐데 걱정되지도 않아?"

염 파파가 빙긋 웃었다.

"그렇지. 강호에 나온 이상 언제까지나 숨기고 있을 수만은 없겠지. 그래서 이미 다 생각해 둔 게 있어. 그러니 당신은 당신 걱정이나 해. 암흑천교에서 민산의 지옥혈을 끌어들이려 한다잖아. 당신을 죽이려고 말이야."

천수익은 그 소식을 전하러 왔던 것이다. 하지만 그 말을 들었을 때 정작 당사자인 당 노인은, '그깟 살수 나부랭이들이야' 하며 심드렁하기만 했다.

지금도 그렇다. 그래서 염 파파는 그가 더 걱정되었다,

"시옥혈의 살수들은 지독하기로 백 년 전부터 이름이 났던 것들이야. 자만하지 말고 조심하는 게 좋을걸?"

"글쎄, 나는 당신이 더 걱정이래도 그러네. 나야 제법 힘깨나 쓴다는 아이들과 늘 함께 있지만 당신 곁에는 아무도 없게 되잖아."

"소걸이 있는데 뭘."

"쳇, 일이 생기면 오히려 그 녀석까지 돌봐주어야 하니 더 정신이 없을걸?"

"흘흘, 두고 봐. 저놈이 그래도 당신보다 열 배는 나을 테니까."

염 파파의 말에 당 노인이 아직도 운기삼매에서 깨어나지 않고 있는 소걸을 째려보았다.

"늦게 배운 도둑질에 밤새는 줄 모른다더니, 저놈이 딱 그 짝이로군."

"내가 도둑질을 가르쳤다는 거야?"

"그게 아니고 내 말은……."

"그나저나 이 영감탱이가 이제 보니 아주 음흉하기 짝이 없군 그래?"

"엥? 그건 또 무슨 소리야?"

"은근슬쩍 여기서 자겠다는 심보 아냐?"

"에그, 눈치챘구려."

"꿈도 꾸지 말아."

"여자가 너무 깐깐하고 빈틈이 없으면 남자를 맥 빠지게 하지. 때로는 알면서도 모르는 척, 어수룩한 구석이 있어야 남자의 애간장을 더욱 태우는 법이라오."

"시끄러! 당신이 아직도 뺀질뺀질한 얼굴을 들이밀고 온갖 음흉한 내숭으로 아가씨들을 후려대던 이십대 한량인 줄 알아? 앙!"

"알았소. 건너가리다. 제기랄."

당 노인이 매우 아쉬운 듯 침상을 힐끔거리며 나갔다. 무어라고 투덜거리는 소리가 문을 닫을 때까지 들려왔다.

【第六章】

요란한 행로(行路)

"할머니라고?"

"그렇습니다."

"흘흘……."

지부대인 채경이 능학빈을 흘겨보며 기묘한 표정을 지었다.

능학빈은 가슴이 서늘해졌다.

'혹시 죄다 알고 있는 건 아닌가?'

그런 의심이 드니 모골이 다 송연해진다.

"그런데 네가 왜 그 노파를 호위해? 당 노인이라면 또 모르지."

"그 할머니가 당 노인보다 더 중요한 사람이기 때문입니다."

"누군데?"

채경이 눈을 가늘게 뜨고 무덤덤함을 가장하며 물어보았다.

능학빈이 이마에 솟는 진땀을 누르며 다시 말했다.

"육십 년 전 무림을 피와 죽음의 공포에 잠기게 했던 사람입니다."

"그래서 그게 누구냐니까?"

"혈염마녀 염빙화지요."

"흘흘흘—"

놀라야 정상인데 음흉하게 웃을 뿐이다. 마치 모든 걸 다 알고 있다는 듯하지 않은가.

'죽었구나.'

능학빈의 얼굴이 사색이 되었다. 그걸 곁눈질로 바라보던 채경이 손가락을 까닥거렸다.

"가까이 와봐. 너에게 살짝 일러줄 말이 있다."

"예?"

"아, 아. 그렇게 떨 거 없어. 내가 앞길이 창창한 너를 죽이기야 하겠어?"

다시 히죽 웃는 것이 더 섬뜩하다.

저승사자 앞에 나가는 듯 떨어지지 않는 걸음을 겨우 옮겨 다가가자 채경이 대뜸 그의 귀를 잡아당겼다.

무어라고 한참을 속삭이는데, 그걸 듣는 동안 능학빈의 얼굴에서 두려움이 점차 가시고 희열의 기색마저 떠올랐다.

채경의 집무실을 나오는 능학빈의 입가에 야릇한 미소가 걸렸다.

"잘됐어. 위기가 기회가 되고 독약도 잘 쓰면 영약이 된다더니, 내가 지금 딱 그래."

당 노인의 독에 당해서 일 년에 한 번씩 그의 해독약을 얻어먹지 않으면 지독한 고통을 겪다가 죽게 될 목숨이다.

하지만 능학빈은 그게 오히려 자신에게 커다란 행운을 가져다주었다고 여겼다.

황도의 조 태감이 강호에 영향력을 행사하기로 마음먹은 게 틀림없는 이상 그 열쇠를 쥐고 있는 건 바로 자기라는 생각 때문이다.

동창에서 당 노인과 염 파파에게 인연의 끈을 대고 있는 건 자기 혼자뿐 아닌가.

조 태감이 아무리 황제 이상 가는 권력을 행사하고 있다고 해도 그 두 노인을 부리기 위해서는 자기를 통하지 않을 수 없다.

"위험하겠지만 줄타기를 잘하면 이보다 더 좋은 기회는 없지. 흐흐흐—"

능학빈은 어떻게 해서든 중앙 권력의 핵심에 이르기를 꿈꾸는 자였다. 그래서 저도 조 태감처럼 막강한 권세와 영광을 누리고, 천만인을 죽였다 살렸다 하는 권력을 갖기 원했다.

어쩌면 이제 그 기회를 잡은 건지도 모른다는 생각에 한껏 마음이 들떴다.

당 노인과 염 파파를 통해서 조 태감의 신임을 받을 수만 있다면 머지않아 황도에 입성할 수 있게 될 것이고, 그러면 도처에 기회가 널려 있을 테니 자신이 원하는 걸 갖게 될 것이다. 능학빈에게는 그런 자신감이 있었다.

다음날 아침.

사통부귀가로가 다시 한 번 요란한 소동으로 시끌벅적해졌다.

"아니, 저게 대체 무슨 일이냐?"

"난리가 난 거야?"

"그건 아닌 것 같고…… 마치 경사의 조 태감이라도 행차한 것처럼 요란스럽군 그래."

아침 일찍부터 관아에 출근하기 전 눈도장을 찍기 위해 불선다루에 들렀던 관원들의 눈이 휘둥그레졌다.

당 노인에게 잘 보이기 위해 매일 출퇴근을 하다시피 하던 사통부귀가의 상인들도 그렇고, 염탐을 하기 위해 부지런히 들락거리던 강호의 무리들도 모두 그랬다.

하나같이 놀람으로 눈을 부릅뜨고 벌어진 입을 다물지 못했던 것이다.

무려 오십 명의 동창 장안 지부 창위들이 검은 말에 올라탄 채 달려왔다. 그들을 따르는 번역(番役)들만 해도 백여 명인데, 아직 창위의 호칭을 받지 못한 하급 무사들이라고는 해도 무시할 수 없는 고수들이다.

그 한가운데에 꽃과 유리로 화려하게 치장된 검은 마차가 있었다. 무려 여섯 필의 말이 이끄는 것이니, 당송 시절에는 왕과 제후의 작위에 오른 자만이 탈 수 있었다는 육두마차(六頭馬車)다.

무리를 이끌고 온 자는 능학빈이었다.

그가 말 위에서 한 손을 번쩍 들자 기세등등하게 달려왔던 무리가 일시에 멈추어 섰다.

마차가 앞으로 달려나와 불선다루 문 앞에 멎었고, 창위들을 대기시킨 능학빈이 몸소 다루 안으로 달려들어 갔다.

그리고 잠시 후 두 사람이 능학빈의 공손한 안내를 받으며 나왔는데, 한 명은 소걸이고 한 명은 챙이 넓은 죽립을 쓰고 망사포를 늘어뜨려 얼굴을 가린, 알 수 없는 사람이었다.

땅에 끌리는 짙은 갈색의 치마를 입었으니 여자가 분명한데 손에는 장갑을 끼고 얼굴을 망사포로 가려서 아가씨인지 노파인지, 잘생겼는 지 그렇지 않은지 판단할 수가 없다.

그들이 재빨리 마차에 올라탔고, 문이 닫혔다. 눈을 휘둥그레 뜨고 지켜보던 사람들이 안타까운 탄성을 발했다.

"불선다루에 왕가의 공주라도 찾아왔던가 보다."

"어쩌면 조 태감의 수양딸인지도 몰라."

"그럴 거야. 그러니 동창의 무사들이 저렇게 요란을 떨며 호위해 가는 거겠지."

"그런데 함께 마차에 탄 소년은 많이 보던 얼굴인걸?"

"불선다루의 당 노인 곁에 늘 붙어 있던 그 녀석이잖아. 소걸이라던가?"

"오호, 그럼 그 녀석이 공주와 뭔가 사연이 있는 건가? 조 태감이 데릴사위로 들이려고 하는 건지도 모르지."

사람들의 억측은 말릴 수가 없다.

누가 한마디 되는대로 지껄이면 거기에 살이 붙고 지방질이 덕지덕지 끼어서 마구 퍼져 나간다.

마차의 요란한 행렬이 아직 사통부귀가를 벗어나지도 않았는데 그들 사이에서는 벌써 온갖 말들이 마치 모두 사실인 양 퍼져 나가고 있었다.

그러한 것을 즐기듯 마차 안의 두 사람은 느긋하기만 했다.

"할머니, 언제 이렇게 준비하셨어요? 이번 여행은 정말 신나겠는걸요?"

소걸이 창문에 눈을 붙인 채 빠르게 밀려나는 거리의 풍경들을 정신없이 바라보며 말했다.

마주 앉아 있는 염 파파의 얼굴에는 표정이 없다.

"이 녀석아, 시간이 그리 많이 남지 않았으니 쓸데없이 허비하지 말고 정신 차려라."

"절강은 여기서 한참이나 먼데 뭘 그리 서두를 게 있어요? 이렇게 가도 한 달은 가겠구만."

"시끄럽다. 이번에는 쇄혼구유장(碎魂九幽掌)의 구결을 들려주마. 정신을 집중해서 잘 들어라."

그리고 이내 소걸의 귓속으로 가느다란 음성이 파고들었다.

"아침 해가 뜰 때 북쪽을 바라보고 앉아 기를 돌리는데, 임독 양맥을 돌아 일주천한 후 대추혈(大椎穴)에 가라앉힌다. 의식은 향 한 자루가 탈 동안 단전에 모았다가 좌우의 장심에 나누어 집중한다. 기해에서 불러낸 힘을 일거에 명문혈로 이끌고, 기가 충만해지면 장심을 통해 열 손가락에 고루 보내느니라."

쇄혼구유장의 운기심법 비결이 한동안 계속되었다.

혈마구유신공의 기운을 어떻게 이끌고 그것을 어떻게 장력으로 바꾸는지에 대한 구결이니 가장 요체가 되는 비결이다.

소걸이 즉시 잡념을 떨쳐 버리고 온 정신을 기울여 할머니가 들려주는 구결 한자한자에 의식을 집중했다.

향 한 자루가 탈 만한 시간 동안 그렇게 세 번 구결을 되풀이해 들려준 염 파파가 이번에는 장법의 실제 운용을 위한 비결을 들려주었다.

초식의 전수가 아니라 장력의 전수라고 해야 할 것이다.

염 파파와 소걸은 다 같이 장법의 오묘한 초식은 버렸다. 그 안의 정수만을 전해주고 취하는 것이다.

소걸이 익히고 있는 흑호문의 장법이면 어떻고 화산파의 오행장이면 어떨 것이며, 아미의 복호권이라도 상관없다.

형식은 그들의 것을 빌려오되 그 안에 담기는 기운이 혈마구유신공이고, 그것을 쇄혼구유장의 운기법대로 뽑아내는 것이라면 남들이 삼류로 치부하는 속된 초식이라도 천하제일의 장법으로 탈바꿈된다.

소걸은 묵묵히 의념(意念)의 경계에 들어 방금 할머니로부터 받은 구결의 뜻 하나하나를 머리 속에 새기고 그 의미를 음미했다.

그러다가 의문이 생기면 묻는데, 기다리고 있었다는 듯 염 파파가 즉시즉시 가르쳐 주고 보충해서 설명해 주니 그보다 훌륭한 스승은 세상천지에 또 없을 것이다.

소걸은 타고난 기재이고, 염 파파는 둘도 없는 스승이니 그들의 가르치고 배우는 공부가 날개를 단 듯 시공을 거슬러 하늘 높이 솟구쳤다.

"이번에는 수라구유보(修羅九幽步)다. 잘 새겨들어라."

소걸이 쇄혼구유장의 비결을 완벽하게 이해했다고 여긴 염 파파가 다시 새로운 구결을 전해주었다.

"이것은 보법이면서 경신의 공부이고 신법이다. 할미가 장담하건대 대성한다면 이것보다 신묘한 신법이 없을 것이고, 이것보다 경쾌한 경신술이 없을 것이다."

"그래요? 넷째 사형의 낙일비응보다 뛰어난 경신공부인가요?"

"흥! 감히 나의 공부를 고작 당문의 사천왕 따위와 비교할 셈이냐?"

"그냥 궁금해서 물어본 말이지요 뭐. 헤헤……."

"나의 수라구유보가 하늘을 나는 용이라면 낙일비응 따위는 땅 위를 기는 지렁이만도 못하지."

"헤, 할아버지가 들었다면 버럭 화를 냈을 거예요."

"사실이 그런 걸 누가 뭐라고 한단 말이냐? 당문에 무슨 쓸 만한 재주가 있어?"

"그래도 할아버지는 아주 무섭잖아요. 천하제일이라면서요?"

"그 늙어 죽지도 않는 영감탱이는 예외지. 별종인 셈이야. 하지만 그까짓 당문에서 언제 다시 당 노괴와 같은 괴물이 나오겠어? 그러니 다 소용없다."

2

"이것은 무림의 무상 경공법으로 신법과 보법, 강기가 일체를 이룬 것이다. 한 번 몸을 펴면 수장을 뛰어오르고, 한숨에 일만 리를 난다. 끊임없이 자연의 기운을 빨아들여 내쉬고 들이마시는 숨을 따라 끊이지 않으니 거칠 것이 무엇이랴."

"에, 거짓말."

"응? 너 지금 뭐라고 했느냐?"

소걸의 엉뚱한 말에 지그시 눈을 감고 엄숙한 얼굴과 마음이 되어서 구결을 전하려던 염 파파가 눈을 휘둥그레 떴다.

"붕새라면 모를까, 사람이 어떻게 일만 리를 한숨에 난다는 거예요? 그러니 믿을 수 없군요."

"어허, 할미가 지금 너에게 거짓부렁을 하고 있다는 게냐?"

"그렇지는 않겠지만 일만 리 운운은 거짓이 분명해요."

"미련한 녀석. 그만큼 빠르고 뛰어난 경공의 효능이 있다는 얘기지 누가 진짜로 한숨에 일만 리를 난대?"

"그러니까 과장이 너무 심하다구요."

"시끄러! 그래서 배울 거야, 말 거야!"

"아, 배우지요 뭐. 그 과장만 빼고요."

염 파파가 배우라고 통 사정을 하고, 소걸은 마지못해 배워주겠다는 것 같다.

매섭게 눈을 흘긴 염 파파가 다시 엄숙한 기색이 되어서 구결을 읊기 시작했다.

"…상승의 경지에 오르면 연속해서 아홉 개의 환영을 만들어낼 수 있다. 세상에서 오직 불문의 무상신공으로 전해지는 '연대구현(蓮臺九現)'만이 이것과 비교될 수 있을 뿐, 그 외에는 없다. 하지만 그것은 이미 절전되어 세상에서 찾아볼 수 없게 되었으니……."

아깝다는 듯 혀를 찬 염 파파가 이어서 실용 구결을 한동안 읊어주었는데, 소걸은 쇄혼구유장의 구결을 받을 때와 마찬가지로 온 정신을 집중해 할머니의 숨소리 하나 놓치지 않으려고 애를 썼다.

그러는 동안에도 그들을 태운 마차는 쉬지 않고 내달렸다.

동창의 일백오십여 명이나 되는 무사들이 호위하고 있으니 감히 얼씬거리는 자가 있을 수 없다. 거칠 것도 없다.

관도를 따라 미친 듯 질주해서 하루 동안 크고 작은 세 개의 성(城)을 지났다.

"열어라!"

외치는 그 한마디에 굳게 닫혔던 성문들이 활짝활짝 열리고, 내달려오는 급한 말발굽 소리를 듣고 나부끼는 깃발을 본 자들이 멀리서도 알아서 길을 비켜주니 마차가 나아가는 곳은 어디나 호호탕탕한 대로나 같았다.

그렇게 하루를 꼬박 달려 날이 저물어올 무렵 그들은 장안성을 멀리 떠나 무려 칠백 리나 와 있었다.

사천을 지난 민산산맥이 동쪽으로 뻗어 나와 평지를 남북으로 갈라 놓은 곳인데, 능학빈은 한수(漢水)에 면해 있는 순양(旬陽)으로 방향을 잡고 있었다.

황혼이 질 무렵 높은 황조령(黃鳥嶺)을 넘어 영반현(營盤縣)에 이르렀다. 그들이 온다는 소식을 들은 현령이 현성 십 리 밖까지 마중 나와 기다리고 있다가 반갑게 맞았다.

"그대의 현청을 오늘밤 빌려 써야겠소."

능학빈의 거만한 말에 현령은 두말없이 아전들을 돌려보내 관아를 깨끗이 비워놓도록 했다.

현성의 성군 삼백 명이 능학빈 일행과 마차를 멀찍이에서 호위하며 보무도 당당하게 입성했다.

현청에는 곳곳에 횃불이 밝혀져서 대낮과 같았다. 아전들과 대소 관원이며 그 식솔들까지 모두 나와 공손히 맞이해 들이니 소걸은 신이 났다.

그가 언제 이와 같은 호사를 누려본 적이 있었던가.

할아버지와 함께 여행할 때는 그 먼 길을 타박타박 걸어가야 했었으니 이번의 여행과는 하늘과 땅만큼이나 차이가 있다.

동창 무사들의 엄중한 호위를 받으며 편안하게 마차를 타고 가는 여행이라 그것만으로도 어깨가 으쓱해질 일인데 가는 곳마다 이처럼 대단한 환영을 받고 있지 않은가.

호가호위(狐假虎威)라는 말이 있다. 여우가 호랑이의 위세를 빌어 뽐낸다는 것이니, 지금 소걸이 그와 같았다.

관원들이 이처럼 공대하는 게 오직 동창의 위세 때문이고, 조 태감의 위력 때문이라는 걸 까맣게 잊었다.

따지고 보면 그 모든 게 바로 염 파파의 존재감 때문이기도 하다.

현령의 거처인 별채를 차지한 염 파파가 밤이 깊어 소걸을 깨웠다.

배가 터져라고 한껏 먹어댄 거창한 저녁 식사 후인지라 식곤증으로 꾸벅꾸벅 졸다가 곯아떨어졌던 소걸이 눈을 비비며 퉁명스런 소리를 했다.

"도향이와 친칭 재미나세 노는 중인데 왜 깨워요?"

"도향이라고?"

아차, 싶은 소걸이 벌떡 일어나 앉아 정색을 했다.

"아, 아무것도 아니에요. 신경 쓰지 마세요."

"이 엉큼한 녀석, 이제 보니 정말 그 꼬마 도사 계집애에게 마음을 빼앗기고 있구나?"

"아니래도 그러시네."

"이놈아, 강호의 항렬로 따지자면 그 애는 너의 고모뻘이 되느니라. 볼기를 때린다 해도 꼼짝 못하고 맞아야 할 녀석이 감히 엉뚱한 꿈을 꿔?"

"아, 글쎄 그런 게 아니라니까요!"

소걸을 물끄러미 바라보던 염 파파가 갑자기 한숨을 쉬었다.

"왜 그러세요?"

"그리고 보니 어느덧 너도 장가들 나이가 되지 않았느냐."

"장가는 무슨…… 귀찮아서 싫어요."

얼버무리는 얼굴이 홍당무가 되었다.

그런 소걸을 물끄러미 바라보던 염 파파가 문득 과거의 일이 생각났던지 한숨을 쉬고 말했다.

"핏덩어리에 지나지 않는 너를 거두어 키우던 일이 꿈만 같구나. 돌이켜 보면 너를 키우면서 나에게는 참 많은 변화가 있었느니라."

"……."

"처음 겪는 일이라 모든 게 다 서툴러서 처음에는 짜증도 많이 났지. 흘흘, 그 때문에 당 노괴가 고생을 무척 했다. 너는 그 은혜를 잊으면 안 돼."

"알아요."

소걸이 시무룩하게 대답했다.

자신의 처지를 생각하자 서글퍼지는 한편 할머니와 할아버지에게 한없이 고맙고 미안해지기도 했던 것이다.

"하지만 네가 커가는 걸 보면서 얼음장 같기만 했던 내 마음도 조금씩 녹았단다."

"헤―"

"주먹을 빨다가 발버둥 치며 빽빽 울기만 하던 녀석이 어느새 엉금엉금 기기 시작하더구나. 그때는 정말 귀여워서 미치는 줄 알았다."

"지금은요?"

"지금도 사랑스럽지. 하지만 턱 밑이 거뭇거뭇해지니 이제 귀엽지는 않구나."

"쳇."

"네가 제일 귀여웠을 때는 아장아장 걸으며 이것저것 참견하기 시작했을 때란다. 그전까지는 당 노괴가 너를 주로 돌보았고, 나는 그저 가끔 어루만져 주는 정도였지. 그런데 네가 뒤뚱거리며 여기저기 걸어다니고, 오동통하게 살이 오른 볼을 오물거리며 뭐라고 되도 않는 말을 쫑알거리기 시작하자 아주 미치겠더군."

"기억이 나지 않아요."

"그때부터는 당 노괴의 손에서 너를 빼앗았지. 흐흐, 노괴가 삐쳐서 열흘 동안이나 말도 하지 않던 일이 엊그제 같구나."

똥오줌을 받아내고 미음을 끓여 먹이며 다 키워놓았더니 염 파파가 홀라당 빼앗아간 꼴이었다.

당 노인의 서운함이 어땠을지 짐작이 갔다.

"늘 너를 끼고 살았다. 밥을 먹을 때도 무릎에 앉혀놓고 너 한 입 나한 입 이렇게 먹곤 했지. 나는 어린아이가 그렇게 사랑스럽다는 걸 그때 처음 알았다."

"그럼 할머니는 저에게 고맙다고 해야겠군요."

"예끼, 이 녀석."

짐짓 눈을 부라리고 주먹을 들어올렸던 염 파파가 흘흘 웃었다.

"아무튼 그렇게 마음에 따뜻한 사랑이 담기자 내 심성도 조금씩 따뜻해졌던 거야. 그래서 마기를 억누르는 일이 훨씬 수월해졌으니 그게 네 공이라면 공이겠구나."

염 파파가 사랑이 가득 담긴 손길로 소걸의 볼이며 머리를 쓰다듬어 주었다.

3

할머니의 따뜻한 손길에 얼굴을 맡기고 있던 소걸이 불쑥 물었다.

"그런데 왜 제 성은 당 씨가 되었어요?"

"네 근본을 알아야 성을 붙여줄 것 아니냐? 아무것도 모르니 어떻게 하겠어."

"그래서 할아버지의 성을 주었군요?"

"노괴가 내 성을 주자고 하더군. 하지만 그때는 너에 대한 정이 깊지 않았던 때라 펄쩍 뛰면서 화를 냈더니라. 지금은 그게 후회되기도 해."

"저는 당 씨가 아니라 염 씨가 될 뻔했군요."

"노괴에게 네 성을 주라고 소리쳤더니 이놈의 영감탱이가 입이 찢어질 만큼 좋아하더군. 그래서 당소걸이 된 거다."

"이름은요?"

"당 노괴 생각이지. 부르기 편한 걸로 그렇게 지은 거야."

머리를 끄덕인 소걸의 얼굴이 침울해졌다.

"그런데 제 아버지는 누구일까요?"

어머니는 불선다루에 찾아와 돌도 지나지 않은 자기를 혼자 남겨두고 돌아가셨다고 했다. 하지만 아버지에 대해서는 아는 게 없었다.

그건 염 파파도 마찬가지였다.

"모른다. 무슨 사연이 있던 건지 죽은 네 어미가 홀로 너를 업고 왔으니까."

"어머니의 옷차림이라든가 태도, 용모는 어땠어요?"

"옷은 허름한 남빛 치마 저고리였지. 때가 많이 끼고 낡은 것이 오랫동안 그 옷만 입고 지낸 것 같았다. 비록 궁하고 고생을 많이 한 흔적이 역력했어도 태도는 의젓하고 사리분별이 분명했다. 그걸로 보아 좋은 가정교육을 받고 자란 규수였다는 걸 알 수 있었지. 용모는……."

염 파파가 눈살을 찌푸리고 한참 생각하더니 자신없다는 투로 말했다.

"너무 오래 되어서 똑똑하게 기억나지 않는구나. 하지만 이목구비가 반듯하고 살결이 고왔다. 최근에 고생을 많이 했으나 그전에는 좋은 환경에서 곱게 자랐다는 거겠지."

"그렇군요. 그럼 저는 어머니를 닮지 않았나요?"

"응. 네 서글서글한 눈매가 비슷하기는 하지만 전체적으로 네 어미와는 많이 닮지 않은 것 같다."

"그럼 저는 아버지를 닮은 모양이군요."

"그렇겠지. 피는 속이지 못하는 법이니 이딘가에 너와 매우 닮은 사람이 있을 거야. 그게 너의 아버지일 확률이 높겠지. 살아 있다면 말이다."

"나이는 얼마쯤 되었을까요?"

"그때 네 어미의 나이가 스물대여섯쯤 되어 보였으니까 네 아비가 그와 비슷한 나이라고 가정한다면, 보자…… 지금쯤은 마흔을 조금 넘긴 호한이겠구나."

'나와 똑같이 생긴 중년의 장한……'

소걸은 잠시 머리 속에 그 모습을 그려보았다.

자기의 성격이나 버릇, 습관 중에는 어쩌면 혈통적으로 아버지에게서 물려받은 게 있을 수도 있다.

살아오면서 환경에 의해 생긴 것도 있겠으나 태생적으로 그렇게 타고난 면도 있을 것 아니겠는가.

소걸은 앞으로 자기와 흡사하게 생긴 중년의 장한을 보게 되면 그의 행동을 유심히 관찰해 봐야겠다고 생각했다.

"하늘의 인연이라는 건 사람의 힘으로 어떻게 할 수 있는 게 아니다.

하늘이 부자 상봉의 안배를 해놓았다면 언젠가는 반드시 네 아비를 만나게 되겠지. 그러니 지금부터 너무 고민하지 말거라."

"돌아가시기 전에 어머니가 남긴 말이나 물건 같은 것도 없었나요?"

"저녁에 불선다루에 찾아왔고, 다음날 아침에 객사에서 조용히 숨진 채 발견되었으니 들은 말이 있을 리 없지. 혹시 신분을 알 수 있지 않을까 하여 보따리를 뒤져 보았지만 나온 거라고는 은자 몇 냥밖에는 아무것도 없었단다. 너에게 갈아 입힐 옷과 기저귀 몇 가지가 들어 있을 뿐이었지."

"노리개나 패물이나 뭐 그런 것도 없었어요?"

여자라면 누구나 그런 것에 관심이 많고 한두 개쯤은 몸에 지니고 있게 마련이었다.

소걸은 저의 어머니도 그랬을 것이라고 믿었다. 그렇다면 실낱같은 단서가 될 수 있을지도 모른다고 기대했으나 할머니의 대답은 영 실망스러운 것이었다.

"패물이 있었다면 벌써 팔아서 노잣돈으로 썼겠지. 그만큼 궁색해 보였거든. 그러니 노리개를 지니고 다닐 여유도 없었을 게다."

"그렇군요."

소걸이 잔뜩 실망해서 머리를 떨구었다.

그를 물끄러미 바라보던 염 파파의 눈살이 조금씩 더 찌푸려졌다. 소걸의 낙심한 모습을 보자 가슴이 아파서 필사적으로 그때의 기억을 떠올리려고 노력하는 것이다.

"그래, 한 가지 생각나는 게 있기는 하다!"

염 파파가 손뼉을 치며 소리쳤다.

"왜 여태까지는 그 생각이 나지 않았는지 모르겠다. 아마도 물어보는 사람이 없었기 때문이었을 거야. 특별히 인상적인 일도 아니었고."

"그게 뭔데요?"

소걸이 다시 희망을 품고 눈을 반짝였다.

"서쪽 비탈에 구덩이를 파고 네 어미를 묻었는데, 바람이 심하게 불어서 옷자락이 마구 펄럭였더니라."

염습할 도구며 재료 따위가 있었을 리 없다. 그래서 입은 옷 그대로 매장을 했으리라.

"그때 얼핏 보였는데, 속바지를 동인 띠에 작은 옥 장식이 붙어 있었다."

"그래요? 무언지 확인해 보지 않으셨어요?"

"네 할아비는 꼴이 사내인데 아무리 죽은 여자라고 한들 어찌 속바지에 손을 댈 수 있겠어? 나는 알지도 못하는 여자가 앵앵거리는 어린 것을 놔두고 갑자기 죽은 게 영 짜증스럽고 불쾌하기만 했으니 관심도 없었지 뭐냐."

미안하다는 얼굴로 소걸을 보며 입맛을 다셨다.

"괜찮아요. 누구라도 그랬을 거예요."

"흘흘, 어린것이 마음이 곱기도 하지. 아무튼 그래서 그냥 지나갔는데 네가 물으니 이제야 그 일이 생각나는구나."

소걸은 그 옥 장식이 특별한 게 아니라고 생각했다. 그랬기에 할머니가 관심을 보이지 않았을 것이다.

하지만 달리 생각해 보면 그것은 어머니에게 있어서 대단히 소중한 게 틀림없었다.

그렇지 않았다면 어찌 속바지 끈에 매달아서 누구의 눈에도 띄지 않도록 조심했을 것인가.

'이번 일이 끝나면 황망령으로 돌아가서 확인해 봐야지.'

지금으로서는 그렇게 작정할 수 있을 뿐이다.

"밖으로 나가자."

염 파파가 불쑥 말했다.

"경신법의 구결은 다 외웠을 테니 움직임을 봐둬야지?"

신공의 운기심법과는 달리 보법이나 운신법은 그 형태를 보고 배워야만 활용할 수 있다.

염 파파는 모두가 잠들어 있을 한밤중에 그것을 보여주기 위해 그를 깨웠던 것이다.

휘영청 밝은 달 아래에서 두 번 다시 볼 수 없을 기이한 환상이 연출되었다.

검은 옷자락을 펄럭이며 춤을 추듯 움직이고 있는 염 파파의 모습은 때로는 한 마리 현학(玄鶴)이 되어 선계(仙界)와 하계(下界)를 오가며 희롱하는 것 같았고, 때로는 성난 뇌신(雷神)되어 지옥의 어둠을 찢어대는 것 같았다.

질풍이 되어 휘돌아갈 때면 수십, 수백 개의 그림자가 뜰 가득 어른거려서 어느 게 진짜이고 어느 게 가짜인지 분간할 수가 없었다.

그것을 두고 '아홉 개의 환영을 만든다'고 한 것이리라.

빠르게 달릴 때면 흐릿한 잔상이 남겨질 만큼 쾌속해서 화살이라 해도 따라붙지 못할 것 같았다.

그런가 하면 발을 엇디디며 몸을 이리저리 움직이고 비틀 때는 마치 술 취한 사람이 휘청거리는 것 같아서 도대체 어디를 바라보고 어디로 향하고자 하는지 종잡을 수가 없었다.

그처럼 신묘한 보법과 신법의 구경은 처음 하는 터라 소걸은 딱 벌어진 입을 시종 다물지 못했다.

바보처럼 멍해진 얼굴로 그저 홀려서 바라볼 뿐이다.

발끝으로 살짝 땅을 차고 홀쩍 뛰어서 무려 사오 장이나 높이 솟구쳤던 염 파파가 몇 번 몸을 뒤집고 뒤채더니 낙엽처럼 소리없이 내려섰다.

"보았느냐? 이것이 바로 수라구유보의 진면목이다. 한 번 걸음을 내딛으면 수천 명의 무리 속에서도 자유롭게 오갈 수 있고, 두 번 몸을 돌이키면 유성과 같아서 나는 살도 쫓아오지 못한다. 숨을 멈추고 몸을 가볍게 하여 발을 구르니 구름에 이마가 닿고, 창공 중에서 서른다섯 번이나 몸을 뒤채니 조화를 부리던 황룡이 부끄러워 숨을 지경이 된다. 쏟아지는 도검의 사이를 드나드는 것이 마치 성긴 그물코 사이로 빠져나가는 은어의 매끄러움 같다. 누가 감히 나를 잡을 것이며, 누가 감히 나를 상하게 할 수 있을 것이냐?"

"우와! 정말 멋져요!"

소걸이 진심으로 감탄해서 손뼉마저 쳐가며 환호했다.

구결을 전해 받을 때와 이처럼 할머니가 몸소 시연해 보이는 걸 지켜보았을 때의 느낌이 하늘과 땅처럼 달랐던 것이다.

할머니의 저 신법만 대성한다면 천하에 두려울 게 없겠다는 생각이 들었다.

아무도 잡지 못하고 때리지 못할 것이니 그건 곧 아무도 두렵지 않게 된다는 것 아니겠는가.

그래서 소걸의 마음에는 이제 다른 건 쓸데없고 저 신법만 배우자는 변덕이 들었다. 저것이야말로 가히 천하제일의 신공절학이라고 여겨졌기 때문이다.

【第七章】

알 수 없는 미공자(美公子)

1

질풍처럼 닷새를 달려 순양현(旬陽縣)에 이르렀다.

그곳은 한중을 가로질러 온 한수(漢水)가 큰 흐름을 이루고 남쪽으로 천천히 흘러가는 곳이다.

촉에서 장강으로 나가는 배들과 거기서 거슬러 올라와 한중으로 향하는 배들이 무수히 오가니 큰 진(津)이 형성되지 않을 수 없다.

그 덕에 순양현은 주위 이십 개 현 중 가장 번창했다.

능학빈 일행은 거침없이 현성을 달려 통과했다. 진에서 배를 타고 내려가려는 것이다. 그러면 육로로 가는 것보다 훨씬 빠르게 무한에 닿을 수 있다.

물가에 이르자 버드나무가 줄지어 있는 언덕에서 기다리고 있던 한 떼의 사람들이 급히 말을 달려 내려와 그들을 맞이했다.

"오신다는 전갈을 받고 오래전부터 기다리고 있었소이다."

걸걸한 음성으로 말하는 자는 사십대의 장한인데, 턱에 구레나룻이 무성하고 걷어붙인 팔뚝이 굵은 동아줄을 꼬아놓은 것처럼 울퉁불퉁했다.

"안내해라."

능학빈이 말 위에서 거만하게 턱을 치켜들고 말했다.

사내가 고개를 숙여 보이고 즉시 말 머리를 돌려 일행을 이끌고 앞서 갔다.

텁석부리사내가 그들을 인도해 간 곳은 순양진에서도 가장 크고 웅장한 장원이었다.

석가장(石家莊)이라고 하는 곳인데, 이 일대를 주름잡는 거상(巨商)이자 강호의 호한으로 알려진 금환도(金環刀) 석진명(石晉明)의 장원이다.

부리부리한 눈매에 육십쯤 되어 보이는 장주 석진명이 몸소 장원 앞에서 기다리고 있다가 그들을 맞아들였다.

태도가 은근하고 공손한 중에 탐색하듯 눈길을 바쁘게 이리저리 굴리는 것이어서 능학빈은 잠시 의심을 품기도 했다.

그러나 석진명에게 다른 뜻은 없었다. 그는 오직 동창의 무사들이 호위하고 있는 검은 마차에 신경을 쓸 뿐이다.

"장주는 마차에서 무엇을 보셨소?"

마주 앉아 차를 마시던 능학빈이 불쑥 묻자 석진명이 웃으며 손사래를 쳤다.

"하하, 초야에 묻혀 지내는 촌부가 볼 거라고는 오가는 세월밖에 더 있겠소이까?"

"이상하군. 그럼 무슨 소리라도 들었소?"

"새소리, 바람 소리는 늘 듣고 산다오."

"쳇, 몇 년 보지 못한 사이에 시인이 된 듯하군."

"내 나이가 되면 때로 보고도 보지 못한 척, 듣고도 듣지 못한 척하는 게 인생이라는 걸 절로 알아지는 법이지요."

"무언가 보고 들은 게 있긴 있는 게로군? 자, 그걸 말해보시오."

"나무는 가만히 있으나 온갖 새들이 찾아와 제각각 지저귀니 듣기 싫어도 듣지 않을 수가 있겠소? 나 또한 그와 같아서 바람결에 실려온 강호의 소문 몇 가지를 주워들은 것뿐이라오."

"그게 뭔데?"

"바로 능 대인이 호위해 온 마차에 대한 것이지요."

"엇?"

능학빈이 깜짝 놀라 찻물을 흘렸다. 석진명이 매서운 눈길로 능학빈을 빤히 바라보다가 천천히 말했다.

"동창이 능 대인을 시켜서 세상을 뒤흔들 만한 무시무시한 것을 운반한다고들 합디다."

"뭐라고?"

"보물을 마차 안에 숨겨놓았다면서요?"

"그건, 엉뚱한 소리로군."

"하하, 그 보물이라는 것이 실은 한 번 터지면 하늘이 놀라고 땅이 갈라질 무지막지한 폭약이라던데, 그렇지 않소?"

"으음―"

"그러니 너무 위험한 것인지라 다들 군침을 흘리면서도 미리미리 피하니 좋은 일이지요. 하지만 그들이 뿌리고 가는 소문은 눈덩이처럼 쌓여만 간다오."

능학빈이 천천히 찻잔을 내려놓고 싸늘한 얼굴이 되어서 말했다.

"그대는 내막을 알고 있군?"

"강호에는 이미 널리 퍼진 말인데 설마 능 대인 당신만 모르고 있다는 거요?"

"소문이라……."

능학빈이 눈살을 찌푸렸다.

염 파파를 호위해서 장안성을 빠져나온 지 불과 엿새에 지나지 않았다. 그동안 누구도 마차 안에 타고 있는 사람에 대해서는 발설하지 않았고, 염 파파도 사람들 앞에 모습을 드러낸 적이 없었다.

하지만 세상에는 이미 그 일이 널리 알려진 모양이었다.

"강호에 비밀은 없다더니 그 말이 딱 맞는군."

"능 대인이 사람을 앞서 보내 나의 장원을 쓰겠다고 기별해 왔을 때 나는 마음속에 딱 한 가지 소원을 품었다오."

"……."

"내 소원을 들어준다면 가장 크고 좋은 배를 내어드리겠소이다."

"들어주지 않는다면?"

"이곳에서는 구멍난 쪽배 한 척도 징발할 수 없을 게요."

"무엇이? 당신이 감히 나를 협박하는 건가!"

능학빈이 크게 화가 나서 다탁을 두드리며 소리쳤지만 석진명은 태연하기만 했다.

"내 소원이 무엇인지 들어보지도 않고 그렇게 화를 내는 건 너무 성급하지 않소?"

"……."

"마차 안의 사람을 만나게 해주시오."

너무 의외의 말이라 능학빈은 어리둥절해지고 말았다.

"그게 다요?"

"더 무엇을 바라겠소?"

석진명을 말없이 노려보던 능학빈이 벌떡 일어서더니 온다 간다 말 한마디 없이 쿵쿵거리며 대청을 나갔다.

그가 사라지고 나자 뒤쪽의 휘장이 펄럭이고 준수한 모습의 청년이 천천히 걸어나왔다.

머리에 문사건을 쓰고 섭선을 쥐었다. 걸을 때마다 남빛 장포 자락이 살짝살짝 발등을 덮는 것이 우아하고 고상한 자태를 더욱 돋보이게 했다.

눈썹이 짙고 눈빛이 맑은 데다가 이목구비가 뚜렷하고 살결이 투명한 것이 세간에서 보기 드문 미청년이었다.

그를 본 석진명이 자리에서 일어나 공손히 포권했다.

"공자께서 다 듣고 계셨구려."

"수고하셨습니다."

"별말씀을. 그가 스스로 이렇게 나의 장원에 찾아왔으니 이것도 다 하늘의 뜻인 듯하오."

미공자가 섭선을 활짝 펼쳤다가 탁, 소리가 나도록 접으며 빙긋 웃었다.

"조짐이 좋으니 아마도 이 일은 성사될 성싶습니다."

"능학빈은 내 청을 거절하지 못할 거외다. 하지만 만약 그녀가……."

석진명이 말을 더듬었다. 얼굴에 두려워하는 기색이 가득하다.

미공자가 달래듯 말했다.

"걱정하지 마십시오. 결코 당신을 해치지 않을 것입니다. 한마디 말을 전하는 것뿐인데 무슨 일이 있겠습니까?"

"휴—"

석진명이 긴 탄식을 발했다.

풍진 강호에서 닳고 닳은 그였지만 지금은 꾸중을 기다리는 아이의 심정이 되어서 초조하고 불안할 뿐이었다.

"이 늙은 몸의 충정은 하늘이 알고 땅이 알 터. 공자께서 그것만 잊지 않으셨으면 하오."

"잊을 리가 있겠소이까? 조충을 몰아내고 천명이 황상께로 돌아가는 날 석가장은 그 영광을 함께 나누게 될 것입니다."

"감사하오."

"하지만 이 일이 잘못되면 그 화 또한 함께 나누게 될 터. 말이 새나가지 않도록 극히 조심하셔야 할 것입니다."

"여부가 있겠소?"

석진명이 결연하게 말했다.

그는 눈앞에서 환하게 웃고 있는 미공자의 손에 이제 자기와 가문의 운명이 걸려 있다는 걸 절실히 느꼈다. 그리고 그건 자기 스스로 선택한 길이기도 했다.

'왕후장상이 부럽지 않게 흥하느냐, 주춧돌 하나 남지 않도록 망하고 마느냐 하는 것이 오직 이 일에 달려 있다.'

움켜쥔 주먹에 땀이 배었다.

나이 육십에 이르러 가문의 운명을 건 일생일대의 도박을 하게 된 것이다.

모두 갖거나 아니면 모두 잃을 뿐, 다른 길은 없다.

그리고 석진명은 자신이 이길 것이라고 믿었다. 그게 천명이기 때문이다.

2

지난 엿새 동안 내내 마차 안에서 흔들리며 왔지만 소걸은 조금도 피곤한 줄을 몰랐다.

그동안에도 쉬지 않고 신공을 연마해서 이제는 제법 단전에 혈마구유신공의 내력이 쌓이고 있었던 것이다.

소걸의 몸은 마치 이 산과 저 산을 가로막아 쌓아 올린 저수고(貯水庫)와 같았다.

할머니가 오 년 동안 당가 심법으로 쌓아온 내공을 사용하지 못하도록 막아두었기 때문이다.

그 뒤 무당파의 월보강 심법으로 더욱 내공 수련에 힘썼고, 최근에는 혈마구유신공을 부지런히 익혔으며, 얼마 전에는 뜻하지 않게 당경의 내공까지 흡수해 들인 적이 있다.

그런 일들로 인해 날이 갈수록 다르게 소걸의 내공 수위는 높아져만 갔다.

둑의 수문을 막아두고 있으니 머지않아 물이 가득 차 흘러넘칠 지경에 이를 것이다.

지금 소걸의 혈마구유신공은 거의 삼성의 단계에 이르러 있었다.

숨을 고르고 의념을 모아 고요히 신공을 운기할 때마다 가슴속에서 꿈틀거리는 호연지기가 느껴졌다.

혈맥을 두드리며 거칠고 도도하게 움직이는 기의 흐름을 느끼게 되었고, 때로는 단전이 터질 것처럼 팽만해지다가 불덩이를 담아놓은 듯 달아오르는 것이어서 스스로 놀라 운기를 멈추기도 했다.

쉬지 않고 비가 쏟아져 산골짜기마다 넘쳐 나며 흘러드니 저수고의 수위가 빠르게 올라가는 형상이다.

수문을 열어 물을 빼내야 하듯 언제든 한 번 크게 소리치며 넘쳐 나는 기운을 밖으로 터뜨려 보내야 할 단계에 이른 것이다.

거칠고 탁한 기운을 그렇게 쏟아버리고 나면 맑고 정순한 기운만 남아 기해를 채우게 된다. 그때부터 비로소 신공이 완성되어 가기 시작한다고 해야 하리라.

속성의 효과가 그 어떤 신공이나 마공보다 뛰어난 것이 혈마구유신공의 장점이다. 그래서 강호인들이 목숨을 걸고 그것을 손에 넣고자 안달하지 않았던가.

바람이 구름을 불러오고 구름이 비를 휘몰아오듯 어느 단계에 이르면 스스로 소주천을 계속하게 된다.

의식하지 않아도 운기하는 것과 같아지니, 잠을 잘 때도 밥을 먹을 때도 저절로 운기하는 효과가 생겨서 쉬지 않고 내공이 불어난다.

염 파파가 말한 오성의 단계에 이르면 그렇게 되는 것이다.

그 단계에 도달할 날이 머지않았다.

염 파파는 소걸에게 반년만 수련하면 그 경지에 오르게 될 수 있을 거라고 했지만 소걸은 타고난 자질과 부단한 노력으로 그것을 두어 달이나 앞당기고 있었다.

그건 염 파파도 짐작하지 못한 놀라운 일이었다.

침상에 고요히 앉아 운기삼매에 빠져 있는 소걸을 바라보는 염 파파의 얼굴에서 흐뭇한 미소가 가시지 않았다.

그 무렵 과연 강호에는 기이한 소문이 떠돌고 있었다.

―사라졌던 홍염마녀 염빙화가 돌아왔다.
―조충과 손잡고 천상천하 유아독존하려고 한다.
―조충이 황제가 되고 염빙화는 무림지존이 된다.

어디에서부터 시작되었는지 알 수 없는 그러한 소문들이 바람을 타고 걷잡을 수 없이 퍼져서 강호의 인심을 흉흉하게 했다.

세인들은 당 노인의 출현을 의심스런 눈으로 바라보기 시작했다. 그가 염빙화와 함께 사라졌다가 갑자기 출도했고, 얼마 뒤부터 그 끔찍한 마녀에 대한 소문들이 꼬리를 잇고 나돌았기 때문이다.

육십 년 전, 강호를 떠들썩하게 했던 염빙화와 장풍한, 당백아 세 사람의 삼각관계가 다시 세상에 회자되었다.

어디를 가든지 두세 사람만 모이면 이마를 맞대고 그때의 일들을 수군거렸는데, 직접 본 자가 없으니 말이 말을 낳아서 이제는 어떤 게 진실이고 어떤 게 거짓인지조차 분간할 수 없을 지경으로 어지러워졌다.

세상이 온통 그런 소문으로 떠들썩한데 오직 염 파파만 모르고 있었다. 마차 안에 두터운 휘장마저 치고 앉아 있었으니 세상과 천리만리로 단절되어 있었기 때문이다.

능학빈은 방금 그것을 알았다.

석 장주와 헤어져 숙사로 돌아온 즉시 몇 명의 번역들을 풀어 소문을 수집해 오도록 했던 것이다.

"그런 괴이한 소리들을 하다니."

능학빈이 눈살을 찌푸렸다.

제독태감 조충의 권세가 아무리 황제를 능가한다고 해도 공공연히 그런 소문이 돌아서는 좋을 게 하나도 없다.

'북경에서부터 이 소문이 퍼졌을 것이다.'

능학빈은 그렇게 단정했다.

황궁의 담은 높다. 하지만 그곳에 출입하는 자들의 입은 낮고 가볍기 짝이 없었다. 어떤 비밀도 붙잡아둘 수가 없다.

능학빈은 장안성을 떠나기 전 채 지부가 은밀히 전했던 말을 떠올렸다.

"무한에 가면 한 사람이 너에게 연락을 해올 것이다. 그분을 만나보아라."

"누구십니까?"

채경이 '그분'이라고 칭하는 자는 이 넓은 천하에 몇 사람 되지 않는다.

능학빈이 긴장하여 눈을 반짝였으나 채경은 빙긋 웃었을 뿐이다.

"가보면 안다. 보름이면 충분하겠지."

더 이상 물어서는 안 된다.

고개를 숙여 명을 받고 나온 이후 입을 조개처럼 다물고 있었는데, 조 태감에 대한 소문을 듣게 되니 마음이 조급해졌다.

'과연 조 태감께서 몸소 무한까지 납시는 이유가 염 파파를 만나기 위해서로구나.'

그렇다면 이건 보통 일이 아니다.

묵묵히 생각에 잠겼던 능학빈이 심복 창위 두 명을 은밀히 불러들였다.

"너희들은 지금 즉시 변복을 하고 가장 빠른 배를 빌려 무한으로 먼저 가라."

"예?"

"어슬렁거리며 냄새를 맡아봐. 분명 무언가 구린 냄새가 나고 있을 거다. 그게 무엇인지 알 수 있는 데까지 알아뒀다가 내가 도착하는 즉시 보고하도록."

"그것뿐입니까?"

"힘들 것 같으면 무한 지부의 도움을 청해라. 하지만 절대로 다른 사람들의 눈에 띄면 안 된다. 가봐."

"복명!"

명을 받은 창위 둘이 소리없이 물러나고 조금 뒤에 능학빈도 자신의 숙소에서 나와 염 파파가 묵고 있는 후원의 별실로 걸음을 옮겼다.

"장주가 나를 만나보고 싶어한다고?"

"그렇습니다."

"그가 나를 안단 말이냐?"

"그런 것 같습니다."

"흠, 괴이한 일이로군."

염 파파가 살짝 이마를 찌푸렸다.

"아무래도 제가 파파를 모시고 여행 중이라는 게 소문난 모양입니다."

염 파파도 언제까지나 제 정체를 감출 수 있을 것이라고는 여기지 않았다. 결국 자신의 재출도 소식이 강호에 널리 퍼질 텐데 생각보다 빠른 것 같아서 놀랐을 뿐이다.

아니, 이처럼 거창한 여행을 준비했을 때 이미 그녀의 마음속에는 한바탕 강호를 떠들썩하게 하려는 의도가 숨겨져 있었던 건지도 모른다.

"그래, 무슨 일로?"

"모르겠습니다. 그저 파파를 만나게 해달라고만 간청했을 뿐입지요."

"……."

"파파께옵서 마음에 내키지 않으시면 불가하다고 말해주겠습니다."

"혼자서 오겠다더냐?"

"그렇습니다."

"좋아, 만나보지."

능학빈이 공손히 인사하고 물러나자 염 파파가 소걸을 불렀다.

"눈을 떠라."

"들었어요. 장주가 온다고요?"

"좁은 마차 안에만 있었으니 답답하지 않으냐?"

"좀 그래요."

"이곳은 큰 시진이라 구경할 것도 많을 거야. 물가의 야경은 원래 운치가 그만이지. 잠시 산책하며 바람이라도 쐬고 오지 않으련?"

"그러지요."

할머니의 심중을 읽은 소걸이 두말하지 않고 방을 나갔다.

소걸이 장원에서 나갔을 때쯤 석진명이 고양이 앞에 끌려오는 쥐처럼 떨며 염 파파의 방에 들어왔다.

창가에 뒷짐을 지고 서서 어두워지는 하늘을 바라보던 염 파파가 천천히 돌아보았다.

얼굴에 주름이 가득하고 머리카락이 눈처럼 흰 강퍅해 보이는 늙은 할망구. 그게 석진명이 본 염 파파의 모습이다.

그 어느 구석에서 그토록 잔인하고 무섭던 홍염마녀의 모습을 찾아볼 수 있단 말인가.

물끄러미 파파를 바라보던 석진명이 한순간 '흡!' 하고 급한 숨을 들이마셨다. 염 파파의 눈에서 신광이 번쩍, 하고 빛났던 것이다.

"여기는 네 집이다. 낯선 사람처럼 어리둥절할 게 뭐 있어?"

"예, 예."

"왔으니 앉아라."

"예, 예."

그가 옷깃을 여미고 탁자에 앉았다. 다시는 감히 고개를 들어 파파의 얼굴을 바라볼 엄두도 내지 못한다.

"할 말이 있으면 해봐."

"우선, 한 가지 확인하겠습니다."

"……."

"그러니까…… 파파께옵서 과거의 그, 그……."

"홍염마녀 염빙화가 바로 나다."

"헉!"

그 소리만으로도 가슴이 철렁 하고 내려앉은 석진명이 떨리는 손으로 뚝뚝 흘러 떨어지는 이마의 땀을 훔쳐 냈다.

3

진(津)이라 불리는 큰 나루는 어느 곳이나 꺼지지 않는 장명등과 취객들의 흥청거림으로 밤낮이 없기 마련이다.

순양진은 섬서성 남쪽에서 가장 크고 오래된 곳이니 더 말할 것 없다.

날이 저물자 오히려 오가는 사람들의 걸음이 활기차졌고, 건들거리는 어깨에 흥이 절로 묻어나 보였다.

귀공자로 보이는 매끈한 젊은이들이 왁자지껄하게 웃고 떠들며 몰려다니고, 질척거리는 거리 곳곳에 내걸린 홍등이며, 청등의 불 그림자가 현란하다.

거리 안쪽으로 들어갈수록 아가씨들의 짜랑거리는 웃음소리와 비파소리가 간드러졌다.

달콤한 술 향기가 고기 굽는 냄새와 섞여 술솔 풍겨오니 그대로 지나쳐 갈 장사가 없다.

소걸은 이곳이 장안성의 사통부귀가와는 또 다른 멋이 있다고 여겼다. 번화한 건 못하지만 그곳에서는 맛볼 수 없었던 흥청거리는 분위기가 있었던 것이다.

상인과 여행객 등 온갖 뜨내기들이 스쳐 가는 곳이 진두(津頭)인지라 색주가를 찾는 자들 중 눈치 보고 체면 차리는 일에 신경 쓰는 자가 없다.

그들을 붙잡는 아가씨들은 오늘 한 푼이라도 더 긁어내지 못하면 내일을 기약할 수 없는 터라 기를 쓰고 갖은 교태를 다 떨게 마련이었다.

이곳에서 머무는 상인들은 너나없이 주머니가 두둑했다.

한중으로 가는 자들은 봇짐에 귀물이 가득했고, 한중에서 내려온 자들은 물건을 판 돈이 전낭에 가득하다.

그러니 그들의 주머니를 넘보는 자가 어찌 색주가의 소저들뿐이겠는가. 거리에는 아녀자들을 유혹하는 온갖 장신구가 넘쳐 났고, 사내들의 호승심을 자극하는 도박장이며 병기점도 즐비했다.

장터에 내다놓은 촌닭처럼 눈을 휘둥그레 뜨고 여기저기를 둘러보며 천천히 걷던 소걸이 걸음을 딱 멈춘 곳은 역시 앙증맞은 노리개와 패물 등을 파는 상점 앞이었다.

길가에 내놓은 좌대에 없는 게 없다고 할 만큼 다양한 종류의 장신구들이 불빛을 받아 아름답게 반짝이고 있었다.

이 봉황잠(鳳凰簪)을 청운관에 있는 도향의 치렁한 머리를 틀어 올려 꽂아주면 어울릴 것 같고, 저 노리개를 당가보 예향의 가느다란 허리에 달아주면 깜찍할 것 같다.

장안성 불선다루에서 이사형 당경에게 혼이 난 뒤부터 소걸의 마음 속에는 어느덧 예향이 여태까지와는 다른 존재감으로 자리잡고 있었다.

그래서 도향을 생각하면 예향이 걸리고, 예향을 떠올리면 도향에게 왠지 죄짓는 것 같아서 가슴이 뛴다.

당예향은 사질녀뻘이기에 부담이 없는 한편, 도향은 사고(師姑)뻘이라니 불만스러워서 더 생각나는 것인지도 모른다.

이것저것 고르고 뒤적이는 손가락이 그런 생각들로 들떠 있다는 걸 소걸 본인만 모르고 있었다.

주인은 물론, 그를 아까부터 지켜보고 있던 한 사람의 눈에는 망설이고 안타까워하는 소걸의 마음이 고스란히 읽히고 있었던 것이다.

"하하, 마음속의 정인을 생각하는 손끝이 노리개에 머물다가 봉황잠으로 옮겨가기를 거듭하니 보기보다 일찍 풍류에 눈을 뜬 형제가 틀림

없군."

문득 등 뒤에서 낭랑한 웃음소리가 들려왔다. 소걸이 깜짝 놀라 좌판에서 얼른 손을 떼고 돌아섰다.

관옥 같은 미공자가 접선을 부치며 부드러운 웃음을 띠고 있었다.

석가장의 장주 석진명을 수하처럼 부리던 바로 그 미공자인데, 소걸이 그걸 알 리가 없다.

처음 보는 그의 우아하고 기품있는 모습에 소걸이 저도 모르게 '아!' 하고 감탄성을 터뜨렸다.

짙은 눈썹 아래의 부리부리한 눈은 호걸의 그것과 같은데, 반듯한 콧날과 붉은 입술, 갸름한 턱에 이르러서는 혹시 남장을 한 여자가 아닌가 싶을 만큼 아름다웠다.

"흰구름 뉘엿뉘엿 흘러가고, 단풍나무 늘어선 포구에 잔시름 이길 길 없구나[白雲一片去悠悠, 靑楓浦上不勝愁]라더니, 바로 지금 소형제의 마음이 그와 같은 게로군?"

"뭐라는 거요?"

홀린 듯 바라보던 소걸이 눈살을 찌푸렸다.

불쑥 나타난 자가 난데없이 고상한 시구를 중얼거리며 자신을 희롱하는 것 같아 기분이 상했던 것이다.

"하하, 봉황잠을 사자니 그녀가 걸리고, 노리개를 사자니 또 다른 그녀가 마음에 걸려서 이러지도 못하고 저러지도 못해 망설이는 것 아닌가? 마음속에 그처럼 아끼는 사람을 여럿이나 두고 있으니 풍류공자라 할 만하고, 몸이 천리만리 먼 곳에 떨어져 있어도 노리개를 보자 걷잡을 수 없는 그리움이 솟구치니 역시 다정다감한 풍류공자임에 틀림없는 게야."

"쳇, 그게 당신과 무슨 상관이 있담? 생긴 건 그럴듯한데 어지간히 할 일도 없는 사람이구려?"

천천히 다가온 미공자가 소걸이 뒤적거리던 패물들을 쓰다듬으며 한숨을 쉬었다.

"휴— 내 어찌 처음 보는 사람을 희롱하겠는가? 다만 멀리서 바라보니 소형제의 망설임이 내 마음과 같아서 문득 반가운 생각이 들었을 뿐이라네."

"일없소. 나는 풍류공자도 아니고, 난봉꾼도 아니니 헛짚으셨소이다."

"그러신가? 그렇다면 내가 잘못 본 거겠지. 휴—"

멍하니 허공을 바라보다가 다시 긴 한숨을 쉬었는데 그 얼굴이 처연하기 짝이 없었다.

소걸은 문득 그가 가여워졌다.

'이 멋진 사내는 아마 마음속에 깊이 담아두고 있는 사람이 있는 모양인걸? 그런데 어떤 사정이 있어서 만나지 못하게 되었나 보다. 그렇다면 불쌍한 사람이지.'

그런 생각이 들자 다시 도향의 새초롬한 얼굴이 떠오르고 예향의 헤헤 웃는 귀여운 얼굴이 떠올라 저도 모르게 한숨을 쉬었다. 그러자 미공자가 눈을 둥그렇게 뜨고 소걸을 빤히 바라보다가 가볍게 웃었다.

"하하, 역시 내 짐작이 맞았어. 그렇지 않다면 그대는 어째서 나처럼 한숨을 쉬었겠나?"

"좋소, 좋아. 까짓 사내가 이 여자 저 여자 마음에 담아두고 있는 게 무슨 큰 흠이 되겠어? 당신처럼 넋을 놓고 한숨이나 쉬는 게 창피한 일이지."

"하하, 옳은 말일세. 그렇다면 어디 풍류를 제대로 아는 우리 두 사람이 한번 어울려서 이 거리의 아가씨들 방심을 죄다 흔들어놓아 볼까?"

"그건 좀……."

"문밖에 나서면 사해의 동도가 다 형제라네. 헤어짐에 길고 짧음은 있겠으나 만남에는 그런 게 없지. 오늘 만난 친구가 십 년 된 친구보다 못하다고 누가 그러겠는가?"

한숨을 쉴 때와는 달리 자못 호기를 부리는 모습이 소걸의 마음을 끌었다.

소걸도 지기 싫다는 듯 짐짓 가슴을 활짝 펴고 늠름하게 대꾸했다.

"사내가 서로 만나 교분을 나누는데 어찌 아녀자들처럼 이리 재고 저리 뜯어볼 것인가! 까짓 한다면 하는 거지. 당신과 나는 마음에 서로 통하는 게 있으니 이것도 인연일 터. 어디 한번 어울려 봅시다!"

"하하, 호방함이 없으면 진정한 풍류공자라 할 수 없지. 좋아. 소형제가 그렇게 나오니 우형(愚兄)의 마음도 상쾌해지는군. 내가 한잔 사겠네. 우리 아가씨들을 모두 모아놓고 밤새도록 마셔보세!"

처음부터 말을 놓았지만 그게 워낙 자연스러워서 미처 불쾌하게 여길 새도 없었다.

소걸을 소제라고 부르며 스스로를 우형이라 칭할 만큼 은근한 정을 내비치니 마음에 들기도 했다.

그래서 어느덧 소걸은 미공자의 손에 이끌려 비파 소리 간드러지는 골목 안쪽으로 깊숙이 들어가고 있었다.

【第八章】

내 앞에서 차(茶)를 말하다니

1

미공자가 소걸을 끌고 간 곳은 순양진에서 가장 유명하다는 '여항루(麗巷樓)'였는데, 술과 노래를 파는 곳이었다. 청루(靑樓)인 것이다.

맵시있고 아름다운 기녀들이 비파를 타고 노래를 부르니 찾는 손님들 또한 돈 많고 점잖은 축들이 주를 이루었다.

미공자는 여항루에 들기 무섭게 큰 소리로 별채를 비우라고 호기를 부렸다.

그래서 이미 들었던 손님마저 물리고 넓고 아늑한 별채를 통째로 차지했으니 위세도 그런 위세가 없었다.

소걸은 미공자가 거만을 떠는 것 같아 은근히 심통이 났다.

그런 소걸에게 자신을 뽐낼 기회가 왔다.

술상이 들어오기 전에 먼저 시녀가 다반(茶盤) 위에 다기(茶器) 일습을 얹어 내왔던 것이다.

몸을 파는 창기들이 있는 홍루(紅樓)나 일반 주가와는 다른 청루만의 호사이자 멋이었다.

여항루 제일의 미녀를 들이라고 소리친 미공자의 말 때문이었을까. 눈이 번쩍 뜨일 만큼 아리따운 세 명의 기녀가 그 뒤를 따라 들어와 나붓하게 인사를 올렸다.

그중 제일 연장자로 보이는 스물두어 살 남짓한 아가씨가 미공자와 소걸 앞에 찻잔을 내려놓고 익숙한 작법으로 더운물을 따라 잔을 덥히더니 차를 우려내고 따랐다.

그녀가 찻잎을 떼어내고 찻잔을 채울 때까지 물끄러미 바라보던 소걸이 저도 모르게 불쑥 중얼거렸다.

"찻잎이 너무 말라 바삭거리며 부서지니 상품과는 멀고, 빛깔은 호박빛이되 맑음이 덜하니 하품을 겨우 면했구나."

그 말에 차를 따르던 아가씨가 샐쭉해서 물었다.

"이 작은 공자님은 어디 다루에서 수양을 하셨나 봐? 그게 무슨 차인지나 알고 하는 말씀이세요?"

"어허, 이쁜 소저. 나를 어떻게 보고 그런 말을…… 커흠."

헛기침부터 한 소걸이 한 잔을 따라 빛깔을 보고 냄새를 맡은 다음 한 모금 입에 머금었다가 뱉어내고 잔뜩 인상을 찡그렸다.

"철관음(鐵觀音)이로군."

"흥, 철관음인 줄 모르는 사람이 있을까요?"

"어허, 내 말이 아직 끝나지 않았네."

속으로 '옳거니!' 하고 무릎을 친 소걸이 본격적으로 차에 대해서 논하려는 듯 자세를 가다듬었다.

저도 모르게 할아버지의 그것을 흉내 내고 있는 것이다.

당 노인이 차에 대한 이야기를 할 때면 늘 그랬듯이 소걸도 눈을 감은 듯 만 듯 지그시 깔고 턱을 쓸며 목청을 가다듬어 천천히 말했다.

"철관음 중에서도 복건성(福建省) 안계(安溪)에서 생산되는 안계 철관음이야."

소걸이 한 번 맛을 보고 대뜸 알아맞히자 샐쭉했던 아가씨가 깜짝 놀랐다.

"어머, 이제 보니 이 작은 공자님은 차에 대해서 유식하기도 하지 뭐야?"

"이것은 안계현에서만 생산되는데, 그 향기가 오래 유지되지. 차 맛이 달고 입 안을 시원하게 해준다네."

"맞아요."

"그리고 마신 뒤에는 입 안에 과일의 향기와 같은 향이 살짝 감돌거든. 그게 진짜야. 이 입 안에 감도는 향을 여느 향기와 구분하여 철음운(鐵音韻)이라는 멋진 이름으로 부르기도 하지."

"어쩜, 어쩜……."

이제 기녀들은 물론 미공자마저 눈을 휘둥그레 뜨고 소걸의 입만 바라보았다.

소걸에게는 아무것도 아닌 일이었다.

어렸을 때부터 천하의 차라는 차는 모두 맛보고 자라지 않았던가. 물 마시듯 마셔댔던 차 중에 최상품이 아닌 것은 하나도 없었다.

게다가 눈만 뜨면 할아버지의 차 타령을 귀에 못이 박히도록 들었으니 차에 관한 한 어느 누구에게도 뒤지지 않을 자신이 있었다.

"내가 말한 건 상품 중에서도 상품을 두고 한 말이고, 이건 향기롭되 끝 맛이 떫으며 빛깔이 맑되 청명하지 못하니 중하품에 지나지 않는 거야."

"에그머니나, 그런 서운한 말을 하시다니요? 얼마 전 호남에서 온 차상(茶商)이 상품 중에서도 상품이라고 입에 침이 마를 정도로 떠들어대며 술값 대신 한 덩이를 주고 간 건데요?"

"속았어."

"그 상인이 우리를 속인 건지, 지금 작은 공자님이 우리를 희롱하고 있는 건지 어떻게 알죠?"

"좋아, 그렇다면 내가 좀 더 강의를 해주지. 커흠."

"......"

"누구 이 차가 왜 철관음이라는 이름을 갖게 되었는지 아나?"

마치 학동들을 앞에 둔 훈장처럼 근엄한 표정을 지으며 둘러보았다. 다들 침묵할 뿐이다.

"흐흘, 매우 기초적인 지식들마저 없구만. 쯧쯧, 그래 가지고서야 어디 차를 안다고 할 수 있겠어? 보리차나 마셔대면 좋을 사람들이야."

웃는 소리나 혀를 차는 것이 그대로 당 노인의 판박이다.

그들을 비웃어준 소걸이 한껏 거드름을 부리며 말했다.

"이 차는 다른 차들보다 잎이 두텁지. 게다가 차로 정제하고 나면 원래 차나무 잎보다 무거워지기 때문에 철(鐵) 자가 붙은 게야."

"어머, 어머, 그렇군요. 도련님은 정말 차 박사시네요."

의심하던 기녀들이 비로소 믿는 눈치를 보이자 더욱 우쭐해졌다.

"커흠. 찻잎이 다 자라면 따는데, 꼭지 부분은 푸르고, 가운데 부분은 녹색, 그리고 가장자리는 붉은빛을 띠고 있어야 한다네. 그래야 상품의 철관음을 만들어낼 수 있지. 그런데 이 차는 너무 일찍 땄어. 가장자리에 붉은빛이 돌기 전에 딴 게 분명해. 그렇기에 제대로 맛을 우려낼 수 없는 거라네."

소걸의 말은 샘이 솟아나듯 그칠 줄을 몰랐다.

"일반적으로 찻잎은 네 차례에 걸쳐서 따는데, 시기에 따라 봄에 따는 것을 춘차(春茶)라고 하며 입하(立夏) 전후에 따고, 여름에 따는 것을 하차(夏茶)라고 하며 하지(夏至) 전후에 따지. 그리고 한여름 더울 때 따는 것을 서차(暑茶)라고 하는데 대서(大暑) 전후에 따고, 가을에 따는 것을 추차(秋茶)라고 하며 백로(白露) 전에 딴다네."

"복잡하군요."

"커흠, 세상사가 나 그렇지. 태어나는 일과 죽는 일 빼고는 산다는 건 그 자체가 복잡하기 짝이 없는 일 아닌가. 그러니 차가 곧 인생의 상징이라고 할 수 있겠지."

나름대로 차를 통해 지극한 도리를 깨우친 것 같다. 하지만 소걸의 말이며 행동은 할아버지로부터 들었던 것을 앵무새처럼 쫑알거리고, 저도 모르게 익숙해진 할아버지의 흉내를 내는 것에 지나지 않았다.

그러니 당 노인이 들었다면 배꼽을 쥐고 웃다가 머리통을 쥐어박았을 것이다.

"철관음 품질은 춘차가 가장 우수하며 그 향기나 맛을 여러 번 우려낼 수가 있어서 가장 많이 생산되는 차라네. 그에 비해 추차(秋茶)는 향기가 뛰어나므로 가을의 향기로운 차라는 뜻에서 추향차(秋香茶)라는 이름이 있지만 많이 생산되지는 못해."

이제는 다들 잡념을 버리고 소걸의 차 강의에 흠뻑 빠져서 홀린 듯 그의 입만 바라보았다.

소걸은 더욱 신이 났다. 제가 적어도 차에 관해서만은 아가씨들은 물론 미공자보다도 뛰어나다는 걸 확인했으니 그렇다.

"철관음을 만드는 법은 오룡차(烏龍茶)를 만드는 방법과 비슷하지만 찻잎을 비비는 시간이 오룡차보다 길고, 차를 식히는 시간은 더 짧다네. 저녁이 오기 전에 햇빛에 차를 말리고, 밤 동안 고루 비벼서 식힌 뒤 그 다음날 아침이 되어야만 바람직한 철관음을 발효시킬 수 있지. 그런 다음에 다시 차를 섞어 비비고 배홍(焙烘:불에 쪼이고 말림)을 하루 반나절 동안 해야 하니…… 상품의 철관음을 만들어내기 위해서는 어미가 열 달 동안 뱃속에 아기를 품고 있다가 출산하듯 결코 쉽지 않은 공을 들여야 하는 것이야."

"어머, 그렇군요. 도련님 덕에 차에 대해서 새로 눈을 뜨게 됐어요."

"놀라워라……."

"그럼 이 차는요?"

아가씨들이 거듭 감탄하고 물었다.

"초짜가 대충 흉내 내서 만든 거야. 제일 중요하다고 할 수 있는 배홍을 제대로 하지 못했으니 미지근하게 떫은맛이 남아 있는 거지. 그래서 철관음이라기보다는 오룡차에 가까워진 거야. 커흠."

"하하, 이제 보니 소형제는 정말 박식하기 짝이 없군."

그때까지 머리를 끄덕이며 듣고만 있던 미공자가 진심으로 감탄했다는 듯 박수를 쳤다.

"어찌 차에 대해서 그리 잘 안단 말인가? 마치 다루의 소동 노릇을 오래 하기라도 한 사람 같아."

"엇?"

그가 무심결인 듯 슬쩍 던진 말이 소걸을 깜짝 놀라게 했다.

여기서 내가 불선다루의 다동이었다고 고백할 수는 없지 않은가. 그래서 소걸은 더 하고 싶은 말이 많았지만 입을 다물고 말았다.

그러는 동안 잔칫상 같은 술상이 들어왔다.

한쪽에서는 아리따운 기녀가 비파를 타 취흥을 돋우고, 옷자락 쓸릴 때마다 향기로운 냄새가 솔솔 풍겨나는 두 미녀가 나비처럼 나풀거리며 춤을 춘다.

그리고는 각기 미공자와 소걸 곁에 바싹 붙어 앉아 술을 따라주고 받아 마셨다.

미공자는 이런 일에 익숙한 듯 때로 은근히 아가씨의 손등을 어루만지기도 하고, 슬쩍 어깨를 보듬기도 하며 즐거워했지만 소걸은 바늘방석에 앉은 듯 불편하기만 했다.

이런 자리가 처음인 까닭이다.

게다가 저보다 나이 많은 아가씨들의 시중을 받고 있으려니 자꾸만 가슴이 간질거리고 기세가 위축되었다.

호기를 부리며 따라왔던 그가 하는 짓이라고는 고작 따라주는 술을 홀짝거리며 힐끔힐끔 미공자의 노는 모습을 훔쳐보는 것뿐이었다.

그리고 그것도 오래가지 못했다.

세 대접의 술을 받아 마시더니 더 이기지 못하고 눈이 게슴츠레해졌던 것이다.

2

江畔何人初見月
江月何年初照人
강기슭에 저 달을 누가 먼저 보았으리
저 달이 처음으로 언제 사람을 비췄으리

人生代代無窮已
江月年年望相似
끊어질 줄 모르고 이어 사는 인생이거니
해마다 강에 비치는 달과 같구나.

장약허(張若虛)의 춘강화월야(春江花月夜)라는 시 구절이다.
휘영청 밝은 달이 활짝 열어젖힌 창문 밖에 하나 가득했다.
누런 촛불 일렁이고 향 연기 파르스름하게 피어오르는데 귀밑머리
늘어진 아가씨의 붉은 입술 사이로 달콤한 노래가 흘러나온다.
탄식처럼, 흐느낌처럼 젖어드는 노래가 끝나자 넋을 잃고 그녀의 곧
은 콧잔등과 붉은 입술을 바라보던 미공자가 뒤를 받아 읊조렸다.

不知江月照何人
但見長江送流水
알 길 없어라, 저 달은 누구를 비치는가.
다만 흐르는 물 보내는 아득한 강인데

白雲一片去悠悠
青楓浦上不勝愁
흰구름 뉘엿뉘엿 흘러가고
단풍나무 늘어진 포구에 잔시름 이길 길 없구나.

뒷구절은 거리에서 소걸을 놀렸을 때 읊었던 그것이다.

같은 시구(詩句)인데 그때와 지금의 느낌이 하늘과 땅처럼 달랐다.

아가씨가 고운 입술을 살짝 벌려 낮은 탄식을 흘리고, 구절구절 사이로 스며드는 비파줄 퉁기는 소리가 흐느끼는 듯해서 더욱 애달프다.

땅— 하고 마지막 비파 줄의 울림이 허공에 떨 때 미공자와 아가씨의 처연한 한숨 소리가 동시에 흘러나왔다.

"드르렁, 푸우—"

그 사이로 요란하게 코 고는 소리가 끼어든다.

소걸은 옥색 옷을 입은 아가씨의 무릎을 베고 잠들어 있었다.

호기를 부리고 받아 마신 몇 잔의 술에 취해 버린 것이다.

여항루에서 가장 아름답다는 세 미녀가 미공자의 풍류에 한껏 흘려서 제 처지를 잊을 지경이 되었으니 소걸은 그녀들에게 혹덩이로 전락하고 말았다.

한쪽에 다소곳이 앉아 비파를 타던 아가씨가 그윽한 눈길을 미공자에게 던지며 말했다.

"공자 같으신 분을 모시게 될 줄은 몰랐어요."

잠시 시에 취해 몽롱한 정신으로 하염없이 달을 바라보고 있던 미공자가 천천히 그녀를 돌아보았다.

그러자 그와 시를 주고받으며 감상에 빠져 있던 아가씨가 미공자의 가슴에 머리를 기댔다. 그가 다른 아가씨를 바라보는 것마저 싫다는 듯, 빤히 올려다보는 눈 가득 뜨거운 정이 넘쳐흐른다.

그녀의 어깨를 부드럽게 쓸어주던 미공자가 비파를 타던 아가씨에게 말을 건넸다.

"취산, 당신의 비파 솜씨는 과연 일품이었소. 이런 촌의 기루에서 취객에게 들려주기에는 너무 아까운 솜씨요."

"어머, 그 말이 진정인가요?"

"하하, 숫꾀꼬리가 암꾀꼬리에게 구애를 하는데 거짓으로 노래하는 걸 보았소?"

아가씨가 비파를 가슴에 꼭 안고 곱게 눈을 흘기더니 곧 빨갛게 달아오른 얼굴을 푹 숙였다.

그러자 미공자에게 안겨 있던 아가씨가 잔뜩 토라져서 입술을 내밀고 그의 허벅지를 꼬집었다.

"흥, 이 숫새는 욕심이 많아서 품에 안고 있는 꾀꼬리는 벌써 잊고 다른 나무의 박새를 탐내는군요?"

그들이 그렇게 서로를 희롱하자 어지러워진 술상 건너편에서 소걸에게 무릎을 빌려주고 있던 아가씨가 한숨을 쉬었다.

"에휴, 다들 시끄럽다. 우리의 귀여운 차(茶) 공자님이 이렇게 주무시고 있잖니."

울 듯한 얼굴로 천연덕스럽게 하는 말이 너무 우스워서 미공자를 두고 다투던 두 아가씨가 동시에 까르르 웃음을 터뜨렸다.

미공자가 빙긋 웃었다.

"나의 소형제가 미인을 곁에 두고 있으니 저도 모르게 술이 과했던 모양이로군."

"흥, 석 잔 술이 과했다면 차를 여섯 잔이나 마신 저는 배가 터졌겠군요."

아가씨가 무릎에 올려져 있는 소걸의 볼을 꼬집으며 그렇게 투덜댔다.

술을 마시고 아가씨를 희롱하던 미공자가 아주 잠깐 안색을 굳혔다. 하지만 곧 원래의 호방한 모습으로 돌아왔으므로 아가씨들은 눈치채지 못했다.

그가 상을 밀어내고 일어섰다.

"어머, 벌써 가시려고요?"

"급한 일이 있다는 걸 깜빡 잊고 있었구나."

붙잡는 아가씨의 손길을 뿌리친 그가 소걸을 흔들어 깨웠다.

"이보게, 소형제. 우형은 먼저 가야겠네."

"으응? 벌써 날이 밝았나요?"

소걸이 제대로 눈도 뜨지 못한 채 웅얼거렸다. 쓴웃음을 지은 미공자가 그의 손을 흔들며 말했다.

"오늘의 만남을 잊지 못할 걸세. 사람의 인연이라는 게 어찌 자로 긋듯 할 수 있겠는가. 우리는 다시 만나게 될 테니 그때 나를 모른 척 해서는 안 되네."

"그러지요. 그럼 잘 가요."

소걸은 비몽사몽간이다. 제가 꿈을 꾸고 있는 걸로 여길 뿐이었다.

빙긋 웃은 미공자가 아가씨들을 돌아보지도 않고 바람처럼 술자리를 떠나고 나자 쿵쾅거리며 이층을 급히 달려 올라오는 어지러운 발소리가 들렸다.

온통 검은 옷으로 몸을 감싸고 검을 든 세 명의 사내. 동창의 무사들이다.

그들이 거침없는 기세로 별실의 문을 열고 들어왔으므로 그때까지도 아쉬움에 멍해져 있던 세 아가씨가 깜짝 놀라 비명을 터뜨렸다.

"저기 있다!"

소걸은 여전히 아가씨의 무릎을 베고 누워 코를 골고 있었는데, 그를 발견한 동창의 무사들이 술상을 걷어차고 우르르 달려들어 아가씨에게서 그를 떼어냈다.

"공자, 공자! 정신 차리시오!"

"제기랄, 공자를 찾으려고 온 거리를 발칵 뒤집어놓았는데 여기서 신선놀음을 하고 계셨군."

한 명이 못마땅하다는 얼굴로 혀를 차자 다른 자가 급히 눈짓을 했다.

"쉿, 듣기라도 하면 어쩌려고 그러나?"

투덜댔던 자가 입맛을 다시고 애꿎은 아가씨들에게 화풀이를 했다.

"썩 꺼지지 못해! 공자에게 이처럼 술을 먹이다니! 네년들을 모두 잡아다 주리를 틀어야 할까 보다!"

"어머낫!"

기겁을 한 아가씨들이 머리통을 감싸 안고 벌벌 떨었다. 그러면서도 동창 무사의 등에 업혀 나가고 있는 소걸을 훔쳐본다.

'이제 보니 대단한 도련님이었나 봐?'

철없는 소년인 줄 알았는데 동창의 무사들이 신주단지 모시듯 그를 업고 나가는 걸 보자 정신이 번쩍 들었던 것이다.

3

침상에 큰대 자로 뻗어서 코를 곯아대고 있는 소걸을 바라보는 염 파파의 얼굴에 만감이 서렸다.

"아직 코흘리개인 줄만 알았더니 어느새 다 커 있었군."

기루에 찾아가 아가씨들과 술을 마시고 취해서 돌아왔다는 게 믿어지지 않았다.

열여섯. 그 나이가 되면 '사내'라고 불리기에 부족하지 않다.

염 파파는 소걸이 어느새 그렇게 되었다는 게 기쁘면서도 서운하고 대견스러워졌다가 야속해지기도 했다.

이제는 정말 품에서 떠나보내야 할 때가 되었다는 걸 느꼈기 때문이다.

소걸을 물끄러미 바라보던 염 파파가 한숨을 쉬었다.

운명의 그늘이 서서히 자신에게 덮여 오고 있다는 걸 감지할 수 있었던 것이다.

바로 장주인 금환도 석진명이 찾아와 하고 간 말 때문이기도 하다.

"무한에 당도하기든 한 사람을 만나주십시오."

석진명은 그렇게 말하고 땀을 뚝뚝 떨어뜨렸다.

염 파파가 그를 물끄러미 바라보다가 빙긋 웃었다.

"겨우 그 말을 하려고 나를 보자고 했던 게냐?"

"꼭 그러겠노라고 약속해 주시기를 간청합니다. 그렇게 해주신다면 소인이 이곳에서 가장 크고 빠른 배를 내드리겠습니다. 무한까지 편하게 가실 수 있을 것입니다."

그가 만나달라는 사람이 누구인지 알 수 없었다. 하지만 누구면 어떨 것인가.

염 파파는 두려워 떨면서도 어떻게 하든 허락을 얻어내려 애쓰는 석진명이 불쌍해 보였다.

"좋아, 그렇게 하지."

"감사합니다! 감사합니다!"

석진명이 큰 은전이라도 받은 듯 연신 머리를 조아리고 조심스럽게 물러났다.

그리고 늦게까지 돌아오지 않는 소걸을 걱정했는데 그가 엉뚱하게도 이처럼 취해서 인사불성이 되어 업혀온 것이다.

다음날 능학빈 일행은 석장주의 안내를 받으며 석가장을 나와 진으로 내려갔다.

나루 가득 붐비던 그 많던 배와 사람들이 모두 빗자루로 쓸어낸 듯 깨끗이 사라져 개미새끼 한 마리 얼씬거리지 않았다.

그것을 보고 능학빈은 이 일대에서 금환도 석진명의 위세가 어떠한지 짐작할 수 있었다.

관(官)보다도 그의 위엄이 더 크고 무서운 것이다.

부두에는 크고 화려한 배 한 척이 정박하고 있었다. 능학빈 일행을 위해 특별히 마련된 범선인데, 마치 작은 동산 하나가 물 위에 떠 있는 것 같은 위용이었다.

바다에서나 어울릴 것 같은 그런 배를 하루 만에 끌어다 놓은 석진명의 위력이 새삼 느껴진다.

배를 부리는 사람들과 능학빈 일행까지 포함해 모두 이백여 명이나 되는 사람들이 탔지만 공간이 남을 만큼 큰 배였다.

멀어지는 부두에서 석진명이 손을 흔들며 배웅하고 있었다.

능학빈은 입맛이 썼다.

'도대체 저놈의 흉중에 어떤 꿍꿍이속이 있는지 모르겠단 말이야.'

그런 불만과 의심 때문이다.

어젯밤, 그를 불러내서 염 파파를 만난 이유가 무엇인지 캐물었으나 그에게서는 한마디도 듣지 못한 탓이기도 하다.

"경천동지할 이름을 날렸던 전전대의 고인이 내 집에 왔으니 그 얼굴이라도 한 번 보아두고 싶은 마음 때문이라오. 강호에 몸담고 있는 자 치고 누구인들 그렇지 않겠소?"

그렇게 말하는 데에는 딱히 꼬투리를 잡을 구석도 없어서 물러났지만 내내 마음에 꺼림칙한 무엇이 남았다.

물길을 타고 가는 여행은 단조롭지만 그만큼 빠르고 편했다.

순양진을 떠난 지 사흘 뒤에 무한에 이를 수 있었으니 쏜살같이 미끄러져 왔다고 해도 과장이 아니리라.

호북의 중심인 무한은 섬서성 남쪽을 느릿느릿 가로질러 무려 이천오백 리를 흘러내려 온 한수(漢水)가 장강(長江)과 만나는 곳이다.

오래된 고도(古都)로 내륙 중심에 있어서 상업과 교통이 발달했는데, 동서와 남북으로 사통팔달하는 교통의 요지인지라 달리 구성통구(九省通衢)라 불리기도 했다.

주위에 백여 개의 호수를 가지고 있는 호수의 도시이면서 초(楚)나라 문화와 노자, 장자의 철학 사상이 어우러진 인문의 도시이기도 하다.

한수의 맑았던 물길이 장강과 어우러지자 탁한 흙빛으로 누렇게 변했다.

거대한 강이 한 마리의 황룡처럼 이리저리 구부러지며 느릿느릿 흘러가는 모습이 장관이다.

한수가 장강과 만나는 두물머리에 왕가항(王家巷)이 있다. 정박해 있는 크고 작은 배들의 닻이 멀리서 보니 숲처럼 무성했다.

염 파파와 능학빈 일행을 태우고 숨 가쁘게 흘러온 순양진의 거선이 속도를 줄이고 천천히 그 왕가항 부두를 향해 나아갔다.

아득한 장강 저 건너 흐린 하늘 아래 어렴풋이 황학루(黃鶴樓)의 추녀가 솟아 있는 게 보이고, 강 가운데 잡목 무성한 앵무주(鸚鵡洲)가 수

좁은 듯 엎드려 있다.

남쪽의 풍광은 북쪽과 크게 다른지라 소걸은 뱃전에서 연신 이곳저곳 두리번거리느라 정신이 없었다.

벌써 바람이 다르고 공기가 달랐다.

후텁지근하고 눅눅한 것이 장강이라는 커다란 물줄기에 면해 있는 곳이기 때문이리라.

사람들은 모두 커다란 목소리로 시끄럽게 떠들어댔다. 여기저기에서 들려오는 그 왁자한 소리는 곧 활기이고 자신감이다.

소걸은 그들의 음성과 분위기에서 금방 무한이 장안성보다 더 크고 활달한 곳임을 알아챘다.

왕가항에는 이미 그들의 도착을 기다리고 있는 사람들이 나와 있었다.

동창 무한 지부의 지부대인인 용 태감이 열 명의 호위를 대동한 채 몸소 기다리고 있다가 마차를 영접했다. 뜻밖의 일이라 능학빈이 놀라고 어리둥절해서 물었다.

"아니, 지부대인께서 이곳에는 어인 일입니까? 내려온다고 기별도 하지 않았건만⋯⋯."

장안성의 동창 지부에서 많은 무사들이 동원되어 거창하게 남하했으니 이미 천하의 이목을 끌었다.

무한 지부에서 그럴 모르고 있다면 그게 오히려 이상한 일이리라. 하지만 이처럼 지부대인이 몸소 나와 맞이한다는 건 있을 수 없는 일이었다.

용 태감이 빙긋 웃었다.

"윗전에서 명이 내려왔다네. 자네가 모시고 오는 분을 성심성의껏 대접하라는 것이었으니 너무 의외의 일이라 놀랐지."

"윗전이라구요?"

능학빈이 입을 딱 벌렸다.

그가 말하는 윗전이라면 북경 황궁에 있는 제독태감 조충밖에 없기 때문이다.

그렇지 않고서야 누가 감히 동창의 지부대인을 찬바람 부는 부둣가에서 반나절이나 기다리도록 할 수 있겠는가.

용 태감은 김히 마차 안을 들여다보거나 그 안의 인물이 누구인지 알아볼 엄두도 내지 못했다. 위로부터 단단히 주의를 받았을 것이다.

그는 어쩌면 마차 안에 타고 있는 사람이 누구인지도 모를 것이라는 생각이 들었다. 최선을 다해서 접대하라는 조 태감의 명을 받았을 뿐이리라.

그들이 능학빈 일행을 안내해 간 곳은 크고 작은 열 개의 호수로 이루어진 북호(北湖) 근처의 양관대반점(陽關大飯店)이었다.

동창 무한 지부에서는 그곳을 통째로 빌렸으니 과연 대도시에 자리 잡고 있는 자들답게 통이 컸다.

모두 여장을 풀고 저녁 식사를 마쳤을 때 앞서 무한으로 보냈던 수하들이 은밀히 능학빈을 찾아왔다.

"알아보았느냐?"

"아무래도 심상치가 않습니다."

그들이 잔뜩 긴장한 얼굴로 그 말부터 했으므로 능학빈은 절로 긴장되었다.

"말해봐."

"무한 부중과 지부의 동태가 여느 때 같지 않았습니다."

"어떻게?"

"모두가 쉬쉬하면서 바짝 긴장한 채 무엇인가 큰일이 닥칠 것을 대비하는 눈치였습니다."

"그래?"

"특히 이곳의 동창 지부는 아주 심각합니다."

"지켜본바, 모든 창위들이 비상 근무에 들어가 있고, 하루에도 수십 차례나 밀정이 나가고 들어옵니다."

앞 다투어 보고하는 수하들의 말을 들으며 능학빈은 내심 회심의 미소를 지었다.

"이곳 어디에서인가 대단한 모반의 무리들이 숨어서 준동하고 있는 것 같습니다."

수하의 보고는 정확했다. 능학빈의 입이 절로 벌어졌다.

"수고했다. 물러가서 쉬어라. 절대 입도 뻥긋하면 안 돼."

수하들을 물리친 그가 모두에게 명을 내려 양관대반점 안팎을 철통같이 경비하게 했다.

쥐새끼 한 마리라도 허락없이는 한 발짝도 들이지 못하게 한 것이다.

능학빈은 이제 기다리기만 하면 된다고 생각했다.

'나의 때가 눈앞에 다가와 있다.'

그런 생각으로 능학빈의 가슴은 바람 맞은 숯불처럼 훅훅 달아올랐다.

【第九章】

고금대(古琴臺)의 거문고 소리

1

"닷새 뒤다."

다음날 또다시 몸소 찾아온 용 지부대인이 그렇게 말하고 돌아갔다.

그 즉시 능학빈은 후원 별채의 염 파파에게 찾아갔다.

그가 머리를 조아리고 파파의 눈치를 보다가 말을 했다.

"파파께옵서 한 사람을 만나주셨으면 합니다."

"응?"

"파파를 뵙기 위해 멀리에서 찾아온 귀한 분이시니 번거롭더라도 꼭 만나주시기를 이렇게 간청합니다."

"……."

염 파파는 이상한 일이라고 생각했다.

순양진의 석가장에서 장주인 석진명이 머뭇거리며 한 말과 능학빈의 말이 똑같았기 때문이다.

하지만 그들이 사전에 약속한 것 같지는 않으니 각기 다른 사람을 말하는 게 틀림없다.

염 파파는 심각한 얼굴이 되어 멍하니 생각에 잠겼다.

작다면 작은 이 일들이 서로 연관성이 있고, 그것이 모두 자기를 둘러싸고 있다는 걸 알았기 때문이다.

세상에 덕을 베푼 적이 없는 삶을 살아오지 않았던가. 그러니 자신에게 닥치는 일 중에 좋은 일은 없을 것이다.

염 파파는 그게 무엇이 되었든 감당하고 받아들이겠다고 마음먹었다.

내가 쌓았던 업보를 내가 거두지 않으면 누가 그렇게 하겠는가? 하는 뉘우침의 마음이 든다.

묵묵히 생각에 잠겼던 염 파파가 불쑥 물었다.

"네가 말한 그 사람은 언제 오느냐?"

"닷새만 기다려 주십시오."

"닷새라……."

"이렇게 부탁드립니다."

쩔쩔매는 능학빈을 지그시 바라보던 염 파파가 빙긋 웃었다.

"알았다. 그동안 너의 노고를 생각해서라도 잠시 시간을 내주마."

"감사합니다!"

능학빈이 큰 은전을 받은 듯 좋아하며 머리를 조아렸다.

어려울 것이라고 여겼던 일이 이처럼 순순히 풀리니 자신의 운이 트일 때가 드디어 찾아온 거라는 생각에 절로 흥이 난다.

제가 하는 일이라고는 고작 조 태감과 염 파파 사이에 다리를 놓아주는 것뿐이다.

하지만 그 공은 장수가 전장에 나가 큰 승리를 하고 개선한 것 못지 않을 것이다.

단 한 번의 일로 조 태감의 눈에 쏙 들게 되고 그의 신임을 받을 수 있다. 그러면 인생이 탄탄대로에 올라선 거나 다름없지 않겠는가.

벌써 부귀영화가 눈앞에 보이는 듯해서 능학빈의 입이 절로 벙긋벙긋 벌어졌다.

"그런데 이제는 내가 만나야 할 사람이 누구인지 말해줘도 되지 않 겠느냐?"

"그건……."

"내가 알아맞혀 볼까?"

"예?"

"조 태감이겠지. 안 그러냐?"

"헉!"

염 파파의 태연한 말이 오히려 능학빈을 놀라게 했다.

"흘흘, 정성인 게야. 그 높은 나리가 나 같은 늙은이를 만나려고 북 경에서 이 먼 곳까지 몸소 납시다니 말이다. 그렇지 않으냐?"

"그, 그렇습니다."

"황제마저도 우습게 여긴다는 조 태감이 그런 성의를 보이는 데는 뭔가 바라는 게 있겠지?"

"감히 황제 폐하께 그럴 리가 있겠습니까?"

능학빈의 이마에 진땀이 솟았다. 염 파파가 싸늘한 얼굴로 그를 바 라보며 내처 말했다.

"세상 사람들이 괜히 조 태감을 욕하는 줄 알아?"

"파파, 그, 그런 말씀은……."

"흥! 만약 내가 이곳에서 조 태감을 죽여 천하의 화근을 제거해 버린다면 어떻게 되지?"

"헉!"

"너희들이 나를 잡아 사지를 비틀고 목을 베어서 성문에 효수하겠느냐?"

"파파……."

능학빈의 얼굴이 새파랗게 질렸다.

그는 불쑥, '조 태감께서 정말 무언가 크게 오해한 게 아닌가?' 하고 생각했다.

염 파파가 자기를 죽일지도 모른다는 걸 염두에 두지 않았다면 큰일이다.

*　　　*　　　*

소걸은 신이 났다.

할머니의 생각이 어떻고, 무엇을 근심하는지 모르기 때문이다.

할머니가 말하지 않았던가.

"너도 이제 사내가 되었으니 친구들을 사귀는 일에 신경 좀 써야지?"

소걸에게는 그 말이 기쁘고 반갑기만 했다.

그는 할머니가 왜 갑자기 그런 말을 하게 되었는지 생각해 보지 않았다.

순양진에서 기루에 들러 놀다가 잔뜩 술에 취해 돌아온 다음부터 그를 바라보는 염 파파의 시선이 달라졌기 때문인데, 소걸은 그걸 의식하지 못하고 있었다.

염 파파는 이제는 그를 품 안에서 재롱이나 떠는 귀여운 아이가 아니라 어엿한 한 사람의 사내로 보기 시작했다.

그렇다면 스스로 부딪쳐서 상처도 입고 시련도 겪으며 세상을 살아가는 방법을 터득해 나가야 할 것이다.

염 파파는 그것만은 자신이 아무리 애써도 대신해 주거나 가르쳐 줄 수 없는 것임을 잘 알았다.

세상을 혼자서 살아가려면 제일 중요하고 그래서 제일 먼저 해야 하는 게 진실한 친구를 사귀는 일이다. 돈이나 지위, 무공 등 그 어떤 것보다 그것은 큰 힘이 된다.

염 파파는 소걸이 평생을 함께해 나갈 그런 친구를 만나게 되기를 빌었다. 그래서 날이 밝자마자 그를 밖으로 내보냈다.

곁에 붙잡아두고 있어서야 그가 언제 다른 사람들을 만나고 친구를 사귀겠는가 하는 생각 때문이었다.

인연은 언제나 바깥에 있지 않던가.

방 안에 있는 것은 나태와 의지를 약하게 하는 안락함뿐이다.

소걸은 그런 할머니의 깊은 마음도 모른 채 그저 자유롭게 바깥 구경을 해도 된다는 게 기쁘기만 했다.

그래서 할머니의 말이 떨어지자마자 좋아하며 양관대반점을 나와 눈이 휘둥그레지도록 번화한 무한의 거리를 쏘다니는 중이었다.

그런 소걸을 지켜보는 눈들이 있었다.

"저 아이란 말이지?"

"그렇습니다."

"괴이하군. 홍염마녀의 나이가 몇인데 저런 소년이 손자란 말인가?"

"증손자나 고손자인지도 모르지요."

"그녀가 피붙이 하나 없는 홀홀단신이라는 건 거짓이었던가?"

"아무튼 저 녀석만 손에 넣으면 홍염마녀도 손에 넣을 수 있습니다."

"세상에서 그 지독한 마녀를 움직일 수 있는 유일한 보물인 셈이로군."

"그렇습죠."

"그렇다면 조심해서 다뤄야지. 행여 흠집이 나거나 깨지기라도 하면 말짱 도루묵이니까 말이야. 흐흐흐ー"

골목 어귀에 서서 멀어지는 소걸의 뒷모습을 바라보며 소곤거리는 자들은 한눈에도 음침해 보이는 노인과 중년의 사내였다.

정체를 알 수 없는 그자들처럼 소걸을 훔쳐보는 눈들은 또 있었다.

"잘 살펴봐. 비밀 호위라도 따라붙고 있는 건 아닌지."

"그가 양관대반점을 나올 때부터 죽 지켜봤습니다. 혼자가 분명합니다."

"괴이한 일이로군."

큰 덩치에 걸걸한 인상의 텁석부리대한이 머리를 갸웃거렸다.

그는 광명천의 인물로 무한 분타의 향주였다. 분타에는 천(天), 지(地), 인(人) 세 명의 향주가 있는데, 그는 인향주로서 강호에 벽골호(劈骨虎)라는 외호로 잘 알려진 엄상필(嚴常弼)이다.

그가 불만스런 얼굴로 투덜거렸다.

"홍염마녀가 방심한 것일까? 그렇지 않고서야 어찌 제 보물을 저렇게 내돌린단 말인가?"

곁에 있는 호리호리한 청년, 교화쌍필(巧畫雙筆) 하국향(夏國向)이

멀어지는 소걸의 뒷모습에서 눈을 떼지 않으며 말했다.

"흑룡방의 무리로 보이는 자 몇 명이 어제부터 양관대반점 주위를 어슬렁거렸습니다."

"그들이 무한에 들어왔으니 그놈들의 눈에서 벗어날 수가 없겠지. 게다가 홍염마녀라니 긴장할 수밖에 더 있겠어?"

"어쩌면 그보다 더 심각한 일일 수도 있습니다."

"뭐가?"

"그놈들이 암흑천교의 사주를 받고 기회를 노리는 거라면……."

수히의 말에 딥식부리사내가 잔뜩 눈살을 찌푸렸다.

"안 되겠다. 분타에 연락해서 인원을 더 보내라고 해. 우리 둘만으로는 그놈들을 상대할 수 없다."

"복명."

향주인 엄상필의 명을 받은 하국향이 급히 어디론가 달려갔다.

"만약 그들이 저 애송이 놈을 이용해서 홍염마녀를 움직일 작정이라면 내가 두고 볼 수만은 없지."

중얼거린 턱석부리사내가 멀찍이 거리를 두고 천천히 소걸의 뒤를 따르기 시작했다.

무한은 암흑천교와 광명천이 암중에서 치열하게 세력 다툼을 하고 있는 곳이었다.

겉으로는 평온하지만 보이지 않는 곳에서는 두 패로 갈라진 강호의 무리들이 관과 민간의 눈을 피해 서로 죽고 죽이는 일을 거듭하고 있었던 것이다.

광명천에서는 발 빠르게 앞서 분타를 두어서 세력을 굳히고 있는 데 비해 암흑천교에서는 아직 정식으로 분타를 두지 못했다.

그건 곧 광명천의 영향력이 더 크게 미치고 있다는 것이기도 하다. 그래서 암흑천교는 무한의 유력한 흑도 방회인 흑룡방을 끌어들여 분타의 역할을 대신하도록 하고 있었다.

무한에는 벌써 염 파파의 등장이 널리 퍼져 있었다.

능학빈이 장안성에서 거창하게 호위해 내려온 사람이 홍염마녀 염빙화라는 건 이제 비밀도 아니다.

그녀의 품에 무상광명신공 비급이 있다.

그 사실 하나만으로도 오백 리 사방에 있는 모든 무림인들이 눈에 불을 켜고 무한으로 달려오고 있는 중이었다.

염 파파의 손에서 감히 그것을 빼앗을 자는 없다.

하지만 그것보다 귀한 보물을 훔쳐 낸다면 그걸로 흥정할 수는 있을 것이다.

그리고 그 보물단지가 지금 저렇게 아무런 방비도 없이 태연하게 거리를 활보하고 있다.

탐이 나면서도 한편으로는 의심도 들지 않을 수 없었다.

염 파파가 과연 아무런 대비도 없이 소걸을 저렇게 혼자 내버려 두었겠느냐, 하는 것인데……

만약 은밀한 대비가 있는 거라면 소걸은 만만해 보이는 소년이 아니라 움직이는 벽력탄(霹靂彈)이라고 해야 할 것이다.

아니면 미끼이리라.

또 하나는 홍염마녀 염빙화라는 존재 자체의 두려움이었다.

소걸을 건드렸다가는 자칫 그녀의 노여움을 사서 멸문지화의 재앙을 당하게 될지도 모른다.

그녀가 빙백검을 뽑아 들고 달려온다면 누가, 무엇으로 그 살신(殺

神)을 막을 수 있을 것인가.

그런 걱정과 불안 때문에 기회를 노리고 있는 무리들은 감히 소걸을 어떻게 해보려는 마음을 감춘 채 눈치만 보고 있었다.

아무것도 알지 못하는 소걸은 보고 듣는 모든 게 신기할 뿐이었다.

풍물이 북쪽과는 확연히 다르니 그렇고, 사람들의 말투며 억양 또한 그러니 더 신기했다.

흥청거리는 거리의 활기와 처음 보는 낯선 물건들에 대한 호기심이 그의 발길을 자꾸만 멀리 이끌었다.

2

"공자, 보아하니 무한에는 초행이로군요?"

곁에 누군가가 바짝 따라붙더니 뜬금없는 말을 던진다.

소걸이 의아해서 바라본 곳에 쥐눈에 날렵한 몸을 하고 있는 스물대여섯 살 남짓한 청년이 눈웃음을 치고 있었다.

"나를 아시오?"

"알다마다. 공자께서는 조금 전 양관대반점에서 나오지 않으셨소?"

"그렇소이다만……."

"무한은 위험한 곳이라오."

"위험해요?"

"도시가 너무 크다 보니 치안력이 미치지 못하는 곳이 도처에 있다오."

그럴 만하다고 생각했다. 장안성보다 몇 배는 더 큰 곳 아닌가. 게다가 들어보니 주둔하고 있는 병사도 없는 모양이었다.

수비를 위한 지방군 한 부대 정도가 도시 외곽에 있는 모양인데 그 것 가지고는 치안 유지가 힘들 것이다.

소결의 망설임을 본 쥐눈의 사내가 낮은 음성으로 빠르게 말했다.

"공자가 이렇게 혼자서 돌아다니는 건 위험하다오. 그래서 내가 특별히 길 안내를 하기 위해 나온 거지요."

"동창이오?"

소결은 그 사내가 동창 무한 지부에서 온 자라고 지레짐작했다.

겪어본 바로는 동창만큼 눈치가 빠르고 발이 빠른 자들이 없지 않던가.

자신이 양관대반점에서 나온 걸 알고 있다니 이자는 동창 무한 지부에서 능학빈과 협조하면서 양관대반점을 은밀히 지키기 위해 파견한 창위들 중 하나일 거라고 생각한 것이다.

잠깐 망설이던 사내가 히죽 웃으며 머리를 끄덕였다.

"이 일은 비밀이어야 하오."

"알았어. 나도 그쯤은 눈치가 있지."

"능 위령으로부터 들은 바대로 역시 총명한 공자시로군."

그가 능학빈까지 들먹이자 소결은 더 의심하지 않았다.

"자, 어서 걸읍시다. 그래야 다른 사람들의 주의를 끌지 않는다오."

사내가 소결을 이끌고 잰걸음으로 남쪽 거리를 지나갔다.

"그런데 무엇하고 있었던 거요?"

"그냥, 무한 성내 여기저기를 구경하고 있던 중이지요, 뭐."

"그래, 볼 만한 거라도 있었소?"

"환경이 다르기는 하지만 사람 사는 곳이 다 비슷비슷하니 뭔가 새로운 건 없군요."

"하하, 이런 대로를 걸어서야 구경할 만한 걸 찾을 수가 없지."

"그건 그래요. 어디를 가든지 골목 안이 볼 게 많은데 여기는 초행이라 어느 골목에 그런 데가 있는지 알 수가 있어야 말이지요."

"좋소, 내 오늘 특별히 공자를 위해 아주 좋은 곳을 구경시켜 드리리다."

"믿어도 되는 거요?"

"명을 받고 공자를 보호하기 위해 나온 몸인데 내가 어찌 헛소리를 하겠소?"

"좋아요. 그럼 한번 따라가 보죠."

소걸이 다른 생각을 하지 못하게 하려는 듯, 사내가 소매를 이끌고 빨리 걸으며 쉬지 않고 떠들어댔다.

무한의 모든 것을 제 손바닥 안에 올려놓고 있기라도 한 듯 줄줄 꿰어대는 데 그칠 줄을 모른다.

무한의 역사에서부터 시작해서 곳곳에 깃들어 있는 온갖 전설이며, 이야기들을 구수하게 엮어내는 말솜씨가 일품이었다.

그래서 소걸은 그의 이야기에 푹 빠져들어 지루한 줄을 몰랐다.

제가 지금 어디로 가고 있는 건지도 잊을 정도였던 것이다.

"자, 다 왔다오. 바로 저곳이 우선 구경해야 할 곳이오."

"응?"

깜짝 놀라 정신을 차려 보니 낯선 골목 안 깊숙이 들어와 있었다.

양옆으로 높은 담이 벽처럼 솟아 있어서 한낮에도 햇빛이 잘 들지 않는 음침한 곳이다.

세 사람이 어깨를 나란히 하고 겨우 지나다닐 만큼 좁은 골목인지라 머리 위에서는 이쪽 건물과 저쪽 건물의 처마가 서로 맞닿을 지경이었다.

바닥에 깔려 있는 검은 돌판이 사람들의 발길로 인해 반질반질하게 닳아서 반짝인다.

나른한 분위기가 느껴지는 곳인데, 술과 향 연기에 온갖 음식 냄새들이 뒤섞인 비릿한 공기가 감돌아서 더욱 그랬다.

골목 여기저기에 험상궂은 장한들이 서 있거나 어슬렁거리며 오갔다. 가끔 짙은 화장을 한 아가씨들이 고개를 푹 숙이고 종종걸음으로 스쳐 가기도 한다.

대문이 열려져 있는 집마다 노인 한 명이 어김없이 문 앞에 걸상을 내놓고 앉아 있는 것도 특이했다.

하나같이 몽롱하게 풀린 눈으로 멍하니 바라보며 곰방대를 빨고 있다.

"여기가 어디요?"

소걸이 눈살을 찌푸리고 물었다.

한눈에 우범지대라는 걸 알아볼 수 있었던 것이다.

"하하, 그 사람의 진면목은 웃는 얼굴 뒤에 숨겨져 있는 것처럼, 좋은 구경거리와 재미는 언제나 큰 거리 뒤에 숨겨져 있는 거라오."

"하지만 여기는 어째 좀……."

"오늘 내가 공자에게 아주 신나는 경험을 하게 해줄 테니 조금도 염려 마시오."

사내가 머뭇거리는 소걸을 끌고 한 집으로 다가갔다.

여느 집과 마찬가지로 골목을 향해 나 있는 대문이 활짝 열려져 있는 곳이다.

문 앞에는 역시 우중충하게 생긴 늙은이가 걸상을 내놓고 앉아서 게

습츠레한 눈으로 곰방대를 빨고 있었다.

앵속(罌粟:아편)에 찌든 티가 난다.

"작작 좀 해."

흘겨보며 핀잔을 준 사내가 소걸을 이끌고 안으로 들어갔다.

작은 정원을 가로질러 건물에 이어진 또 하나의 벽이 있고 문이 있었다.

그곳을 지나자 다시 똑같은 문이 나왔다. 겉으로 보기보다 큰 저택이었던 것이다.

딛둬진 문 앞에 두 명의 건장하게 생긴 사내들이 팔짱을 끼고 서 있다가 다가오는 쥐눈의 사내를 보고 빙긋 웃으며 인사를 했다.

"어때? 장사가 잘 되나?"

"진 대가 덕분에 그럭저럭 밥은 굶지 않고 있습죠."

"쳇, 엄살은."

그들을 흘겨본 사내가 소걸의 손을 잡고 문안으로 들어갔다.

넓은 대청이 나왔다.

음침한 실내에 앵속 연기가 자욱하고 그 사이로 흘러드는 여러 줄기의 햇살이 허공에 금을 그어놓은 것 같다.

많은 사람들이 뿜어내는 열기로 공기가 후끈 달아 있었다.

주사위 딸그락거리는 소리, 탄성과 한숨 소리, 크게 외치는 왁자한 소리들로 시끌벅적했다.

도박장인 것이다.

소걸이 어리둥절해서 우뚝 서자 사내가 활짝 웃었다.

"이런 곳이 사내라면 진짜 구경하고 경험해 볼 만한 곳이지. 그렇지 않소?"

"그렇긴 한데…… 여기서 설마 도박을 하라는 건 아니겠지요?"

"왜 아니겠소? 호한이라면 술과 여자, 그리고 도박에 두루 능통해야 하는 거라오."

"그래도 이건 좀……."

"공자께서도 어엿한 사내대장부이니 일찍 이런 걸 배워둬야 세상에 눈을 뜨게 된다오."

"쳇, 당신은 마치 나를 타락시키려고 작정한 것 같군."

"그럴 리가……."

사내가 손을 휘휘 내저었다.

"공자의 호위로 나선 몸인데 그랬다가는 목이 열 개라도 부지할 수 없지요. 그저 좋은 경험을 하게 해주려는 것뿐이라오."

"진 대가."

"진 형, 오랜만에 오셨구려."

쥐눈의 사내를 알아본 몇몇 사람이 반갑게 인사를 건넸다. 그때마다 사내는 건성으로 머리를 끄덕일 뿐 상대하지 않았다.

소걸은 그가 이런 곳에서 꽤나 명성을 날리는 난봉꾼이라는 걸 짐작했다.

'하긴 동창에 있는 자들도 사람이니 이런 걸 좋아하지 않을 리 없겠지.'

잠시 의심을 품었던 소걸은 다시 나름대로 그렇게 긍정적인 생각을 했다.

3

두 갈래로 머리를 땋고 방울을 달은 작은 소녀가 차 쟁반을 받쳐 들고 들어왔다.

앙증맞게 만들어진 고동빛 다구와 하얀 물수건 한 장이 올려져 있다.

양관대반점에 자리를 잡은 지 이틀째.

두 번째로 바뀐 시녀였다.

"더 시킬 건 없으신가요?"

소녀가 감히 머리를 들지 못하고 공손히 물었다.

"네 나이가 몇이냐?"

"예?"

염 파파의 뜬금없는 질문에 소녀가 당황하여 얼굴을 붉혔다. 그리고 기어들어 가는 음성으로 겨우 대답한다.

"열네 살입니다."

"그래? 삼 년 뒤에는 좋은 사람을 만나 시집을 가 있을지도 모르겠구나."

"설마요……."

소녀가 더욱 얼굴을 붉히고 겨우 그 말을 하고는 도망치듯 방에서 나갔다.

염 파파는 이제 그만한 나이의 소녀들이 예사로 보이지 않았다.

"내가 죽기 전에 그 녀석이 참한 색시를 얻어 장가드는 걸 볼 수 있으려나……."

문득 청운관의 소녀 도사 도향의 복사꽃같이 활짝 핀 얼굴을 떠올린 염 파파의 입가에 희미한 미소가 번졌다.

"나도 그만한 나이 때 사부님 곁에서 세상 모르는 철부지로 자랐었지."

그러다가 자기 때문에 돌아가신 사부를 생각하자 가슴이 미어져 왔다.

도향이에게는 그런 일이 없을 것이다.

염 파파는 소걸과 도향이 맺어진다면? 하고 생각해 보았다.

사제이자 청운관의 관주인 일속(一俗)에게 말한다면 그가 차마 자기의 청을 거절할 수 없을 것이다.

당 노인은 제 증손녀뻘인 예향이라는 소녀를 마음에 두고 있는 모양이었다.

당 노인을 생각한 염 파파가 다시 희미하게 미소 지었다.

엉뚱하고 짓궂은 구석이 있지만 귀여운 늙은이라는 생각이 들었던 것이다.

젊었을 때도 그렇더니 늙어서도 변하지 않았다.

"에휴—"

이런저런 생각을 하던 염 파파가 길게 한숨을 쉬고 주전자를 들어올리다가 눈을 크게 떴다. 주전자 아래 작게 접은 쪽지가 숨겨져 있었던 것이다.

한 시진 후 고금대(古琴臺)에서 뵙기 원합니다.

급히 쓴 중에도 섬세한 필치가 돋보이는 글이다. 쪽지를 코에 대고 냄새를 맡아본 그녀가 빙긋 웃었다.

순양진에서 석진명이 말했던 사람일 것이다.

그와 약속을 했으니 지켜야 하기도 하지만, 방 안에만 있었던 터라 답답하기도 했던 염 파파는 망설이지 않고 밖으로 나갔다.

슬쩍 몸을 솟구쳐 단숨에 높은 담을 뛰어넘는 노파의 행적을 누구도 눈치채지 못했다.

거리로 나온 염 파파는 천천히 남쪽으로 걸었다.

허름한 차림에 지팡이를 콩콩거리며 구부정하게 허리를 숙이고 있는 그녀를 알아보는 사람이 있을 리 없다.

한수를 건너 한양(漢陽)으로 향하는 나룻배에서 느릿느릿 흐르는 물을 무심히 바라보던 염 파파가 소리없는 미소를 지었다.

'하필 고금내라니, 유백아와 종자기의 흉내라도 내보자는 건가?'

그런 생각이 들었던 것이다.

고금대는 무한 시내 거북산(龜山) 서쪽, 한수가 장강에 합류되기 직전의 강변 야트막한 둔덕에 자리잡은 정자다.

성긴 소나무 숲 사이로 아담한 월호(月湖)의 반짝이는 물이 내려다 보인다.

유백아(劉伯牙)와 나무꾼 종자기(種子期)의 우정을 기념하기 위해 지은 고금대는 그곳에 얽힌 일화 때문에 유명해진 곳이었다.

고금대를 이해하려면 다음과 같은 고사를 먼저 알아야 한다.

열자(列子)의 〈탕문편(湯問篇)〉에 나와 있는 '백아절현(伯牙絶絃)'이란 대목이다.

한나라 때 유백아라는 사람이 있었다. 그는 어려서부터 거문고를 잘 탔다.

장성한 후 과거에 급제하고 장안에서 고향으로 돌아가는 길에 무한 한수변에서 나룻배를 기다리게 되었다.

때마침 추석 즈음이라 휘영청 밝은 달 아래 거문고를 타고 싶어졌다. 들고 다니는 거문고를 꺼내 한 곡 타는데 갑자기 줄 하나가 끊어졌다.

누군가 숨어서 연주를 들으면 거문고의 줄이 끊어진다는 속설이 있지 않던가.

유백아는 주위를 살펴보았다. 과연 얼마 떨어지지 않은 곳에 초라한 차림의 나무꾼 한 명이 몸을 숨긴 채 연주를 듣고 있었다.

유백아는 그에게 거문고 연주가 어떤 내용인지 알고서나 듣고 있느냐고 물었다. 그러자 나무꾼이 망설이지 않고 대답했다.

"우뚝 솟은 태산이 눈앞에 보이는 것 같았습니다[高山]."

유백아는 깜짝 놀랐다.

사실 그는 나무꾼의 말처럼 높은 산을 생각하며 거문고를 연주하고 있었던 것이다.

"그러면 한 곡을 더 탈 테니까 무얼 연주하는지 알아맞혀 보시오."

유백아가 이번에는 유유히 흐르는 강을 생각하며 연주를 하기 시작했다.

이윽고 연주가 끝나자 나무꾼이 무릎을 치고 말했다.

"도도히 흐르는 큰 강을 보는 것 같습니다[流水]."

놀란 유백아가 거문고를 내려놓고 그의 손을 잡았다.

"나의 곡 '고산(高山)'과 '유수(流水)'를 알다니! 그대야말로 소리를 아는[知音] 분입니다. 이제야 진정으로 내 음악을 알아주는 친구를 만났군요."

그 나무꾼은 종자기라는 사람이었다.

유백아와 종자기는 마치 오랜 친구처럼 함께 앉아 이야기를 나누었다.

유백아가 고향으로 금의환향하는 길이었기에 두 사람은 의형제를 맺고, '이듬해 이때쯤 이곳에서 다시 만나자'는 약속을 하고서 헤어졌다.

다음해 유백아는 때맞춰 돌아왔으나 사흘을 기다려도 종자기가 나타나지 않았다.

유백아는 그가 사는 집을 찾아 나설 작정으로 거북산에서 내려왔다. 그때 한 노인이 기티니 소식을 선해주었다. 종자기가 병으로 이미 세상을 떠났다는 것이다.

이 소식을 들은 유백아는 종자기의 무덤에 찾아가 통곡했다. 그리고 죽은 종자기에게 들려주듯 거문고를 연주했다.

"이제 내 음악을 알아주던 종자기가 죽었는데 무슨 일로 거문고를 타겠느냐? 그대를 늦게 안 것이 너무나 안타깝구나!"

연주를 마치고 탄식한 유백아는 그 자리에서 거문고를 내던져 부수었다.

그 뒤로 세상에서 다시는 그의 거문고 연주를 들을 수 없었다.

동쪽 산마루에서 휘영청 밝은 달이 얼굴을 내밀었다. 마침 보름인 것이다.

빠르게 짙어지는 어둠을 딛고 천천히 소나무 언덕을 오르는 염 파파의 모습은 한가로운 노파가 저녁 산책을 나온 듯했다.

거북산 위에 우뚝 서 있는 정자가 쓸쓸해 보인다.

이런 날에는 바람을 쐬기 위해 나온 사람들이 더러 있을 텐데 어찌 된 일인지 숲에는 염 파파 혼자일 뿐 사람의 그림자도 찾아볼 수 없었다.

염 파파가 소나무 숲을 벗어나 월호를 등 뒤에 두고 정자로 향할 무렵 정자 위에서 뚱땅거리는 거문고 소리가 들려오기 시작했다.

밤 기운을 실은 바람에 소나무 향기가 스며 있어서 상쾌하고, 휘영청 밝은 보름달이 점점 높이 떠오르고 있다.

밝은 달이 음산한 어둠을 몰아내며 세상을 온통 은은한 금빛으로 물들이기 시작했다.

그 속에서 들려오는 거문고 소리는 문득 '신선이 내려와 노니는 것 아닌가' 하는 생각이 들게 했다.

정자 위에 한 사람이 그린 듯 앉아서 무릎에 거문고를 놓고 줄을 팅기고 있었다.

치렁한 치맛자락이 둥근 꽃잎처럼 퍼져 있고, 틀어 올린 머리채는 구름을 인 듯하다.

멀리서 보는 옆모습에 지나지 않았지만 한눈에 세상에 둘도 없을 만큼 아리따운 소저임을 알아보기에 충분했다.

거문고의 운율을 타듯 느릿느릿 다가간 염 파파가 말없이 그녀를 마주 보고 정자 난간에 걸터앉았다.

뚱땅거리는 맑은 선율만 바람을 타고 고요한 달빛을 흔들며 퍼져 나갈 뿐, 천지가 깊은 물속처럼 고요하기만 했다.

살아 있는 모든 것이 그녀의 거문고 소리에 숨죽이고 귀를 기울이는 것 같다.

【第十章】

무한(武漢)에 이는 풍운

1

따당―

한 소리 맑은 울림과 함께 연주가 끝났다.

그러자 기다리고 있었다는 듯 어둠 속에서 불쑥 나타난 검은 옷의
장정이 다반을 올려놓은 작은 다탁을 염 파파와 소저 앞에 공손히 내
려놓고 물러갔다.

쪼르르르―

귓가에 아직 거문고의 은은한 운율이 남아 있어서일까.

주전자를 기울이는 소저의 흰 팔목이 더욱 하얗게 보이고, 차를 따
르는 소리가 낭랑하게 울렸다.

담백한 다향(茶香)이 부드러운 달빛과 섞인다.

"하살인향이로군."

찻잔을 들어 냄새를 맡아본 염 파파가 그렇게 말하고 빙긋 웃었다.

그림 같은 소저가 홍조 띤 볼에 살짝 미소를 짓고 말했다.

"동정산(洞庭山)에서 직접 가져온 진품이랍니다."

염 파파가 한 모금 입에 머금고 음미하더니 눈을 가늘게 뜨고 감탄했다.

"좋아, 과연 하살인향이야. 그것도 최상품이니 이런 차는 정말 오랜만에 마셔본다."

이름이 아름답지 않으나 벽록(碧綠)빛 감도는 투명한 색과 속되지 않은 향기, 은은하고 깊은 그 맛은 과연 민간에서는 맛볼 수 없는 특상품이었다.

─하살인향(煆殺人香)은 동정산에서만 생산되는 벽라춘(碧螺春)의 옛 이름이다.

토인(土人)들의 방언(方言)으로 '죽여주는 차' 라는 의미인데, 사람들이 차 맛을 보고 감탄해서 "이건 정말 죽여주는 차야!" 하고 소리친 것이 그대로 이름이 되어 내려온 것이다.

훗날, 청의 강희제(康熙帝)가 차 맛은 고상한데 그 이름이 너무 속되다고 하여 고쳤다.

동정산 벽라봉(碧螺峰)에서만 자라고 그 형태도 소라고둥처럼 구부러져 있기에 벽라춘(碧螺春)이라고 명명한 것이다.

녹차의 하나인 벽라춘의 생산지는 강소성(江蘇省) 오현(吳縣) 서남쪽 태호(太湖)에 있는 동정(洞庭)산이다. 동정호의 동정산이 아닌 것이다.

달리 일눈삼선(一嫩三鮮)이라는 이름이 붙어 있기도 한데, 일눈(一嫩)은 어린잎이란 뜻이고, 삼선(三鮮)은 빛깔과 향기, 그리고 맛이 신선하다는 뜻이다.

염 파파의 진심 어린 감탄의 말을 들은 소저가 방긋 웃었다.

"파파께옵서 차를 좋아하신다기에 특별히 사람을 보내 가져온 것이랍니다. 돌아가실 때 나누어 드리도록 하지요."

"흘흘, 이런 차라면 사양하지 않겠어."

"감사합니다."

"그런데 이런 곳에 나를 불러내고, 귀한 차까지 선물하겠다니 무언가 바라는 게 있어서이겠지?"

"소녀가 어찌 파파께 크게 바라는 게 있겠습니까?"

"그러면 유백아와 종자기의 흉내라도 내고 싶어진 게냐?"

"세상은 언제나 영웅호걸을 이야기하고 그들의 두터운 정과 의리를 본보기로 삼습니다. 하지만 세상에 사내들만 있는 게 아닌데 어째서 여자들의 아름다운 교분에 대한 이야기는 없는 것입니까?"

"흘흘, 지금 네가 나와 교분을 나누자고 하는 것이냐?"

"학은 오백 년을 살고 거북이는 천 년을 산다고 합니다. 저 달은 수억 년 전부터 저렇게 빛나고 있었을 것입니다. 그런데 인간 백 년의 삶이 무어가 크다고 많고 적음을 따지겠습니까?"

"흐음—"

염 파파가 눈빛을 번쩍이며 아가씨의 나풀거리는 입을 뚫어져라 바라보았다.

많아야 스무 살일 것이다.

아직 볼에 솜털이 보송보송한 나이인데 말하는 것과 행동하는 것이 의젓해서 사람을 놀라게 할 만했다.

귀한 환경에서 좋은 교육을 받고 자라난 당찬 아가씨라는 걸 짐작할 수 있다.

게다가 가까이에서 이처럼 자세히 살펴보니 타고난 용모가 가히 세상에 둘도 없을 것 같지 않은가.

염 파파의 눈길을 받은 소녀가 두려워하기는커녕 오히려 방긋, 여유 있는 웃음까지 흘리며 말했다.

"백아와 종자기는 신분이 다르고 사는 곳이 달랐지만 이곳에서 잠깐 만나 거문고 하나로 마음이 통해 한 사람이 된 듯했지요. 그와 같이 사람과 사람이 서로를 아는 데 어찌 많은 시간이 필요하겠습니까? 마음이 통하고 뜻이 통하면 백 년을 사귀어도 짧고, 그렇지 않으면 차 한 잔 마실 시간 동안 함께 있어도 길다고 여겨질 것입니다."

말 한마디 한마디에 의미심장함이 깃들어 있다.

"그래서 너는 모든 걸 무시하고 이곳에서 백아와 종자기처럼 그렇게 되고 싶다는 것이렷다?"

"그때 그들처럼 파파와 저는 나이가 다르고 사는 곳이 다릅니다. 하지만 그들과 같이 되지 못할 이유가 없지요."

"나는 늙었고 너는 앞길이 창창하다. 나는 거친 강호에 몸담고 살면서 수많은 악행을 저질러 원성이 자자하고, 너는 보아하니 귀한 가문에서 꽃처럼 곱게 자란 듯하니 어울리는 게 하나도 없다."

"모두 다 몸 밖의 일입니다."

"누가 그것을 알아줄까?"

"내가 알고 파파께서 아시면 족하지 않을까요?"

"시끄럽다!"

염 파파가 짜증이 난다는 듯 빽 소리쳤다. 그러나 아가씨는 여전히 조금도 두려워하지 않는다. 방실방실 웃는 것이 그렇게 사랑스럽고 당

돌할 수가 없어서 염 파파는 내심 혀를 찼다.

'이것이 이제 보니 여우도 이만저만한 여우가 아니로군. 사내로 태어났다면 능히 세상을 쥐락펴락하는 효웅이 될 뻔했다. 아까운 일이야.'

염 파파가 다시 한 잔의 차를 마셨다. 지그시 눈을 감고 입 안에 오래 감도는 그 다향을 음미하더니 천천히 말했다.

"할 말이 그것뿐이라면 이만 돌아가겠다."

"파파께서는 정녕 백아와 종자기의 아름다운 인연을 무색케 하시렵니까?"

"백아에게는 거문고가 있고 종지기는 그 설 늘어줄 귀가 있었지만 나에게는 아무것도 없으니 소용없지."

"좋습니다."

소녀가 실쭉하더니 거문고를 밀어놓고 치맛자락으로 덮어두었던 검한 자루를 꺼냈다.

그것을 본 염 파파가 빙긋 눈웃음을 지었다.

"여기 검이 있고 파파께서는 이것을 알아볼 눈을 지니고 계십니다."

쨍, 하는 맑은 소리와 함께 보검이 검집에서 벗어나 허공에 새파랗게 일어섰다.

달빛이 차가운 검신에 부딪쳐 흐르니 억만 년의 시간이 서릿발처럼 서린 검인(劍刃)에 놀라 멈추어 버린 것 같았다.

"아! 좋은 검이다, 좋은 검이야!"

염 파파가 하살인향을 마시고 감탄했을 때보다 열 배는 더한 놀람을 실어서 탄성을 발했다.

검을 바라보는 눈이 가늘어지고 저도 모르게 몸이 그것에 가까이 가려는 듯 움찔, 앞으로 쏠렸다.

"옛적 조조가 지녔다가 조자룡에게 빼앗겼다는 청홍검(靑紅劍)입니다."

"엇?"

아가씨의 말에 염 파파가 깜짝 놀라 외마디 탄성을 터뜨렸다.

조조에게는 의천검(依天劍)과 청홍검(靑紅劍) 두 자루의 보검이 있었다고 전해진다.

차돌을 세로로 베었다는 의천검은 조조 자신이 지녔고, 쇠를 무른 흙 베듯 한다는 청홍검은 배검장인 하후은에게 지니고 다니도록 했는데, 장판파의 싸움에서 그자는 조자룡의 창에 찔려 죽었다.

그때 조자룡이 청홍검을 알아보고 취했다고 하지만 전해져 오는 이야기이기에 사실인지 아닌지는 알 수 없는 일이다.

그런데 정체를 알 수 없는 아가씨가 그 청홍검이라며 한 자루의 검을 불쑥 내민 것이다.

염 파파는 한눈에 그것이 인세에서는 찾아보기 힘든 보검이라는 것을 알아보았다.

진짜 청홍검이든 아니든 그것을 따질 필요가 없는 것이다.

염 파파는 놀라고 황홀해져서 정신없이 검을 바라보았다. 아가씨가 환한 웃음을 띠고 부드럽게 말했다.

"듣자 하니 파파께서도 빙백검이라고 하는 절세의 보검을 지니셨다고 하더군요. 마도십병 중 일위를 차지하는 보물이라니 저의 이 검보다 못하지 않겠지요?"

"틀렸다, 틀렸어. 이 검에 비한다면 나의 빙백검은 그냥 쇠붙이에 지나지 않다."

염 파파가 자기도 모르게 그런 말을 중얼거렸다.

아직 강호에 이와 같은 보검이 있다는 말을 들어보지 못했다. 그렇다면 이 검은 그동안 강호인들의 눈이 미치지 못하는 깊고 깊은 어딘가에 꽁꽁 숨겨져 있었다는 것이리라.

그곳이 어디인지 모르나 이와 같은 보물을 지니고 있었을 정도라면 대단한 역사와 위세를 지닌 곳일 것이다.

"원하신다면 이 검을 파파께 드리겠습니다."

"응? 너 지금 뭐라고 했느냐?"

의외의 말에 염 파파가 크게 놀라 어깨마저 움찔 떨고 물었다.

"파파의 검술이 천하제일이라고 들었습니다. 아무리 좋은 검이 세상에 있다 해도 백정의 손에 들어가면 고작 고기를 써는 데에나 쓰일 뿐이겠지요."

"……!"

"백아의 거문고 솜씨가 아무리 뛰어나다 해도 그걸 들어줄 종자기가 있었기에 더욱 빛났던 것 아니겠어요?"

그녀의 조용조용한 말은 막힘이 없었다.

"그와 같이 이 검은 파파의 손에 들려야 비로소 본래의 제 생명을 되찾을 것입니다."

그녀가 말을 멈추고 잠시 염 파파의 눈치를 살폈다. 파파가 온 정신을 검에 기울이고 있는 걸 보더니 빙긋 웃고 다시 말한다.

"여기 청홍검이 있다 해도 이것을 제대로 쓸 수 있는 사람이 없다면 다시 몇백 년을 헛간 속에 처박혀 먼지나 뒤집어쓰고 있을지 모르는 일입니다."

"으음—"

"옛적, 이 자리에 거문고가 있고 종자기가 있었듯이 지금은 청홍검이 있고 파파께서 계십니다. 소녀가 백아의 자리에 선다 한들 이제는 이상할 게 없겠지요?"

눈 한 번 깜빡이지 않고 뚫어질 듯 그녀를 바라보던 염 파파가 한숨을 쉬고 말했다.

"네가 원하는 게 무엇이냐?"

2

"쌍륙(雙六)!"

"와아!"

팔짱을 끼고 서서 지켜보던 건장한 근육질 사내가 커다랗게 외치자 함성이 진동했다.

"공자, 오늘은 운수 대통한 날인 것 같소."

두 개의 주사위가 모두 여섯 점을 보이며 얌전히 놓여 있었다. 천왕이라고 하는 최고의 수다.

좌판 너머에 앉아 있던 염소수염의 중년인이 잔뜩 얼굴을 찌푸린 채 입맛을 다시며 다시 한 무더기의 전표를 소걸에게 밀어주었다.

소걸이 손뼉을 치며 좋아했다.

그의 앞에는 어느덧 도박장에서 사용되는 전표 더미가 수북이 쌓여 있었다.

"다시 해."

그 말을 들은 염소수염의 중년 사내가 울상을 지었다.

"공자, 이제 그만 하시는 게 어떻겠소? 이러다가 소인은 입고 있는 옷마저 다 뺏기고 알몸으로 여기서 쫓겨나겠소이다."

"쳇, 당신은 도박장에 고용된 도사(賭師)에 지나지 않잖소? 돈이야

전주가 무궁무진하게 대줄 테고, 당신은 그저 주사위를 굴리는 일만 할 뿐인데 뭐가 걱정이람?"

"그 전주가 소인에게 돈을 대주는 건 따라는 것이지 지금처럼 잃기만 하라는 게 아니올시다."

"좋소, 좋아. 그럼 딱 한 번만 더 합시다. 그리고 그만두지."

"정말 딱 한 번이오?"

"사내대장부의 일언은 중천금이오. 커흠."

빙긋 웃은 염소수염의 사내가 제 앞의 주사위를 사기그릇 안에 쓸어담으며 중얼거렸다.

"내 평생에 오늘처럼 재수없는 날은 처음이야. 천하제일의 도사라는 호칭을 이제는 이 공자님에게 물려주어야겠어. 스무 판을 해서 한 번도 이겨보지 못하다니, 세상에 이런 일이 있을 수 있나."

소걸의 등 뒤에서 지켜보던 쥐눈의 사내, 진가가 소걸의 등을 치고 말했다.

"하하, 작은 공자님이 이제 보니 도박에 타고난 재주가 있었구려. 이곳에서 이처럼 돈을 따는 사람은 공자가 처음이자 마지막일 거요."

"히히, 돈 버는 일이 이렇게 쉬운 줄 알았으면 미쳤다고 그 흙바람 속에서 욕 얻어먹어 가며 차 심부름이나 하고 있었겠어?"

"응? 그건 또 무슨 말이오?"

흥분해서 저도 모르게 본색을 드러낸 소걸이 깜짝 놀라 급히 얼버무렸다.

"다동 노릇 십 년 해봐야 하루 도박 벌이만 못할 테니 역시 사람은 직업을 잘 택해야 한다는 소리요."

횡설수설이다.

의아해서 바라보는 진가의 시선이 부담스러웠던지 소걸이 얼른 제 앞의 주사위를 주워 사기그릇 속에 넣고 힘차게 흔들어댔다.

"이번에는 이걸 다 걸겠어."

눈짓으로 전표 더미를 가리킨다. 마주 보며 주사위를 넣은 그릇을 흔들어대던 염소수염의 사내가 눈을 크게 떴다.

"아니, 한 번에 다 거시겠단 말이오?"

"까짓 다 먹거나 다 잃는 거지. 사내대장부가 쪼잔하게 굴어서야 어디 체면이 서겠소?"

한껏 호기를 부린다.

"좋소, 좋아. 과연 작은 공자는 통이 크고 대범한 사람이구려. 감탄했소이다."

염소수염의 중년 사내가 비위를 맞춰주었다.

이제 그 넓은 도박장 안에는 달그락거리는 주사위 소리만 들려올 뿐 숨소리 하나 들리지 않았다.

모든 사람들이 도박을 멈춘 채 소걸과 염소수염의 대결을 손에 땀을 쥐고 지켜보고 있는 것이다.

탁!

소걸이 제 앞에 사발을 엎어놓고 한 손으로 꾹, 눌렀다.

동시에 염소수염의 중년 사내도 사발을 엎고 턱짓으로 소걸을 가리키며 말했다.

"이번에도 역시 공자가 먼저 열어보시오."

"그럽시다!"

호기롭게 소리친 소걸이 주사위를 담아두고 있는 사발을 기세 좋게 젖혔다.

"아!"

"저런, 저런!"

"어이구, 이를 어쩌나!"

지켜보던 사람들이 일제히 혀를 차며 안타까운 탄성을 터뜨렸다. 제 주사위를 내려다보는 소걸의 안색이 점차 흙빛으로 변해갔다.

곁에서 팔짱을 낀 채 감시하고 있던 근육질의 장한이 입맛을 다시고 큰 소리로 외쳤다.

"일이삼이오!"

두 개의 주사위 중 한 개는 일 섬을 다른 하나는 이 점을 보여주고 있었던 것이다. 합이 고작 삼 점에 지나지 않으니 최하에서 두 번째다.

"마지막 판에 어떻게 이런 일이……."

소걸은 자기가 주사위 그릇을 내려놓은 직후 누군가가 슬쩍 손가락을 좌판 아래에 넣고 가볍게 튕겼다는 걸 전혀 눈치채지 못했다.

빙긋 웃은 염소수염의 사내가 오른손으로 자신의 사발을 붙잡고 왼손을 슬며시 자판 아래로 밀어넣더니 자신의 주사위 그릇 아래를 가볍게 튕겼다.

눈 깜짝할 사이의 일이고, 너무나 자연스럽게 행한 짓이라 누구도 눈치챈 사람이 없다.

소걸의 등 뒤에서 지켜보던 쥐눈의 사내, 진가만이 빙긋 웃었을 뿐이다.

"자, 이번에는 아무래도 내가 이긴 것 같소이다. 하하하―"

염소수염의 사내가 느긋하게 웃으며 자신의 사발을 젖혔다.

지켜보던 사람들이 다시 일제히 탄성을 터뜨렸다.

"오오, 저럴 수가!"

"에이그, 아깝다, 아까워!"

심판관 역할을 맡은 근육질 거한이 큰 소리로 외쳤다.

"일삼사요!"

"어이쿠!"

소걸이 두 손으로 제 머리통을 꽝꽝 두드렸다.

염소수염 사내의 주사위는 각기 일 점과 삼 점을 가리키고 있었던 것이다.

합이 사 점이니 역시 하급에 속하는 수다.

같은 하급 수에서, 고작 한 끝발 차이로 신나게 땄던 모든 걸 다 잃었다. 그러니 더욱 원통하고 속이 뒤집힌다.

"하하, 이런 요행수가 있나! 과연 재신은 아직 내 편이고 도신도 나를 보우하시는구나. 공자, 미안하게 되었소이다."

염소수염 사내가 껄껄 웃으며 갈퀴를 뻗어 소걸의 앞에 수북이 쌓여 있던 전표를 싹 긁어갔다.

소걸은 이자들이 서로 짜고서 자신의 애간장을 태우기 위해 그런 수작을 부렸다는 걸 까맣게 몰랐다.

한 끝발로 다 잃었다는 게 미칠 만큼 분할 뿐이다.

안에서는 몰랐는데, 밖에 나오니 어느새 사위가 먹물을 뿌려놓은 듯 캄캄한 밤이었다.

"어이구, 내 돈."

씩씩거리며 걷다가 우뚝 멈추어 서서 다시 제 머리통을 쾅쾅 두들기는 소걸 곁에서 진가가 웃으며 말했다.

"공자, 원래 도박장의 돈은 내 돈이 아닌 거라오. 따도 내 주머니에 남아나질 않는 법이니 잃었다고 억울해할 거 없는 거요."

"그래도 그렇지. 무려 천 냥 가까이나 됐었단 말이오. 진 형도 봐서
알지 않소?"

"정확히 천이백 사십닷 냥을 땄었지요."

"어이구, 내 피 같은 돈!"

진가의 말에 더욱 속이 뒤집어진다.

언제 그렇게 큰돈을 만져 보기라도 했던가.

그것도 내 돈 한 푼 들이지 않고 딴 돈이었다.

첫 판돈 석 냥을 진가가 빌려주어서 그걸로 처음 주사위 놀이라는
걸 해본 것이다.

운 좋게 이겨서 석 냥이 여섯 냥이 되었다.

한 번 이기자 신이 났다. 그래서 계속 달라붙어 정신없이 스무 판이
나 했는데, 어떻게 된 게 할 때마다 아슬아슬하게 도사라는 염소수염
사내를 이기는 것 아닌가.

그래서 돈이 눈덩이처럼 불어나니 정신이 다 몽롱해질 지경이었다.

그러다가 다시 거지꼴이 되었다.

"내일 또 갑시다."

씩씩거리며 뒤를 돌아보고 하는 말이다.

진가가 내심 터져 나오려는 웃음을 억지로 참고 천연덕스럽게 말했다.

"또 하잔 말이오? 그러다가 다시 잃으면?"

"흥, 이번처럼 욕심 부리지 않고 땄을 때 그만두면 되지."

누구나 다 그렇게 말하고, 그런 마음으로 도박을 한다.

진가가 빙긋 웃었다.

"그럽시다. 공자가 원하는 대로 해드려야지요."

저만큼 앞에 양관대반점이 보이기 시작했다. 사방에 커다란 장명등을 밝혀놓아 멀리서도 대낮처럼 밝게 보인다.

"오늘 일은 절대로 비밀이오. 아무에게도 말하면 안 돼."

그거야 진가가 바라던 바 아니었던가. 그가 짐짓 결연한 표정으로 머리를 끄덕였다.

"그럼 공자, 내일 또 봅시다."

"어디를 그렇게 하루 종일 돌아다닌 거야? 얼마나 걱정했는지 알아?"

소걸을 본 능학빈이 달려나오며 야단부터 쳤다.

"어딜 가면 간다고 얘기라도 했어야 할 거 아냐? 그래야 호위를 딸려 보내지. 그렇게 수하들을 따돌리고 이 밤중까지 제멋대로 돌아다니다 무슨 일이라도 생기면 어쩌려고 그래?"

"쳇!"

"쳇이라니? 아니, 나는 네가 걱정되어서 애가 타 이러는 건데 쳇이라니?"

마치 큰형님이 되어서 꾸짖는 것 같다.

소걸이 입을 삐죽거렸다.

"호위를 달고 다니면 어디 불편해서 마음대로 구경할 수 있겠어요? 혼자가 편하지."

자칫, '동창 무한 지부에서는 벌써 알고 호위를 붙여주던데 당신은 뭘 했다고 야단이나 쳐?' 하고 말할 뻔했다.

3

"도대체 무슨 속셈일까?"

텁석부리대한, 벽골호 엄상필이 잔뜩 눈살을 찌푸리고 중얼거렸다.

분타와의 연락을 담당하고 있는 날렵한 청년 교화쌍필 하국향이 말했다.

"방법을 달리한 모양입니다."

"어떻게?"

"납치하려는 게 아니라 소걸이 제 스스로 걸어 들어오도록 만들려는 것 아닐까요?"

"제 발로 걸이 들어온나고?"

"그러기에 저렇게 공을 들이는 거겠지요."

"그러니까 그 소년이 저 여우 같은 진가 놈의 꼬임에 빠져서 스스로 흑룡방의 문도가 되기라도 한다는 거냐?"

"암흑천교의 교도가 되는 거라고 해야겠지요."

"흐음—"

충분히 일리가 있는 얘기다. 그래서 벽골호 엄상필의 표정이 심각해졌다.

어제 소걸을 꼬드겨 극락통(極樂通)이라고 불리는 무한제일의 우범지대로 데리고 갔던 진가는 진소백(秦小白)이라는 자였다. 암기술에 재간이 있어서 무한 일대에서는 천비백독(千飛百毒)이라 불린다.

흑룡방에 속한 자들은 모두 그를 공경해서 진 대가라고 불렀다.

흑룡방의 꾀주머니로 이름 높으면서 음흉하기 짝이 없는 그 진소백이 직접 달라붙었으니 흑룡방에서 이 일을 반드시 성사시키려 한다는 걸 짐작할 수 있다.

날이 밝기 무섭게 소걸이 변복까지 한 채 양관대반점의 쪽문을 빠져나와 도망치듯 거리로 달려갔고, 골목 모퉁이에서 진소백과 다시 만났다.

그리고 둘이서 웃고 떠들며 다정히 향하는 곳이 바로 극락통이었다.

그걸 지켜보던 벽골호 엄상필이 잔뜩 눈살을 찌푸리고 하국향에게 물었다.

"분타에서는 몇 명이나 나왔지?"

"지향주께서 다섯 명의 수하를 거느리고 와 있는 중입니다."

"그럼 우리까지 모두 일곱 명이로군. 좋아, 그 정도면 저놈들의 간담을 서늘하게 해줄 만하지."

흑룡방을 직접 상대하는 것도 아니고, 극락통을 한번 발칵 뒤집어놓으려는 것뿐이니 많은 인원이 필요치 않다.

"가서 지향주에게 전해. 모두 변복을 하고 극락통으로 모인다."

"복명!"

하국향이 재빠른 걸음으로 어디론가 사라졌다.

"오늘에야말로 너희들 개 떼 같은 흑룡방 놈들에게 따끔한 맛을 보여주고 말 테다."

텁석부리거한 엄상필이 누런 이를 드러내고 히죽 웃었다.

*   *   *

시작은 언제나 좋다. 황홀할 만큼 좋았던 것이다.

오늘도 예외가 아니었다.

나긋나긋한 아가씨들의 손길이 온몸 구석구석을 어루만지고 두드리니 구름을 탄 것처럼 정신이 몽롱해졌다.

극락통으로 소걸을 데리고 온 진소백이 오늘은 그를 도박장 대신 영뚱한 곳으로 인도했는데, 창기들이 꽃뱀처럼 우글거리는 매음굴이었다.

도박에 이어서 화류의 세계도 알아둬야 진정한 호한이 된다는 진소백의 말은 달콤했다.

풍류(風流)와 화류(花流)는 비슷한 것 같으면서 엄연히 다르다.

다 같이 아가씨를 상대하는 것이지만 멋과 낭만을 더 높이 치는 풍류에 비해 화류는 쾌락과 쾌감을 강조하지 않던가.

그러니 풍류공자라는 말은 제법 운치가 있어도 화류공자라는 말은 천박하게 들리는 것이다.

소걸은 순양진에서 정체를 알 수 없는 미공자에게 이끌려 그런 풍류의 세계라는 걸 맛보았다.

그리고 내린 결론은, '재미없다' 는 것이었다.

아직 고상한 멋을 알기에는 어린 나이였던 때문이다. 깊고 오묘한 자기 철학도 없고, 낭만에 대한 소신도 없다.

이제 고작 열여섯 살.

소년에서 청년으로 막 넘어가려는 중이니 보이는 걸 즐기고 감각적인 걸 좋아할 때인 것이다.

그런 소걸에게 속이 훤히 비치는 야들야들한 옷차림에 짙은 화장을 하고 패물을 치렁치렁 매단 꽃 같은 아가씨들이 셋이나 달라붙었다.

처음에는 두렵고 떨려서 눈과 몸을 둘 곳을 찾지 못해 쩔쩔맸으나 시간이 지날수록 아가씨들의 나긋나긋하고 부드러운 손과 교태가 소걸의 넋을 빼놓았다.

한 아가씨는 건강에 좋다는 약초를 잔뜩 넣어 우려낸 시커먼 물을 한 통 가득 담아왔다. 소걸의 발을 그것에 풍덩 빠뜨리더니 무릎을 꿇고 앉아 제 발처럼 정성을 다해 주무르고 씻겨준다.

간질거리는 그 감촉과 따뜻한 물의 느낌이 온몸 구석구석에 퍼져서 소걸은 넋이 몽롱해졌다.

내려다보면 터진 옷자락 사이로 아가씨의 뽀얀 젖무덤이 두 눈 가득 들어오니 더욱 그렇다.

한 아가씨는 등 뒤에서 젖가슴을 밀착시킨 채 달라붙어 목을 주무르고 어깨를 주물렀다.

소걸은 아가씨의 나긋나긋한 그 손길보다 등에 와 닿은 젖가슴의 몽실 통통한 감촉 때문에 얼까지 빠질 지경이 되었다.

다른 아가씨는 옆에 걸터앉아 손톱을 다듬어주는데, 은근슬쩍 손가락 사이 깊은 곳을 쓰다듬고 애무해 주니 짜릿짜릿한 전류가 온몸을 휘감는 것 같았다.

그래서 소걸은 처음의 떨림과는 달리 어느덧, '에라, 모르겠다. 될 대로 되라'는 심정이 되어서 눈마저 지그시 감은 채 제 몸뚱이를 내던져 놓고 있었다.

언제부터인가 발을 씻겨주던 손이 슬금슬금 기어올라 와 종아리를 떡 주무르듯 하더니 허벅지 깊은 곳까지 파고들었다.

기어이 사타구니를 슬쩍 건들었을 때 소걸은 깜짝 놀라 '억!' 하는 비명을 터뜨리고 몸을 굳혔다.

"호호호, 이 도련님은 처음이신가 봐?"

"애, 아주 귀하고 여린 분이란다. 그러니 깨지지 않게 조심해서 살살 주물러 드려."

"도련님, 모든 걸 소녀들이 다 알아서 할 테니 긴장 푸시고 그냥 편히 즐기시와요."

귓가에 짜랑거리고, 귓불을 뜨겁게 하는 소리와 입김 때문에 이제 소걸은 아무 생각도 할 수 없게 되었다.

뒤에서 목덜미를 주물러 주던 손이 슬그머니 가슴속으로 파고들어 젖꼭지를 간질이고, 손톱을 다듬어주던 아가씨의 손이 어느새 바지 끈을 풀고 있다.

발아래 꿇어앉아 있는 아가씨의 비단 같은 손이 사타구니에 느껴지고 있음은 물론이다.

황홀경도 그런 황홀경이 없었다.

그래서 소걸은 이 시간이 영원했으면, 하는 바람과 동시에 이러다가 내가 정기를 다 빨리고 뼈와 가죽만 앙상하게 남아서 강시처럼 되고 말지, 하는 걱정도 들었다.

언젠가 불선다루에서 흑도의 인물들이 낄낄거리며 하는 말 중에 강호에는 사내의 정기를 흡입해 살아가는 요녀가 있다는 말을 들었던 것이다.

바야흐로 그렇게 요사하고 끈적끈적한 분위기가 무르익어 가고 있을 때였다.

"어째서? 내 돈은 돈이 아니란 말이냐?"

갑작스런 호통 소리가 들려왔다.

밖이 소란스러워진다.

"그게 아니라 오늘은 영업을 하지 않는다니까 그러시네."

"영업을 하지 않다니? 내가 조금 전에 젊고 어린 두 공자가 아가씨들의 환대를 받으며 들어가는 걸 똑똑히 보고 왔는데 영업을 안 해?"

"허, 그분들은 손님이 아니라 우리 식구라오."

"흥! 웃기는 소리. 그래서 아가씨들이 그렇게 갖은 교태를 다 떨어가며 끌어안고 들어갔어?"

"잔말 말고 저리 비켜라. 내 돈 내고 재미 좀 보고 가겠다는데 싫다니? 그럴 거면 무엇 하러 색방을 운영한단 말이냐?"

다른 자의 걸걸한 음성이다.

들어보니 문 앞에서 소란을 떨고 있는 자가 한둘이 아닌 모양이었다.

저쪽 구석에서 소걸과 똑같은 애무를 느긋이 즐기고 있던 진소백이 얼굴을 잔뜩 찌푸렸다.

"문을 열어봐! 지금 저 안에서 영업을 하고 있는지 아닌지 확인시켜 달란 말이다!"

"이보시오, 당신 여기가 어딘 줄 알고 이렇게 행패를 부리는 거야? 좋은 말로 할 때 곱게 돌아가!"

"오라, 이제는 손님에게 대놓고 공갈 협박까지 하는군?"

"계속 이렇게 나오다가는 내일 아침에 대가리 없는 시체가 되어 남중로 사거리에서 발견될걸? 그러니 어서 꼬리를 말고 꺼져 버려!"

"무엇이?"

주고받는 말과 고함이 점점 강도를 더해가더니 기어이 우당탕거리는 소리가 터져 나왔다.

"으악!"

"이놈들이!"

"한 놈도 보내지 말고 모조리 잡아서 사지육신을 토막쳐 버려!"

"으아악!"

기어이 째지는 듯한 비명 소리가 들렸다.

놀란 아가씨들이 일제히 몸에서 떨어져 나갔다.

"응?"

그때서야 제정신을 차린 소걸이 입가의 침을 닦아내고 눈을 두리번거렸다.

【第十一章】

남양군주(南陽君主) 주지약(朱之約)

1

"공자, 꼼짝 말고 있으시오!"

주의를 준 진소백이 품에 손을 찔러 넣은 채 문 앞에 버티고 섰다.

꽝! 하는 소리와 함께 문짝이 부서져 떨어지고 피범벅이 된 시커먼 장한이 날려 들어왔다.

"끼아악―!"

놀란 아가씨들이 조금 전까지의 그 교태 철철 넘치던 모습을 버리고 자지러지는 비명을 터뜨리며 이리 뛰고 저리 뛰었다.

너풀거리는 얇은 옷자락 사이로 하얀 몸뚱이가 얼핏얼핏 드러난다. 소걸의 멍한 눈길이 나비를 좇듯 그걸 따라 이리저리 굴러다녔다.

"막아!"

진소백이 날카롭게 소리치며 품에 넣었던 손을 빼 허공에 뿌렸다.

몇 조각의 은빛이 날카로운 파공성을 내며 뻗어나갔고, 막 방 안으로 뛰어들던 텁석부리장한, 벽골호 엄상필이 깜짝 놀라 몸을 사리며 급히 두 손을 휘저었다.

픽, 픽, 하는 가벼운 소리가 났다.

세 자루의 얇은 비도가 방향을 잃고 튕겨져 나가 벽 속 깊이 박혔다.

"이놈! 어디서 손장난이냐!"

노한 엄상필이 크게 소리치며 성난 곰처럼 덮쳐들자 진소백이 재빨리 몸을 움직여 위치를 바꾸며 마주 소리쳤다.

"이제 보니 벽골호 엄 형이로군!"

"나를 알아봤으니 죽어줘야겠다!"

"흥! 엄 형은 강과 우물처럼 서로 침범하지 않는다는 우리 사이의 묵계를 깰 셈이오?"

"이미 들어왔으니 어쩔 테냐!"

큰 소리를 주고받으면서도 두 사람은 빠르게 권장을 움직여 부딪치고 두 발을 번갈아 걸어찼다.

아차, 하는 사이에 목숨이 왔다 갔다 하는 급박한 상황이다.

소걸은 침상에서 상체를 일으켜 앉은 채 아직도 멍한 눈길로 눈앞에서 펼쳐지고 있는 그 싸움을 바라보고 있었다.

문밖에서는 또 다른 몇 사람이 매음굴을 지키는 장한들과 어울려 치열하게 싸우고 있는 중인데, 시간이 지날수록 시커먼 장한들의 수가 불어났다.

창문 밖의 골목도 시끌벅적해졌다. 급하게 달려오는 발소리와 고함소리가 들리고 기어이 병장기 부딪치는 날카로운 소리마저 들려오기 시작했다.

"시간이 없다! 인정사정 봐주지 말고 해치워 버려!"

진소백을 궁지로 몰아넣던 엄상필이 버럭 소리쳤다. 그의 손에는 어느덧 새파랗게 빛나는 단검이 들려 있었다.

벌써 몇 군데 자상(刺傷)을 입어 선혈이 낭자해진 진소백이 부드득 이를 갈고 악독하게 소리쳤다.

"감히 흑룡방을 건들이다니! 무한에서 너희들 광명천의 개자식들은 한 놈도 남지 않고 몰살될 것이다!"

"흥! 멋대로 지껄여 봐라! 그전에 우선 네놈의 심장이나 잘 간수해야 할걸?"

턱석부리 엄상필이 코웃음을 치며 더욱 무섭게 핍박해 들었다.

번쩍이는 단검이 이리저리 허공을 그을 때마다 진소백은 피하기 바빴다. 품에 있는 비수를 꺼낼 틈이 없는 것이다.

"흑룡방이라고? 동창이 아니었어?"

어리둥절해 있던 소걸이 눈살을 찌푸렸다.

진소백이 자신을 호위하기 위해 동창 무한 지부에서 온 자인 줄 알았는데 제 입으로 흑룡방 운운했으니 기가 찼다.

"그럼 여기도?"

두리번거리던 소걸이 조금 전까지 자신의 젖꼭지를 희롱했던 아가씨를 무섭게 노려보았다.

"말해봐! 여기가 흑룡방이야?"

아가씨가 겁에 질려 정신없이 머리를 끄덕였다.

"그래요, 이 골목 전체가 흑룡방이에요."

"그럼 저 건너 도박장도?"

"물론이지요."

그것도 모르고 왔었느냐는 듯 흘겨보기까지 한다.

소걸은 정신이 번쩍 들었다.

"이제 보니 나를 호위해 주는 게 아니라 유괴해 온 거였군!"

속았다는 생각에 노여움이 솟구쳐 벌떡 일어서는데 밖에서 처절한 비명이 들려왔다.

시커먼 옷을 입은 중년의 대한이 서너 명의 장정들을 이끌고 달려 올라왔는데, 손에 쥐고 있는 칼로 엄상필의 수하 한 명을 무참하게 두 쪽 내버린 것이다.

"내가 왔다! 너희 광명천의 쥐새끼들은 모두 목을 늘여라!"

중년 대한이 쩌렁쩌렁한 음성으로 소리쳤다.

그를 본 텁석부리 엄상필이 입술을 깨물었다.

"제기랄, 너무 꾸물거렸다."

중얼거린 그가 단검을 더욱 매섭게 휘둘러 진소백을 공격했다.

시간을 끌면 끌수록 불리해질 수밖에 없다.

마음 같아서는 단번에 끝내 버리고 싶은데 진소백이 만만치 않아서 그럴 수 없으니 똥줄이 탔다.

그때 아래층에서 다시 한 소리 벽력성 같은 고함이 터져 나왔다.

"흑수라는 내가 상대한다! 너희들은 어서 공자를 모시고 빠져나가!"

장한들을 이끌고 검을 휘두르며 나타난 자는 광명천 무한 분타의 지향주(地香主)인 낙일검객(落日劍客) 호극령(湖克翎)이었다.

인향주인 엄상필을 지원하기 위해 달려온 것이다.

칼을 휘두르는 중년의 대한은 흑룡방의 고수인 흑수라(黑修羅) 장청(張菁)이라는 자였다.

그가 호극령을 보고 껄껄 웃었다.

"핫하하— 너 같은 쥐새끼가 감히 이 장 어르신을 상대하겠다고?"

"개소리 마라!"

한 번 몸을 솟구쳐 계단을 뛰어넘어 온 호극령이 버럭 소리치며 검을 뻗어 후려쳤다.

날카로운 검광이 뇌전처럼 뻗어나가니 막 방 안으로 난입하려던 흑룡방의 장정들이 깜짝 놀라 분분히 갈라졌다.

"흥!"

코웃음을 친 흑수라 장청이 즉시 칼을 휘둘러 검광을 맞받아 쳤다.

따당—!

요란한 쇳소리와 함께 새파란 불똥이 마구 튕겨져 날았다.

이제 문 앞에서는 흑수라 장청과 낙일검객 호극령이 지닌 바 모든 재간을 다 쏟아 목숨을 건 일전을 벌이느라 누구 하나 들어오지도 나가지도 못하게 되었다.

그들 주위에서는 광명천의 무리들과 흑룡방의 장정들이 뒤엉켜 생사대전을 벌였다.

권장이 난무할 때도 상황이 흉악했지만 각자 숨겨두었던 병장기를 꺼내 들고 부딪치니 살벌함이 그때와는 비교할 수 없다.

곳곳에서 선혈이 튀고 비명이 솟구쳐서 '애앵청(愛櫻廳)'이라 불리는 색방(色房)이 아수라장이 되고 말았다.

소걸은 여전히 침상에 걸터앉은 채 잔뜩 볼을 부풀리고 그들의 싸움을 지켜보기만 했다.

마음 같아서는 당장 뛰쳐나가 자신을 속인 저 진소백이라는 놈을 후려치고 싶었다. 하지만 상황이 그가 끼어들 여지가 없을 만큼 살벌하니 그저 구경하고 있을 수밖에 없었던 것이다.

인향주인 텁석부리 엄상필이 잠시 호극령과 장청의 숨 막히는 혈전에 신경을 쓰는 틈에 진소백이 품에서 두 자루의 비도를 꺼내 양손에 들었다.

그러자 전세가 일방적으로 몰리기만 하던 지금까지와는 확 달라졌다.

그의 비도 쓰는 솜씨는 결코 엄상필의 단검보다 못하지 않았던 것이다.

두 자루의 비도가 좌우를 번갈아 위협하며 찌르고 베기를 신속하게 하니 오히려 엄상필이 위태로워 보였다.

"이얍!"

소리친 그가 단검을 들어 내려치는 듯하다가 그대로 진소백의 얼굴을 향해 던져 버렸다.

진소백이 급히 고개를 숙이며 두 걸음 물러섰다. 그러자 씨잉, 하고 날아간 그것이 벽에 반이나 박혀 부르르 떨었다.

진소백을 물러서게 한 엄상필이 품에서 그의 애병인 두 자루의 동곤(銅棍)을 꺼내 들었다.

거무튀튀한 빛을 발하는 그것은 굵기가 오리알만 하고 길이는 두어 자쯤 되었다. 묵직해 보이는 것이 한 대 맞으면 그대로 뼈가 바스러지고 말 것이다.

그에 비해 진소백이 쥐고 있는 비도는 길이가 겨우 반 자를 넘기는 것이니 날카롭다고 해도 동곤의 상대가 될 것 같지는 않았다.

엄상필이 단번에 진소백의 머리통을 쳐서 부수어 버리겠다는 듯 무섭게 달려들었다. 동곤이 뿜어내는 바람 소리가 위협적으로 윙윙거리고, 시커먼 그림자가 허공을 가득 뒤덮었다.

한 대라도 맞으면 목숨이 위태롭게 될 터인지라 진소백은 가까이 다가들지 못했다. 그러니 짧은 비수는 더욱 열세에 놓일 수밖에 없다.

"좋아! 오늘 이 진 나리의 무서움을 똑똑히 보여주지!"

입술을 악문 그가 갑자기 왼손의 비수를 던져 버렸다. 그것이 지척에서 쏟아진 수전(袖箭)인 양 무섭게 번쩍이며 면전에 닥친다.

엄상필이 코웃음을 치고 동곤을 휘둘러 쳐버렸다. 그러자 다시 한 개의 비수가 가슴을 노리고 쏟아졌다. 그것마저 쳐버렸는데, 저만큼 튕겨져 나갔던 첫 번째 비수가 살아 있는 것처럼 원을 그리며 되돌아오는 것 아닌가

"핫! 비검술!"

놀란 엄상필이 급히 머리를 숙이고 무릎을 꿇듯 몸을 낮추었다. 비수가 아슬아슬하게 그의 정수리를 스쳐 지나갔다. 그리고 미처 몸을 일으키기도 전에 다시 두 번째 비수가 되돌아와 여전히 가슴을 노렸다.

당황한 엄상필이 체면을 무릅쓰고 바닥에 쓰러져 뒹굴었다.

간발의 차이로 빗나간 비수가 허공으로 높이 솟구쳤다.

두 자루의 비수는 진소백의 몸 서너 자 되는 곳을 떠나지 않고 새처럼 이리저리 날았다.

'저 자식의 비검술이 무시무시하다더니 과연 그렇군.'

벌떡 몸을 일으킨 엄상필이 동곤을 잔뜩 움켜쥔 채 경계의 눈을 떼지 못했다.

비수를 암기처럼 다루는 진소백의 그 솜씨에 소걸도 깜짝 놀랐다.

하지만 소걸은 곧 그 두 자루의 비도가 실은 가느다란 실에 매달려 있다는 걸 알았다. 진소백이 그것을 손에 쥐고 흔들어서 비도를 조종하는 것이다.

피식 웃음이 나왔다.

소걸이 아는 사람 중에 암기를 주로 쓰는 사람이 셋 있다.

할아버지야 말할 것도 없고, 음양쌍존 중의 양존 조백령의 망혼금편은 물론 팔비충 천종의 암기술 또한 절정의 경지에 올라 있다. 처음 그가 마도십병 중 하나라는 비월(飛月)을 던지는 수법을 보고 얼마나 감동했던가.

그런 것들과 진소백의 비도술이 자연히 비교된다. 그러자 웃음을 참을 수 없었던 것이다.

소걸의 눈에는 진소백의 비도술이라는 것이 밝은 달 아래의 반딧불처럼 보잘것없어 보였다.

하지만 진소백의 호접쌍비(胡蝶雙飛)라는 비도술은 그 자체로 무한은 물론 호북 무림에서 누구나 알아주는 뛰어난 것이었다. 다만 소걸의 눈높이를 따라가지 못할 뿐이다.

2

와장창—!

창문이 박살나더니 검은 옷을 입은 괴한 한 명이 뛰어들었다.

방 안과 밖에서는 광명천의 고수들과 흑룡방의 고수들이 호각지세를 이룬 채 서로 사력을 다해 싸우고 있는 중이다.

갑자기 뛰어든 괴한을 막을 수 없었다.

"하하하! 토끼 한 마리를 두고 곰과 늑대가 서로 으르렁거리니 아름다운 모습이 아니군!"

검은 두건마저 써서 눈만 빼꼼히 나와 있는 괴한이 어느새 소걸을 번쩍 안아 올려 옆구리에 끼고 우뚝 서서 큰 소리로 비웃었다.

"엇?"

"이놈!"

놀란 엄상필과 진소백이 소리치고 일제히 흑의괴한에게 달려들었다.

한 쌍의 비도가 섬전처럼 날고 그 뒤를 동곤이 무시무시하게 후려쳐오건만 흑의괴한은 태연하기만 했다.

"놀아주고 싶어도 지금은 그럴 마음이 없으니 다음에 아가씨를 보러 오지."

괴한이 여전히 비웃으며 손을 확, 뿌려 네 개의 동전을 날렸다.

그것이 유성처럼 날아 두 개가 비도를 맞혔고 다른 두 개는 각기 엄상필의 동곤을 때렸다.

따당! 하는 요란한 울림이 났다.

엄상필은 팔목이 저르르 울려서 깜짝 놀랐다. 동전에 실린 힘이 마치 천 근이나 되는 철퇴로 후려친 것처럼 엄청났던 것이다.

그사이 소걸을 옆구리 낀 흑의괴한은 훌쩍 몸을 날려 뚫고 들어왔던 창문 밖으로 사라졌다.

진소백도 말할 수 없이 놀랐다. 단번에 자신의 비도를 맞혀 떨어뜨린 것이 고작 동전이었다는 걸 알고는 그만 쫓아갈 의욕이 사라져 버리고 말았다.

"떨어진다!"

아래에서 누군가가 그렇게 소리쳤다.

흑의괴한에게 붙잡혀 있어서 꼼짝할 수 없지만 머리는 자유롭다. 소걸이 고개를 숙여 내려다보았다.

창문을 박차고 뛰쳐나온 흑의괴한은 지금 허공에 둥실 떠 있는 중이었는데, 골목을 가득 메우고 있는 수많은 사람들이 일제히 고개를 들고 쳐다보고 있었다.

모두가 도검으로 하늘을 찔러대고 있으니 이대로 떨어지면 그야말로 꼬치에 꿰인 고깃덩이 신세를 면치 못할 형편이다.

사람이 제아무리 무공이 뛰어나다고 한들 어찌 허공에 계속 머무를 수 있을 것인가.

어쩔 수 없이 흑의괴한은 아래로 떨어져 내릴 수밖에 없었다.

골목을 가득 메우고 있는 자들이 와! 하고 함성을 질렀다.

흑룡방의 장한들만이 아니다. 광명천의 무리들과 일반 강호인들이 죄다 이 골목 안에 모여든 것 같았다.

여기저기 흩어져서 호시탐탐 소걸을 납치할 기회만 노리고 있던 자들이 일이 터지자 이때라는 듯 남김없이 쏟아져 나온 것이다.

서로 죽이고 죽으며 악착같이 싸우던 흑룡방과 광명천 무한 분타의 고수들도 이제는 싸움을 멈추고 하나가 되어서 흑의괴한이 떨어지는 걸 바라보고 있었다.

어느 칼이나 검에 찔리든 찔려서 죽기만 하면 된다. 그 다음에는 먼저 소걸을 낚아채 달아나는 자가 승리자가 되는 것이다.

그런 생각으로 모두가 허공에 도검을 찔러대고 있는데 흑의괴한으로서는 그 도산검림 속으로 빠르게 떨어지는 걸 멈출 수 없었다.

'죽었다.'

소걸이 질끈 눈을 감았다.

꼬치처럼 되어서 널브러져 있는 자신과 흑의괴한의 모습이 보이는 듯했다.

그때 믿을 수 없는 일이 벌어졌다.

흑의괴한이 날카로운 검끝에 사뿐히 내려서더니 그것들을 평지 딛듯 밟으며 달리기 시작한 것이다.

"엇?"

"으헉!"

군침을 흘리던 자들이 모두 그 광경을 보고 놀라 입을 딱 벌렸다.

소걸도 마찬가지다.

그는 자기가 지금 눈으로 보고 있는 걸 믿을 수 없었다.

살짝만 갖다 대도 찔리고 말 검끝을 밟고 마음껏 달리는 데도 아무렇지 않다니……

경악으로 소걸이 입을 딱 벌렸다.

청운관에서 풀잎 끝에 올라서서 태연히 걸어가던 할아버지의 경공 신법을 보았을 때 처음 놀랐고, 지금 두 번째로 놀라고 있는 중이다.

설마 이자의 화후가 할아버지와 비견될 만하단 말인가? 하는 의문이 들어서 머리 속이 복잡해졌다.

그러는 동안 순식간에 골목을 가로지른 흑의괴한이 다시 훌쩍 몸을 날려 높은 지붕 위에 내려섰다.

"으하하하—"

그의 쩌렁쩌렁한 웃음소리가 하늘 높이 치솟았다.

그리고 몸을 던져 아득한 저 멀리로 사라져 버렸을 때 골목 안 가득히 어지러운 말발굽 소리들이 급하게 들렸다.

"동창이다!"

누군가 비명처럼 소리쳤고, 그 즉시 골목을 메우고 있던 자들이 한 덩어리가 되어 썰물처럼 흩어져 버렸다.

검은 돌 바닥을 요란하게 두드리며 달려온 백여 필의 기마는 과연 동창의 무사들이었다.

앞장선 자는 능학빈이다. 그가 검을 허공에 휘두르며 소리쳤다.

"사로잡을 필요 없다! 보이는 족족 모조리 죽여 버려!"

사라져 버린 소걸을 찾아 나섰다가 극락통의 소란 소식을 듣고 짚이는 바가 있어 급히 달려온 길이었다.

동창 무한 지부의 무사들까지 가세했으니 흑룡방이든 광명천이든 배겨낼 재주가 없다.

놀란 메뚜기 떼처럼 산산이 흩어져 골목골목으로 숨고 달아나 버린 자들을 뒤쫓는 창위와 번역들을 바라보던 능학빈이 혀를 찼다.

"한발 늦었어. 빌어먹을!"

소걸을 옆구리에 끼고 멀리 사라진 흑의괴한의 뒷모습을 본 것이다.

발을 구르며 안타까워하던 그의 얼굴에 알 수 없는 미소가 떠올랐다.

"흐흥, 드디어 꼬리를 드러냈구나. 바로 이때를 기다려 왔다는 걸 너희가 알 리 없지. 흐흐흐—"

믿는 구석이 있어서일까?

소걸은 태평하기만 했다. 귓전에 바람이 씽씽 스쳐 가고 높이 뛰어 오르락내리락하기를 몇 번.

그때마다 벌써 몇 개의 담과 지붕을 뛰어넘었는지 세다가 말았으니 알 수 없다.

눈앞의 경물이 미친 듯 지나간다.

흑의괴한의 경공 신법은 과연 놀라웠다.

소걸은 문득 할머니로부터 배웠던 수라구유보를 떠올렸다. 할머니는 그것을 대성하면 한숨에 일만 리를 난다고 하지 않았던가.

움직이면 아홉 개의 환영을 만들고 발끝으로 땅을 차면 유성과 같이 빨라져서 나는 살도 쫓아오지 못할 거라고 했다.

그리고 보여주었던 할머니의 시범을 잊지 못하고 있는데, 지금 이 흑의괴한이 달리고 뛰는 것이 그때 보았던 할머니의 수라구유보에 못지않을 거라는 생각이 들었다.

놀라운 일이다. 그래서 소걸은 할머니가 구결과 함께 들려주었던 말을 기억해 냈다.

세상에서 오직 불문의 무상신공으로 전해지는 '연대구현(蓮臺九現)'만이 수라구유보와 비교될 수 있을 뿐이라고 했던 그 말이 떠오른 것이다.

'그렇다면 이놈이 지금 연대구현을 사용하고 있는 건가?'

그런 의문과 호기심이 걷잡을 수 없이 일었다. 그래서 소걸은 '어디 한번 가는 데까지 가보자' 하는 심정이 되어 내심 콧노래를 부르고 있기도 했다.

소걸의 그런 속마음을 알 리 없는 흑의괴한은 그가 반항하거나 요동치지 않고 얌전히 있으니 마음이 놓였다. 다른 데 신경 쓸 필요가 없으므로 더욱 발에 힘을 모아서 바람처럼 달릴 뿐이다.

그가 어둡고 음침한 골목에 깃털처럼 사뿐히 내려섰다. 앞에 마차 한 대가 기다리고 있을 뿐, 아무도 없다.

흑의괴한은 소걸을 안고 재빨리 마차 안으로 들어갔다. 그러자 마부석에 앉아 있던 허름한 옷차림의 노인이 콧노래를 흥얼거리며 말을 몰았다.

적막한 골목 안에 덜그럭거리는 마차 바퀴 소리만 가득하다.

"엇? 당신은?"

소걸이 깜짝 놀라 찢어질 듯 눈을 부릅떴다.

흑의괴한이 비로소 두건을 벗었는데, 드러난 그 얼굴을 보고 기겁할 듯 놀란 것이다.

"하하, 소형제, 우형이 말하지 않았던가? 우리는 인연이 있으니 다시 만나게 될 거라고 말이야."

"다, 다, 당신이 어떻게?"

순양진에서 풍류를 가르쳐 주었던 바로 그 미공자다.

놀라 눈을 부릅뜬 채 손가락질하는 소걸을 향해 그가 여유있게 웃어 보였다.

"아우가 위기에 빠졌으니 형이 뒷짐 지고 구경만 할 수 있나?"

"이, 이, 이런⋯⋯."

"아, 아, 당연히 해야 할 일을 한 것이니 새삼스레 고마워할 것 없어."

조각해 놓은 듯 잘생긴 얼굴에 미소마저 띠고 농을 건네지만 소걸은 너무 놀라 대꾸할 생각도 잊었다.

3

골목을 이리저리 한참 지나서 마차가 멎은 곳은 오래된 장원 안이었다.

이곳에 오기까지 반 시진쯤 걸렸는데, 소걸이 그렇게 졸랐건만 미공자는 엉뚱한 농담으로 받아넘길 뿐 내막에 대하여 조금도 말하지 않았다. 그래서 겨우 그의 이름이 단옥당(段玉堂)이라는 걸 알았을 뿐이다.

소걸은 단단히 삐쳤다. 이제는 단옥당의 얼굴을 마주 보려고 하지도 않았다.

"하하, 소형제, 때가 되면 저절로 알게 될 텐데 뭘 그리 안달을 하나?"

"쳇, 당신과는 더 말하고 싶지도 않소."

"그럼 궁금한 걸 알고 싶지 않단 말인가?"

"뭐요?"

"내가 보기에는 소형제가 그토록 알고 싶어하는 걸 알 때가 코앞에 다가와 있는 것 같은데 자네는 이제 그걸 차버리고 싶어진 모양이군."

단옥당이 빙긋 웃고 마차에서 내렸다.

잠시 그의 말뜻을 생각해 보던 소걸이 기쁜 얼굴로 얼른 뒤따라 마차에서 뛰어내렸다.

마차는 장원의 넓은 마당 복판에 멎어 있었다.

검은 돌판이 깔려 있는 그곳은 먼지 하나 없이 깨끗하게 청소되어 있고, 붉은 기둥의 높은 전각으로 둘러싸여 있어서 주변의 경치를 알아볼 수 없었다. 그러니 어느 곳인지 조금도 짐작할 수 없다.

정면의 전각 복판에 중문이라 할 수 있는 붉은 문이 달려 있는데 그것이 소리없이 열리고 누런 장포를 걸친 백발 백염의 노인 두 사람이 나와 단옥당을 맞이했다.

"걱정했었는데 무사하셨군요."

얼굴이 대춧빛으로 붉은 노인이 웃으며 포권했다. 단옥당이 마주 포권하며 밝은 음성으로 말했다.

"하하하, 잠시 산책을 나갔다 온 것과 다름없는데 무슨 걱정 할 일이 있겠습니까?"

"군주께서 벌써부터 기다리고 계십니다. 어서 안으로 드시지요."

그들의 눈치를 보던 소걸은 내심 가슴이 뜨끔했다.

'이제 보니 이 난봉꾼 공자의 신분이 대단한 모양인걸?'

그런 생각이 들었던 것이다.

얼른 보기에도 점잖고 위풍이 당당한 두 노인이 단옥당을 지극히 공경하는 것 같으니 그렇다.

"소형제, 만나볼 사람이 있으니 어서 가세."

단옥당이 소걸의 옷소매를 끌었다. 두 노인에게는 소개시켜 줄 생각도 하지 않는다.

"대체 누구를 또 만나야 한다는 거요?"

"가보면 알 거야."

"흥, 이왕 이렇게 잡혀왔으니 저승사자라 한들 어쩌겠소? 좋아요, 갑시다."

"저승사자라니? 하하, 그 말을 군주께서 듣는다면 매우 서운해하실걸세."

"군주라, 군주……."

소걸에게는 영 생소한 호칭이었다. 대체 어찌 된 영문인지 알 수 없어서 애가 탔다.

중문을 지나고 다시 이리저리 꺾어지며 몇 개의 쪽문을 지나왔으므로 방향 감각마저 사라져 버리고 말았다.

장원은 생각보다도 훨씬 커서 도대체 몇 채의 전각이 있고, 몇 개의 뜰이 있는지 짐작도 가지 않는다.

군주라면 한 무리의 우두머리라는 뜻인데, 광명천이나 암흑천교의 무리는 아니다.

소걸은 '그렇다면 단옥당 같은 고수를 두고 있는 이자들은 알려지지 않은 제삼의 세력인가?' 하는 의문을 품었다.

월동문을 들어서자 아름다운 정원이 눈앞에 펼쳐져서 소걸이 저도 모르게 '아!' 하고 감탄성을 터뜨렸다.

이끼 낀 오래된 돌담을 따라 대나무 숲이 우거져 있고 기화이초가 가득하다.

가운데 인공 연못이 있는데, 연못을 따라 크고 작은 기이한 모양의 돌들이 층층이 쌓여 있어서 신비로운 느낌을 주었다

대나무 숲을 뒤로하고 위풍이 당당하고 늠름한 아름드리 거송 한 그루가 우산을 펼친 듯 가지를 사방으로 넓게 펼쳤다. 그래서 그 거송에 의지하듯 앉아 있는 정자가 더욱 아름다워 보인다.

반쯤은 연못 위로 나와 있어서 난간에 기대면 발아래 가득한 연꽃과 금빛 잉어들을 내려다볼 수 있으니 운치가 그만이다.

생전 처음 보는 아름다운 정원의 모습에 홀린 듯 소걸이 저도 모르게 주춤주춤 정자로 다가갔다.

가위를 들고 꽃과 나무를 다듬던 두 명의 노인이 그런 소걸을 돌아보고 빙긋 웃었다.

바깥마당에서 보았던 것과 같이 누런 장포를 걸친 백발 백염의 노인들이었는데 하나같이 풍채가 당당하고 위엄이 서려 있었다.

"군주!"

정자 아래에 멈추어 선 단옥당이 그렇게 부르며 포권하고 머리를 숙였다.

그 소리에 번쩍 정신을 차린 소걸이 정자 위를 바라보고 다시 '아!' 하는 감탄성을 흘렸다.

거기 한 소녀가 다소곳이 앉아서 연못을 내려다보고 있었던 것이다.

단옥당이 불렀지만 듣지 못한 듯 돌아보지도 않았다.

그 싸늘한 옆모습이 얼음을 깎아 만들어놓은 조각같이 아름답다.

바로 어제저녁, 거북산 위 고금정에서 염 파파와 마주 앉아 유백아와 종자기를 이야기하던 그 소녀였다.

그때는 우아하고 그윽한 모습을 하고 있어서 성숙한 아가씨로 보였는데, 지금은 날렵한 옷차림에 길게 늘어뜨린 머리띠를 붉은 띠로 질끈 동여매서 훨씬 앳되어 보였다.

그윽한 눈길로 그녀를 한동안 바라보던 단옥당이 떨리는 음성으로 다시 불렀다.

"군주, 말씀하신 소공자를 데려왔습니다."

"올라오세요."

여전히 돌아보지도 않고 던지는 말투가 냉랭하다.

소걸은 그녀의 말투야 어떻든 상관하지 않았다. 오직 그녀의 얼음 조각처럼 서늘하고 투명한 아름다움에 홀려서 넋을 잃고 주춤주춤 돌계단을 올라갈 뿐이다.

여태까지 그가 보아온 그 어떤 미녀보다 매혹적인 소녀였다.

불선다루에서 보았던 빙궁의 소궁주라던 소녀가 생각난다.

그 차가운 아름다움에 홀려 봉변을 당했었는데, 그녀조차도 지금 눈앞에 있는 소녀를 따라가지 못할 듯싶었다.

귀품과 위엄이 절로 우러나고, 사람을 주눅 들게 하는 도도하고 오만한 어떤 힘이 그녀의 전신에 서려 있었던 것이다.

소걸이 정자에 올라서서 멍하니 바라보고 있기를 얼마쯤 했을까, 비로소 그녀가 돌아앉았다.

이마에 흘러내린 머리카락 몇 올을 살며시 걷어 올리는 손목이 서럽도록 희다.

"에휴—"

그걸 본 소걸의 입에서 알 수 없는 탄식이 흘러나왔다.

소녀가 방긋 웃었다.

여태까지의 차가움이 그 한 번에 바람을 맞은 듯 쓸려가 버리고 따뜻하고 아늑한 정이 절로 우러난다.

참으로 알 수 없는 신비한 변화였다. 여자, 그것도 소녀라는 존재만 그렇게 할 수 있으리라.

그 마음과 정서의 종잡을 수 없는 변화를 다 알아낼 수 있는 남자란 세상에 존재하지 않는다.

더구나 이처럼 아름답고 도도한 소녀 앞에서이랴.

"드디어 만나는군요."

그녀의 붉고 영롱한 입술 사이로 달콤한 음악이 흘러나왔다. 소걸이 깜짝 놀랐다.

"엇? 소저는 나를 알고 있소?"

"상공의 성이 당 씨이고 이름이 소걸이라는 걸 이제는 천하가 다 알지요."

"억울하오."

"예?"

이번에는 소녀가 어리둥절해져서 소걸을 바라보았다.

그 큰 눈이 더 커지니 세상이 모두 그 안에 담길 것만 같다.

"소저는 내 이름을 알고 성을 아는데 나는 소저에 대해서 아무것도 알지 못하니 이건 불공평한 일 아니오?"

"그렇군요."

소녀가 다시 방긋 웃었다. 봄바람인들 그보다 향기롭지 못하리라.

정자의 한쪽에서 멍하니 그런 그녀의 얼굴을 바라보던 단옥당이 들릴 듯 말 듯 한숨을 쉬고 눈길을 떨어뜨렸다.

소녀는 오직 소걸을 바라볼 뿐이다.

그녀의 입에서 다시 영롱한 음악이 흘러나온다.

"제 성은 주 씨랍니다."

"주 소저였구려."

"이름은⋯⋯."

"군주!"

단옥당이 놀란 듯 그녀를 불렀다.

소녀의 아미가 살짝 찌푸려졌다. 천천히 눈길을 돌려 단옥당을 바라보는데, 언제 봄바람이 불었던가 싶을 만큼 차고 냉랭해졌다.

단옥당이 상기된 얼굴로 쩔쩔매며 말했다.

"아직은 이른가 합니다."

이름을 말하지 말라는 것이다.

표정없는 얼굴로 묵묵히 그를 바라보는 소녀의 얼굴에 은은한 노여움이 실렸다.

"그대가 이제는 내 입까지 막으려는가?"

"어찌, 어찌 소신이 감히 그런 생각을⋯⋯."

'신(臣)?'

단옥당이 무심코 한 말에 소걸의 신경이 곤두섰다.

신(臣)이라는 말은 신하가 임금 앞에서나 칭하는 것 아니던가.

"단 공자, 이름이 뭐가 중요하겠어요? 그대와 나에게는 그것보다 열

배, 백 배는 더 중요한 일이 있지 않은가요?'

소녀의 말투며 표정이 다시 일변했다.

'그대' 라고 부르며 서릿발같이 꾸짖더니 이제는 '공자' 로 호칭이 바뀌었고, 말투도 나긋나긋하게 변했다.

그러자 단옥당이 더욱 쩔쩔맸다.

"감히, 감히…… 감당하지 못하겠습니다."

고개를 숙이지만 두 눈에는 기쁨이 가득했다.

소녀가 그에게서 천천히 눈길을 거두어 소걸을 마주 보며 한자한자 또렷하게 말했다.

"소녀의 이름은 지약(之約)이랍니다. 약속을 잊지 말라는 뜻이지요."

"주지약……."

"남양군주(南陽君主)라고 불려요."

"남양군주 주지약……."

뒤에서 단옥당의 얼굴이 긴장으로 경련을 일으키고 있었지만 소걸은 알지 못했다.

남양군주가 무엇인지, 어떤 의미인지 조금도 짐작하지 못하는 것이다.

이렇게 되었으니 할 수 없다는 듯 단옥당이 가볍게 탄식하고 떨리는 음성으로 말해주었다.

"남명왕(南明王) 전하의 둘째 따님이시라네."

"응? 그렇다면 공주 마마란 말인가?"

소걸이 비로소 깜짝 놀라 한 걸음 물러섰다.

남명왕 주천기는 선제(先帝) 때에 운남(雲南) 대리(大理)의 국왕으로 봉해진 사람이었다. 현 황제의 셋째 숙부이자 유일하게 살아 있는 종친이기도 하다.

그의 딸이라니 황제의 사촌 누이가 된다.

그런 관계를 생각해 낸 소걸의 안색이 비로소 새파랗게 질렸다.

주지약의 입가에 쓸쓸한 미소가 떠올랐다. 그녀가 다시 이마에 흘러내린 머리카락을 쓸어 올리며 처연하게 말했다.

"지금은 그저 강호를 떠도는 부평초 같은 신세이니 다 부질없지요."

그 말에 무거운 침묵이 갑자기 쏟아져 내려서 정자를 뒤덮었다.

【第十二章】

소걸, 드디어 용맹을 떨치다

1

"내가 이렇게 공자를 모셔오도록 한 게 무엇 때문인지 아시나요?"

"모르오."

"공자를 붙잡아서 한 가지를 얻으려 하기 때문이랍니다."

"나에게는 군주님께 드릴 만한 보물이 없소이다."

"지금은 바로 당신이 세상의 그 어떤 것보다 귀한 보물이지요."

"응?"

듣기에 따라서는 그처럼 달콤한 말이 없다.

하지만 소걸은 그 말의 의미가 자신이 원하는 그런 것이 아님을 잘 알았다.

"인질로 삼으려는 것이오?"

"그 말은 과하군요. 하지만 아주 틀린 것도 아니니 역시 당(唐) 공자 는 총명하군요."

여태까지 사람들은 누구나 소(小)공자라고만 불렀을 뿐 소녀처럼 성을 붙여서 불러준 사람이 없다.

그러니 그 사소한 말 한마디가 더욱 소걸의 가슴에 깊은 인상으로 새겨졌다.

"나를 인질로 잡으면 할머니께서 별로 즐거워하지 않으실 텐데……."

"그러시겠지만 함부로 움직이지도 못하시겠지요."

"그건 또 무슨 말씀이시오?"

"공자께서 이제나 돌아오려나 저제나 돌아오려나 노심초사하실 테니 집을 비울 수 있겠어요?"

"나를 이곳에 기어이 가둬두겠다는 말씀인가요?"

"뜻을 이루기 위해서는 어쩔 수 없군요."

군주의 말은 부드러웠지만 그 안에 깃들어 있는 의지가 단호했다.

소걸의 낯빛이 딱딱해졌다.

그가 천천히 단옥당을 돌아보고 말했다.

"단 형, 당신은 스스로 형이 되기를 원하면서 나를 이처럼 궁지에 빠뜨리다니? 그게 당신이 늘 말하는 대장부의 할 짓이오?"

여태까지와는 다르게 소걸의 말투에 엄숙함이 넘쳐 났고 표정 또한 그렇다.

단옥당이 부끄러움으로 얼굴을 붉히고 변명했다.

"우형은 결코 나쁜 일로 소형제를 곤경에 처하게 한 게 아닐세. 그 점만은 잘 알아줬으면 좋겠어."

"이게 나쁜 일이 아니라니? 꼭 사람을 죽이고 피를 봐야만 나쁜 일이오?"

"그건, 그건……."

"나는 단 형만큼 유식하지 못하고 풍류에 대해서도 알지 못하오. 그래서 단 형의 인품과 멋을 내심 몹시 부러워하며 우러러보았는데, 바로 이게 단 형의 진짜 모습이었구려?"

몹시 실망했다는 듯 얼굴에 슬픈 기색마저 어렸다.

단옥당이 더욱 낯을 붉히고 쩔쩔맸다.

"소형제, 그건 오해라네. 군주님의 말씀을 조금 더 들어보면 마음이 달라질 거야."

부끄러워하는 그를 묵묵히 쏘아보던 소걸이 다시 군주에게로 얼굴을 돌렸다.

황홀해하고 홀린 듯 멍하던 얼굴이 아니라 차갑게 가라앉은 것이 이제는 그가 얼음장이 된 듯했다.

단옥당과 남양군주 주지약은 그런 소걸의 표정과 말에 똑같이 놀라고 당황했다.

그들이 알고 있던 그 소걸이 아닌 듯했기 때문이다.

주지약이 이글거리는 소걸의 시선을 감당치 못하겠다는 듯 슬며시 외면하고 탄식했다.

"호— 나의 안타까운 심정을 뉘라서 알아주리오."

소걸도 탄식하며 말했다.

"나의 억울한 심정을 알아줄 사람도 이곳에는 없는 듯하군요."

"부처님께서는 내가 지옥에 가지 않으면 누가 지옥에 가랴고 말씀하셨지요. 그와 같이 천하만민이 억압의 고통에서 벗어나 행복해질 수만 있다면 소녀는 기꺼이 천하에 둘도 없는 악녀가 될 수 있답니다."

"알겠어. 당신은 반역을 꾀하는군?"

"반역이라니!"

묵묵히 듣고 있던 단옥당이 대노하여 버럭 소리쳤고 주지약의 얼굴빛도 싸늘해졌다.

단옥당이 그 유들유들하던 얼굴에 살기마저 드러내며 으르렁거렸다.

"말을 함부로 한다면 네가 아무리 염 파파의 손자라 해도 용서하지 않겠다!"

"죽일 거야?"

소걸도 발끈해서 지지 않고 마주 소리쳤다. 그러자 다시 본래의 그 당돌하고 고집 센 소년의 모습으로 돌아간 듯했다.

"해봐! 네가 그 잘난 경공 신법을 믿고 그러는 모양인데, 나에게는 그만한 공부가 없는 줄 알아?"

"응?"

뜻밖의 말에 단옥당과 주지약이 어리둥절해서 바라보았다.

당차게 버티고 서서 눈을 부라리는 소걸을 노려보던 단옥당이 어이 없다는 듯 피식 웃었다.

"그래, 당 공자께서는 어떤 경공의 절기를 지니셨소?"

"당문의 절정 경공 신법인 낙일비응을 십성 익혔다!"

"핫! 당도담의 낙일비응?"

단옥당이 큰 소리로 비웃었다. 그게 소걸의 자존심을 여지없이 건드렸다.

"너의 연대구현보다 못할지는 몰라도 적어도 당문의 절기에는 간교함이 없어!"

"무엇이? 네가 그걸 어찌 아느냐!"

소걸의 말에 큰 충격을 받은 듯 단옥당이 얼굴색마저 파랗게 질려서 버럭 소리쳤다.

소걸은 할머니로부터 들었던 말이 떠올라 한번 넘겨짚어 본 것이다. 그런데 단옥당의 반응이 심상치 않으니 제 짐작이 맞았다는 걸 확신했다.

이번에는 소걸이 놀라 소리쳤다.

"너… 당신은 정말 그것을 익혔군?"

할머니는 연대구현이 불문에 은밀히 전해지는 무상신공이라고 했다. 또한 절전되어 나타나시 않은 지 오래되었다고 하지 않았던가

그런데 단옥당이 중도 아니면서 그것을 익혔다니 뜻밖이다.

"이것은 큰 비밀이다. 그런데 네가 알아보았으니 이제 길은 하나뿐이다!"

"말을 듣든지 그렇지 않으면 죽어서 입을 다물라고?"

"……!"

단옥당이 대답하지 않고 이글거리는 눈으로 소걸을 뚫어지게 노려보았다. 갈등하고 있다는 게 고스란히 읽힌다.

"그만두세요."

주지약이 조용히 말했다.

"어차피 세상에 알려질 일인데 조금 일찍 드러났다고 해서 우리 일에 큰 지장이 있겠어요?"

"군주, 하지만……."

"잊었나요? 그것보다 중요한 건 바로 이 당 공자라는 걸."

"으음—"

단옥당이 어쩔 수 없다는 듯 탄식하고 물러섰다.

주지약이 엄숙한 표정으로 소걸을 직시하며 따지듯 또박또박 말

했다.

"반역이란 황제 폐하를 능멸하고 그 명을 거역하는 걸 말해요. 지금 그렇게 하고 있는 사람이 누구인가요?"

"황실의 일이 어떻게 되든 나는 모르는 일이오. 관심도 없소."

"당 공자의 그 말이 바로 지금의 천하를 한마디로 정의하는 것이랍니다."

"……?"

"백성들이 그와 같은 불만의 마음을 품게 된 건 모두 황실의 무능 때문이지요. 하지만 그것이 과연 황제 폐하께서 무능하기 때문에 그런 걸까요?"

"……."

"조충이라는 대역적이 황제 폐하로부터 받은 권세를 가지고 이제는 감히 어린 황제를 억누르고 제 야욕을 위해 천하만민을 볼모로 삼으려 하기 때문이지요."

"아, 그런 복잡한 일에는 관심없다니까 그러시네!"

소걸이 손마저 내두르며 소리쳤지만 주지약은 제 말을 멈추지 않았다. 번쩍이는 눈에 진정과 분노가 이글거렸다.

"그 역적의 행위가 바로 반역이랍니다. 그러니 조충을 죽이려는 우리의 뜻은 천추에 길이 남을 아름다운 것이지요."

"그래서 나에게 원하는 게 뭐요? 설마 나더러 조충을 죽여달라는 건 아니겠지요?"

"당신이 그렇게 할 수 있답니다."

"뭐요?"

"조충을 죽일 수 있는 기회는 딱 한 번뿐이고, 세상에서 오직 염 파파만이 그 일을 하실 수 있습니다."

"그렇다면 할머니에게 직접 부탁해 보시지요."

주지약의 큰 눈에 눈물이 고였다. 그녀가 젖은 눈길로 물끄러미 바라보니 소걸은 그만 마음이 약해지고 말았다.

"아니면…… 내가 대신 말해볼 수도……."

"그래 주시겠어요?"

"이제 보니 바로 나를 볼모로 해서 할머니에게 협박을 할 셈이었군?"

"조충에게 다가갈 수 있는 사람은 오직 염 파파뿐이랍니다. 그리고 파파를 움직일 수 있는 건 이 세상에서 오직 당 공자 당신뿐이지요. 공자께서 파파를 설득해 이 일을 성사시키기만 한다면 천하만민이 모두 기뻐할 것입니다. 억조창생을 위해 큰 공을 세우고 길이길이 대영웅으로 사람들의 입에 회자될 것입니다."

소걸은 자기와는 아무 상관이 없는 그런 일 때문에 이렇게 자기를 납치해 와서 회유하고 협박한다는 게 불쾌하기 짝이 없었다.

황제가 있다고 해서 내 삶이 더 행복해질 것 같지 않고, 조충이 권력을 쥐고 흔든다고 해서 더 나빠질 것 같지도 않으니 그렇다.

내 인생은 그저 내가 살아갈 뿐이다.

'대의명분을 논하고 있지만 암흑천교나 광명천, 다른 욕심쟁이 강호인들과 다를 게 뭐야?'

그런 불만이 가득 들었다.

한번 골려주자는 엉뚱한 마음이 된 소걸이 짐짓 의연하고 확고한 결심이 선 듯한 얼굴을 하고 말했다.

"좋습니다. 군주님의 뜻이 이루어지도록 이 목숨을 걸고 할머니를 설득해 드리지요. 하지만 나에게도 조건이 있습니다."

"무엇이든 말씀만 하세요."

주지약의 얼굴이 활짝 펴진 꽃처럼 밝아졌다. 처연하게 젖어들었던 두 눈 가득 기쁨과 희망이 반짝인다.

2

"나는 그 무슨 영웅이니 뭐니 하는 건 필요없소이다."

"알았어요. 보물을 원하시면 산처럼 드릴 것이고, 권세를 원하시면 한 나라를 떼어서 왕으로 봉해 드리겠습니다."

"엥? 아니, 그런 약속을 감당하실 수 있단 말씀이오?"

"소녀도 목을 걸지요."

아마도 황제로부터 비밀리에 조충 타도의 특명을 받고 전권을 위임받은 모양이었다.

황제는 유일하게 믿을 수 있는 사람으로 숙부인 남명왕 주천기를 지목했을 것이다. 그리고 그에게 밀명을 내렸는데, 남명왕은 어쩐 일인지 둘째 딸이라는 이 남양군주에게 전권을 주어 강호로 내보낸 것이 분명했다.

그러니 그녀에게는 그만한 능력이 있고, 호언장담할 자격이 된다.

그렇다면 그녀가 할 수 없는 무언가를 요구해야 약이 오르지 않겠는가.

잠시 눈알을 이리저리 굴리던 소걸이 불쑥 말했다.

"보물도 권세도 다 필요없소. 내가 원하는 건 딱 한 가지요."

"무엇이든 드리지요."

"내가 수단을 부려서 당신을 위해 조충을 죽여 없애면……."

"……?"

주지약과 단옥당이 잔뜩 긴장해서 숨마저 멈추었다.

"당신을 나에게 주시오. 나는 당신을 마누라로 삼겠소."

"앗!"

주지약이 벼락이라도 맞은 듯 자지러지게 놀라 펄쩍 뛰었다.

"이놈! 네가 지금 무슨 헛소리를 하는 것이냐!"

단옥당이 새파랗게 질린 얼굴로 정기가 무너진 듯 소리치고 와락 달려들어 소걸의 뒷덜미를 움켜쥐었다.

번쩍 치켜든 주먹에 무시무시한 힘이 실려서 부르르 떠는 것이 단번에 때려죽일 듯했다.

"싫으면 말고."

소걸이 그런 주지약과 단옥당을 번갈아 바라보며 히죽 웃었다.

단옥당이 핏발 선 눈을 부릅뜬 채 주먹을 부들부들 떨었고, 주지약도 창백해진 얼굴로 입술을 악물고 소걸을 노려보았다.

그러다가 그녀의 입에서 절망의 탄식이 흘러나왔다.

"휴, 단 공자, 그만두세요. 나는 그의 말에 따르겠어요."

"억!"

이번에는 소걸이 깜짝 놀라 외마디 비명을 터뜨렸고,

"군주!"

단옥당이 처절하게 외치고 무너지듯 주저앉았다.

"당 공자가 그것을 원한다면 들어드리지요. 하지만 당 공자께서도 반드시 약속을 지켜야 해요. 우리 서로 목을 걸었으니 하늘이 두 쪽이 나고 땅이 무너져도 변해서는 안 됩니다."

"이, 이, 이런……."

놀라게 해주려다가 오히려 호되게 당한 꼴이 되고 말았다.

소걸이 얼빠진 바보처럼 멍청하게 남양군주 주지약을 바라보며 벌어진 입을 다물지 못했고, 그의 등 뒤에서 단옥당 또한 넋이 나간 사람처럼 주저앉아 멍하니 주지약을 바라보았다.

그들의 말을 다 들었던 것일까.

정자 주위에서 한가롭게 꽃나무에 가위질을 하고 있던 황포 장삼의 두 노인도 굳어버린 듯 뻣뻣하게 선 채 움직일 줄 몰랐다.

그때다.

콰앙―!

요란한 폭발음이 서쪽에서 들려왔다.

거대한 폭발에 지진을 만난 듯 땅이 흔들리고 정자의 기둥이 뿌드득 뿌드득 소리를 내며 요동을 쳤다.

기왓장과 흙먼지가 와르르 쏟아져 연못 속으로 떨어지니 조용하던 정원이 순식간에 난장판으로 변했다.

"크아악!"

"막아라! 으악!"

폭음이 채 가라앉지도 않았는데 비명 소리가 진동하고 병장기 부딪치는 요란한 소음이 어지럽게 들려왔다.

콰앙―!

다시 한 차례의 폭발이 있었다. 이번에는 훨씬 가까운 곳인 듯 그 요란한 소리와 진동이 더 컸다.

화포가 틀림없었다. 그렇다면 병사들이 동원되었다는 것이다.

보통 심각한 상황이 아닌 다음에야 병사들이 함부로 민간에 진격해올 리가 없고, 이처럼 화포를 쏘아댈 일은 더더구나 없다.

하늘 높이 연기가 치솟더니 이내 붉은 불길이 되어 넘실거렸다.

비명과 아우성 소리가 지척에서 들려오듯 들끓고, 급하게 달리는 발소리들이 비탈에서 무수한 돌이 굴러 떨어지듯 한다.

"저기다!"

귀에 익은 음성.

소걸이 번쩍 정신을 차리고 바라본 곳에 흑의인들이 한 떼를 이루고 훌훌 날아 장원의 담을 넘어오고 있었다.

선두에 선 자가 능학빈이라는 걸 알아본 소걸이 잔뜩 낯을 찌푸렸다.

막 조 태감을 죽여야 한다는 말들을 하고 있었는데 갑자기 능학빈과 동창의 무사들이 들이닥쳤으니 가슴이 떨렸던 것이다.

"조충의 개들이 기어이 찾아왔구나!"

꽃나무를 다듬던 두 명의 황포노인이 버럭 소리치고 몸을 날려 그들의 앞을 막아섰다.

허리춤을 더듬는 듯했는데 어느새 노인들의 손에는 푸른빛이 번쩍거리는 연검이 들려져 있었다.

낭창거리며 이리저리 흔들리던 그것들이 독이 잔뜩 오른 듯 빳빳하게 펴졌다.

능학빈이 선두에 서서 검을 들어 이리저리 흔들면서 달려오며 다시 소리쳤다.

"한 놈도 살려두지 마라! 정자 위의 저 계집과 사내놈은 반드시 사로잡아야 한다!"

이십여 명의 무사가 연이어 담을 뛰어넘어 들어왔는데, 소걸은 그들이 장안성에서부터 함께 온 자들과 무한 지부의 무사들이 연합한 것임을 알아보았다. 낯선 자들이 반이나 되었던 것이다.

'능학빈에게는 또 다른 속셈이 있었다!'

소걸은 즉시 그것을 알아챘다.

동창의 무시무시한 정보력은 조충을 암살하려는 자들이 무한에서 반드시 준동할 것이라는 조짐을 벌써 입수했을 것이다.

어쩌면 그래서 조충이 장안 동창 지부의 채경을 시켜 능학빈으로 하여금 염 파파를 호위해 이곳으로 오도록 한 건지도 몰랐다.

조충은 자신을 암살하려는 자들이 염 파파와 자기가 만나는 그때를 놓치지 않을 것이라고 판단한 것이다.

소수의 수하만을 대동한 채 은밀히 만나는 것이니 그때처럼 기습하기 좋을 때는 다시 찾기 힘들다.

그래서 오히려 그것을 거꾸로 이용해 일망타진하기로 했다면 조충의 잔머리는 남양군주 등을 한참 뛰어넘는 것이라고 해야 하리라.

소걸이 부지런히 그렇게 이 일의 아귀를 맞추어보고 있을 때 정원은 이미 죽음이 도처에 깔리는 아수라장으로 변해가고 있었다.

두 노인의 검술은 눈부실 만큼 고명했다. 수많은 창위들을 가로막아 상대하면서도 조금도 위축됨이 없다.

낮고 힘있는 기합성을 터뜨리며 이리저리 연검을 휘둘러댈 때마다 무지개 같은 검광이 쭉쭉 뻗어나가는 것이 보기 드문 고수들이었다.

동창의 무사들도 그 어느 때보다 악착같았다.

죽는 것을 두려워하지 않고 신랄하게 검을 휘둘러 쳐오는데, 한 명이 죽으면 두 명이 달려드는 것이 반드시 목적을 이루겠다는 투지와 살기가 넘쳐 났다.

과연 능학빈의 쾌검술은 그중에서도 단연 돋보이는 것이었다.

그가 수하들을 독려하며 이리 번쩍, 저리 번쩍 눈부시게 움직여 두 노인을 번갈아 찌르고 후려쳤다. 그때마다 노인들은 감히 경시하지 못하고 상대하던 창위들을 내버려 둔 채 능학빈의 쾌검에 집중해야 했다. 그 덕에 가까스로 목숨을 건진 창위들이 여럿이다.

그들이 그렇게 두 노인에게 붙잡혀 있을 때, 아니, 두 노인이 그들에게 발이 묶여 자신들을 돌보느라 정신이 없을 때 다시 한 떼의 창위들이 담을 넘어 뛰어들어 왔다.

이번에는 모두 무한 지부의 무사들이었다. 그들은 정원의 싸움은 거들떠보지도 않고 곧장 정자로 달려들었다.

"단 공자! 군주님을, 군주님을!"

당황한 두 노인이 어지럽게 찔러오는 능학빈의 검과 창위들의 검을 쳐내며 소리쳤다.

휙, 휙, 하는 바람 소리와 함께 십여 명의 무사가 정자 위로 뛰어올랐다.

그때까지도 단옥당은 넋이 빠진 채 멍하니 주지약을 바라보고 있기만 했는데, 비통한 눈물이 주르륵 흘러 뺨을 적시고 있었다.

소걸은 자신이 어떻게 처신해야 할지 갈피를 잡을 수 없었다.

발만 동동 구르는 사이에 동창의 무리들이 정자 안으로 난입해 들어왔고, 더 이상 망설일 수만은 없게 되었다.

그가 훌쩍 몸을 날려 주지약의 앞을 가로막고 두 팔을 활짝 벌렸다.

"공자, 비키시오!"

앞장섰던 놈이 검을 뻗어 주지약을 찌르려다가 멈칫 멈추고 소리쳤다.

소걸은 뭐라고 대꾸할 말을 떠올릴 수가 없었다. 그저 정신없이 도리질만 칠 뿐이다. 그게 모두의 눈에는 겁에 질려서 그러는 것처럼 보였다.

"죽일 놈들! 다 죽여 버리겠다!"

위기의 순간 멍하여 앉아 있던 단옥당이 날카롭게 소리치고 벌떡 뛰어 일어났다.

그리고 질풍이 되었다. 아니, 뇌전을 뿌리는 한 덩이의 먹구름이 되어 정자 안을 뒤덮어 버렸다.

콰아앙—!

와락 덮쳐들며 쳐낸 그의 장력에 막 소걸 앞에 달려들어 검을 뻗어냈던 놈이 미처 비명도 지르지 못하고 피떡이 되어 날려갔다.

단옥당의 두 손은 조금의 사정도 봐주지 않았다.

돌개바람처럼 맴돌며 빠르게 내뻗고 후려치는 일장 일장마다 무시무시한 경력이 쏟아져 나가 흑의무사들을 박살 냈다.

마치 수십 개의 화포가 연신 터지는 것 같다.

손을 뻗을 때마다 쏟아져 나간 장력이 사방에서 꽝, 꽝, 꽝! 하는 요란한 소리를 내며 터지고, 그러면 어김없이 참혹한 단말마와 함께 동창의 무사들이 흩어진 살과 피를 뿌리며 날려갔다.

남은 자들은 순식간에 벌어진 그 무시무시한 광경에 혼백이 달아날 지경으로 놀랐다.

소걸은 단옥당의 눈을 보았다.

비통함과 분노로 이글거리는 광기가 그를 사로잡고 있었다.

어느새 한 놈의 검을 빼앗아 든 단옥당은 더욱 무섭고 잔인한 살신(殺神)이 되었다.

관옥같이 준수하고 여유있던 얼굴이 흉측하게 일그러진 채 핏발 선 눈을 번쩍이며 악귀처럼 이를 간다.

"우흐흐흐— 죽이리라. 모두 다 죽이고 말리라."

음산하게 중얼거리며 벼락치듯 검을 휘둘러 두 놈의 허리를 동시에 갈라놓고 정자 밖으로 훌쩍 뛰어내리더니 남은 무리들 속으로 뛰어들었다.

정자 안에는 즐비하게 깔린 주검과 콸콸 흘러내리는 피가 있을 뿐, 시퍼렇게 살아서 날뛰던 흑의무사들은 이제 하나도 남지 않았다.

십여 명이나 되던 자들이 숨 몇 번 쉬는 사이에 모조리 단옥당의 제물이 된 것이다.

두 명의 황포노인 중 한 명은 가슴 깊이 검이 박힌 채 울컥울컥 피를 토하며 비틀거리고 있었다. 살지 못할 것이다.

남은 한 명도 온몸에 선혈이 낭자한 채 가까스로 버티고 있었는데 얼마 버티지 못할 게 뻔했다.

그러는 동안에도 담을 넘어 계속 흑의무사들이 뛰어들었다. 그러니 죽여도 죽여도 스무 명이던 숫자가 줄어들지 않는다.

바깥쪽, 전각들이 줄지어 있는 장원 안에서의 싸움이 마무리되어 가고 있다는 것이리라. 불시의 이 기습에 호장(護莊) 무사들 중 살아남은 자가 거의 없을 것이다.

3

막 혼자 남은 노인을 쳐 넘기고 정자로 뛰어오르려던 능학빈이 놀란 숨을 들이마셨다.

단옥당이 미친 형상을 한 채 검을 쥐고 이쪽으로 날아오는 걸 본 것이다.

"아니, 저놈이?"

믿을 수 없었다. 십여 명의 무한 지부 무사들이 정자 안으로 난입해 들어가는 걸 보고 그들에게 공을 빼앗기게 생겼다며 내심 초조해했는데, 그들이 그 짧은 순간에 전멸하고 말았다는 게 믿어지지 않는다.

잠깐 주저하는 사이에 단옥당은 이미 창위들 속으로 뛰어들고 있었다.

피 맛을 본지라 잔뜩 독이 올라 있는 창위들이 살기를 내뿜으며 그런 단옥당에게 두려움없이 달려들었다.

검광이 눈을 찌르고 살기로 떨리는 숨소리가 살갗을 태울 듯하지만 그 어떤 것도 지금 이성을 잃어버리고 있는 단옥당의 앞을 가로막지는 못했다.

"끼아아아—"

그가 괴성을 터뜨리며 미친 듯 검을 휘둘렀다. 그때마다 눈부신 검광이 두어 자나 뻗어나가며 닥치는 모든 것을 베고 쪼개 버렸다.

가로막는 검이 수수깡처럼 부러지고, 목이, 팔다리가, 허리통이 뭉텅뭉텅 잘려 어지럽게 날았다.

정자 위에서 그것을 바라보는 소걸의 얼굴도 두려움과 경악으로 보기 흉하게 일그러졌다.

장안성에 들기 전, 종산 기슭의 금량협에서 보았던 할머니의 그 무시무시한 살육의 광경을 다시 보는 듯했기 때문이다.

"천하제일고수."

소걸이 저도 모르게 중얼거렸다.

단옥당은 이십대 중반의 멋진 청년에 불과할 뿐인데 지금 그가 보여주고 있는 무위는 그렇게 불러도 지나치지 않을 것 같았다.

불쑥 할머니가 혈마구유신공을 전해주기 전 강의하듯 했던 말이 떠올랐다.

"소림사에는 소림사의 신공이 있고, 무당파에도 그러하며 마교라고 불리는 암흑천교에도 그들만의 신공절학이 있다. 어느 것이 더 낫다고 단정해 말할 수 없을 만큼 모두가 훌륭한 무학이시."

그리고 또 말했다.

"어딘가에 너보다 더 뛰어난 자질을 타고난 자가 있을 수 있지. 어쩌면 벌써 강호에 나와 절정고수의 반열에 들었을 수도 있다. 그렇다면 너는 그를 뛰어넘기 위해서 열 배는 더 노력을 해야 하는 거야."

그때는 이해하지 못했는데, 지금 눈앞에서 단옥당의 무시무시한 무공을 보고 있으려니 절로 깨달아졌다.

'천하제일이란 없는 것이다.'

이전에는 할머니와 할아버지가 천하제일의 고수일 것이라고 굳게 믿었다.

하지만 지금 단옥당의 무서움은 그에 뒤질 것 같지 않았다.

그렇다면 할머니의 말처럼 소림이나 무당, 화산 같은 뿌리 깊은 문파에도 절기를 지닌 자가 있을 것이고, 광명천이나 암흑천교에도 그럴 것이다.

그것을 배운 자들이 뛰어난 자질마저 지녔다면 지금의 저 단옥당처럼 무서울 것 아니겠는가.

드러나지 않고 있을 뿐, 그러니 천하제일이라는 말을 들을 만한 자들은 도처에 숨어 있는 것이다.

그리고 지금 그중 한 사람이 정체를 드러냈다.

'나는 아직 멀었구나.'

절로 그런 뉘우침과 함께 탄식이 흘러나왔다.

할아버지와 할머니의 가르침을 받고 절기를 익히면서 우쭐했던 적도 있었다.

나도 언젠가는 할머니처럼 천하제일의 고수가 되겠다는 야망도 품었다. 하지만 이제는 그 언제라고 말할 수 없었다. 단옥당이 이미 저기 저렇게 존재하고 있는데, 그 앞에서 '언젠가는'이라고 말한다는 건 얼마나 무의미한 것인가.

"제기랄!"

소걸이 발을 구르며 버럭 소리쳤다.

분했던 것이다. 자기 자신에 대해서 화가 난 것이기도 하다.

그러는 사이에도 단옥당의 광기에 사로잡힌 듯한 살육은 계속되고 있었다.

처절한 비명이 하늘을 찢고 난비하는 혈육이 허공을 붉게 물들이고 있다.

모두 다 죽었다. 이제는 담을 넘어 쳐들어오는 자도 없다.

단옥당의 검은 마치 잡초를 베어 넘기는 낫인 것처럼 썩둑썩둑 그 모든 것들을 베어버렸다.

그는 단단히 성난 농부였다. 터져 나오는 자신의 분노를 잡초에게 쏟아내고 있다.

겨우 네 명.

그 많던 자들이 이제 고작 그렇게 남아 있을 뿐이다. 그중에 한 명이 능학빈이다.

"물러서지 마라! 여기에 뼈를 묻는다!"

그가 피투성이가 된 채 악착같이 검을 휘두르며 그렇게 악을 썼다.

남은 자들은 즐비하게 널려 있는 동료들의 주검을 짓밟으며 독 오른 뱀처럼 십요하게 단옥덩에게 달려붙었다.

계란으로 바위를 치는 격일지라도 그들에게는 두려움이 없었다.

그게 동창에 속한 무사들의 무서움이었다. 철저하게 죽음을 두려워하지 않고 제 임무만 수행하도록 훈련되어진 자의 무서움이다.

아니, 악에 받친 자의 무서움이라고 해야 할지도 모른다. 눈이 뒤집히는 분노와 공포에 오히려 무감각해진 것이다.

죽으면 죽으리라. 하지만 반드시 네놈을 지옥으로 끌고 간다.

이제는 오직 그런 악독한 생각만이 그들을 이끌고, 지탱시키는 힘인지도 모르는 것이다.

"우욱!"

능학빈이 악문 이 사이로 고통스런 신음을 흘리며 비틀거렸다. 단옥당의 검에 다시 한 차례 찔린 것이다.

그에게 절체절명의 위기가 찾아왔다.

"안 돼!"

그 순간 더 참지 못하게 된 소걸이 버럭 소리치고 번쩍, 몸을 날렸다.

다른 생각은 아무것도 없다. 오직 능학빈만이 그의 눈에 커다랗게 보일 뿐이다.

할아버지와 할머니의 얼굴이 떠올랐던 것이다.

그는 그 두 분의 심복이나 다름없는 자 아닌가. 여기서 덧없이 죽는 걸 지켜보고 있기만 한다는 건 할아버지와 할머니를 실망시키는 일일 것이라는 생각이 소걸을 지배했다.

그게 소걸을 내던지고, 그에게 여태까지 한 번도 경험해 보지 못한 커다란 용기와 힘을 가져다주었다.

"그만둬!"

발끝에 힘을 모아 바닥을 걷어찬 순간 그의 몸이 믿을 수 없는 속도로 튕겨져 나갔다.

며칠 전 할머니에게서 배웠던 절세의 신법, 수라구유보(修羅九幽步)가 펼쳐진 것이다.

꽝!

그가 뚫고 나가는 공기층에서 폭음이 터졌다.

"앗!"

싸늘한 얼굴로 모든 걸 지켜보고 있기만 하던 남양군주 주지약이 놀란 외침을 터뜨렸다.

그때 소걸은 이미 단옥당의 등 뒤에 육박하고 있었다.

"이얏!"

날카로운 기합성을 터뜨리며 두 손을 맹렬하게 휘둘러 후려치고 붙잡는 수법은 당문의 사천왕 중 첫째인 웅풍비협 당운문의 화양금나 수법이고, 다섯 손가락을 비수처럼 꼿꼿하게 세워 긁어대는 것은 둘째 당경의 조화철조다.

그들이 곁에서 지켜보았다면 경악을 했을 만큼 소걸이 펼치는 수법은 맹렬하고 지독했다.

원래의 화양금나수나 조화철조의 수법에 혈마구유신공의 내력이 실려 있으니 그럴 수밖에 없다.

그러므로 그것은 이제 경천동지할 쇄혼구유장(碎魂九幽掌)이 된 것이나 마찬가지였다.

쇄혼구유장을 전해주며 할머니는 말하지 않았던가.

"어떤 수법이 되었든 상관없다. 중요한 긴 내가 그깃에 할미의 신공을 실어낸다는 것이지. 그러면 아무리 하찮은 삼류의 장법 초식일지라도 그것이 곧 쇄혼구유장이 되는 것이다."

염 파파를 홍염마녀로 불리게 했던 건 바로 이 쇄혼구유장과 파천검 십이식, 그리고 수라구유보다. 그 무시무시한 신공 중 하나가 소걸의 두 손을 통해 세상에 처음 모습을 드러냈다.

"으헛!"

목과 등줄기를 저리도록 압박해 오는 수상한 기운을 느낀 단옥당이 크게 놀라 검을 뿌리며 급히 비켜섰다.

씨잉—

두 줄기 비수 같은 경력이 아슬아슬하게 지나가고, 단옥당의 악귀처럼 변한 얼굴이 경악으로 더욱 일그러졌다.

"너, 너?"

"그만 하란 말이야!"

소리친 소걸이 여전히 그림자가 되어 따라붙으며 단옥당의 가슴을 노리고 주먹을 내뻗었다.

섬서 동가장의 사방추(四方椎) 중 십기발분(十騎發分)이라는 수법이었다.

하지만 소걸의 손에서 펼쳐지자 그것은 쇄혼구유장 중의 권격이 되었다.

쿠아앙—!

우레 같은 소리를 터뜨리며 혈마구유신공의 경력이 권격에 앞서 쇠뇌처럼 뻗어나갔다.

"이놈!"

의외의 일에 당황한 단옥당이 급히 절세의 신법인 연대구현을 펼쳐 이리저리 어지럽게 움직였다.

빠르고 교묘하기가 회오리바람이 벌판을 휩쓸고 지나가는 것 같아서 종잡을 수 없다.

하지만 소걸은 여전히 단옥당의 가슴 앞에서 떨어지지 않았다. 세상에서 오직 연대구현만이 상대가 될 거라던 염 파파의 수라구유보 아니던가.

그러므로 지금 천하에서 단옥당을 잡을 자는 소걸뿐이라고 해도 과언이 아니다.

단옥당이 그림자처럼 따라붙는 소걸의 신법에 또 한 번 크게 놀라 소리쳤다.

"너는 이미 홍염마녀의 수라구유보를 배웠구나!"

"때리고 말 테다!"

소걸이 그 말에는 대꾸하지 않고 이를 악문 채 다시 두 팔을 휘두르며 덮쳐들었다. 소림의 나한권인데 천하의 그 어떤 권법보다 흉맹하고 무서운 것으로 변했다.

벌써 몇 번이나 놀라서 물러섰던 단옥당이 버럭 소리쳤다.

"죽고 싶다면 그렇게 해주마!"

"안 돼, 그러지 마!"

정자 위에서 주지약이 소리쳤지만 이미 단옥당이 뻗어낸 일장은 소걸의 나한권에 부딪치고 있었다.

두 사람의 권과 장이 아직 허공을 격하고 있는데, 앞서 쏟아져 나온 무시무시한 경력이 먼저 충돌했다.

퐈잉—!

압축되었던 기파가 터지면서 산산이 찢겨 버린 공기가 귀를 먹먹하게 하는 폭음과 함께 사방으로 쏟아져 나갔다.

"우욱!"

소걸이 한 모금의 선혈을 토해내고 비틀거리며 빠르게 물러섰다.

이제 삼성에 이르렀을 뿐인 혈마구유신공의 내공으로 단옥당의 일장을 견뎌낸다는 건 그야말로 계란으로 바위를 치는 일과 같았던 것이다.

기혈이 마구 들끓어올라 걷잡을 수 없고, 정신이 몽롱해진 그 상황에서도 소걸은 의식을 잃지 않았다.

이번에는 지독하기 짝이 없는 집념과 오기가 그를 지탱하고 버티게 해준 힘이 된 것이다.

"갑시다!"

덥석 능학빈의 손을 잡은 소걸이 그를 끌듯이 하며 훌쩍 몸을 날려 정원의 돌담을 뛰어넘었다.

전혀 생각하지 못했던 의외의 일에 크게 놀라 오히려 정신이 멍해진 단옥당은 쫓을 생각도 잊은 채 입을 딱 벌리고 소걸이 사라진 허공을 바라보기만 했다.

그건 정자 위에 있는 남양군주 주지약도 마찬가지였다.

"세, 세상에…… 그가 단옥당을 상대하다니……."

그녀의 중얼거림이 자욱한 피비린내에 섞여 허공에 떠돌았다.

『불선다루』 4권에서…